本书受到云南省哲学社会科学学术著作出版专项经费资助

鲁迅

闫宁 著

民俗学视域下的
鲁迅与传统文化研究

中国社会科学出版社

图书在版编目（CIP）数据

民俗学视域下的鲁迅与传统文化研究/闫宁著. —北京：
中国社会科学出版社，2017.5
　ISBN 978 - 7 - 5203 - 0080 - 3

　Ⅰ.①民…　Ⅱ.①闫…　Ⅲ.①鲁迅(1881 - 1936)—思想评论
Ⅳ.①I210.96

　中国版本图书馆 CIP 数据核字（2017）第 060559 号

出 版 人	赵剑英
责任编辑	郭晓鸿
特约编辑	席建海
责任校对	张依婧
责任印制	戴　宽

出　　版	中国社会科学出版社
社　　址	北京鼓楼西大街甲 158 号
邮　　编	100720
网　　址	http://www.csspw.cn
发 行 部	010 - 84083685
门 市 部	010 - 84029450
经　　销	新华书店及其他书店

印刷装订	北京君升印刷有限公司
版　　次	2017 年 5 月第 1 版
印　　次	2017 年 5 月第 1 次印刷

开　　本	710 × 1000　1/16
印　　张	17
插　　页	2
字　　数	226 千字
定　　价	76.00 元

凡购买中国社会科学出版社图书，如有质量问题请与本社营销中心联系调换
电话:010 - 84083683

序

　　闫宁的著作《民俗学视域下的鲁迅与传统文化研究》就要出版了，她与我联系说，希望我能够抽时间为这部论著写篇序言。我也借此机会，重新认真阅读了这部凝聚着我们师生共同心血的学术著作，进而进一步思考著作中提出的若干颇有新意的问题，并形成一些新的体会和收获。

　　闫宁的这部著作是在她山东大学博士论文的基础上修改完善而成的，她的博士论文试图以民俗学理论为基础努力构建一个较为广阔多维的视域广场，对鲁迅与中国传统文化之间的关系及中国现代文学的文化取向之间的关系予以认真、系统的考察。作者试图突破种种已有观念束缚，努力改变以往研究对民俗文化或褒或贬的简单化研究思维，注重挖掘鲁迅的复杂文化身份，指出鲁迅既是一个同情民众的封建文化叛逆者，也是一个对民间和世俗生活具有浓郁知识情趣的文人，更是一个具有强烈思想启蒙意识的现代知识分子。这一切使他在关注民俗文化时具有一种极其复杂的心态，在对民俗文化进行具体分析时能够采取较为辩证的态度。更为重要的是，论著努力超越这一课题以往存在的鲁迅一己个人研究的局限，将民俗文化和鲁迅与传统文化关系的研究与启蒙思潮、中国文学的现代化转型等连接起来，在更为广阔的背景上进行整体审视和研究，在鲁迅与传统文化的梳理中努力发掘出民俗文化是中国现代文学和现代文化建设中富有启示意义的精神资源，这些探索都具有重要的学术价值和理论意义。另外，论著还着眼现实，立足当代，试图较为密切地联系中国社会和文化的现实语境，努力推动鲁迅文化传播和研究的平民化，将鲁迅的珍贵思想作为中国文化转型和国民精神塑造的重要资源，因而具有一定的现实意义。再次阅读论著，读着那些熟悉的文字和论述，我不禁回想起作者在山东大学读书的岁月，想起我们共同的学术兴趣和追求，想起课堂内外对诸多问题的共同探讨，我进一步强化了这样一种想法，那就是博士阶段的学习对一位年轻学者而言是极其重要的。

鲁迅研究是中国现当代文学学科的显学，对鲁迅本人及其文学世界的研究构成了现当代文学学科发展的重要一维。中国大陆的鲁迅研究在 20 世纪 80 年代末 90 年代初出现一种重要变化，那就是以"活的鲁迅""人间鲁迅"为标志的新思路、新方法的出现和强化，为鲁迅研究的回归、提升和走进一个真实的鲁迅打开了重要的出口。鲁迅研究逐渐摆脱"说者被说"的盲目状态，注重在"说者自说""同时代人说"和客观史料收集中展现"人间鲁迅""学术鲁迅""士大夫鲁迅""大众鲁迅"等多面立体化的鲁迅。但长期的思维惯性和心理定式使鲁迅研究领域依然普遍存在两种姿态：仰视和俯视。两种姿态的研究者虽然观点针锋相对，在研究的原点上却是一致的，即将鲁迅看作类的符号而非独立的人。这种研究者和对象间不平等的研究心理，往往造成"一叶障目不见泰山"的主观遮蔽性，包括有意识的和潜意识的。"鲁迅是谁?"这是任何鲁迅研究者都必须面对的本源性问题。大多数研究者往往从政治、文化、符号等层面高屋建瓴地去解读鲁迅，却忽略了他最本质的属性首先是人。一切研究都应该在这个平等的命题中展开，研究者和研究对象鲁迅之间需要的是两个平等的人之间穿越历史和空间的精神对话。

在闫宁的这部著作中，我们看到了这样一种可贵的尝试和探寻，即以"平视"的角度与鲁迅本人及其文学世界对话，从具象、感性的民俗事项入手，走入鲁迅文学世界，并试图努力走近鲁迅本人。著作在对中国传统文化中民俗事项的趣味探讨中串联起鲁迅个人的一生：出生、求学、结婚、恋爱、亲情、书写，在大量资料的编排组合中展现鲁迅对文化改革、妇女解放、理想人格建构等方面的思考和卓见。著作中某些章节这种试图对话、沟通的真诚尤为明显，比如在第四章中以女性独有的兴趣点串联解读鲁迅独特的情爱心理和鲁迅小说里的女性形象，显现了研究者主体有节制地介入，试图与历史鲁迅及其构建的文学世界对话，但又不惊扰历史的客观性和研究对象的自主性。整个研究过程问题由趣味而起，逻辑推理却以资料充实连缀，结论别有风趣而不失理性。作者有意识的对话努力，使这部著作展现了一个有趣而又有点蛮性的人间鲁迅形象，"横眉冷对千夫指"固然有，而更多是"怜子如何不丈夫"的个人情怀。当然，需要指出的是，在"鲁迅是谁"这一重要课题上，闫宁的尝试肯定不会是最准确、最大众化的定义，甚至也不是众多画像中最深刻的鲁迅，但确实是一个温暖而鲜活的鲁迅，一个有意思、有境界并且特色鲜明的鲁迅。她以对话人的视角向我们展示的鲁迅，既有孩童的天真，又有老者的睿智，有趣而可爱。这种从公共空间向私人空间努力过渡的鲁迅研究思路，拓展了研究者的私人视角和研究对象私人形象的丰富内涵，为鲁迅研究的学术生态化发展进行了一种有益的探索，并以自己的研究成果为这种发展提供了某种可能性。

统观鲁迅的一生及其创作，我们发现，民俗文化几乎贯穿了他生命和文化生涯的始终。民俗文化是传统文化的重要组成部分，也是鲁迅文化品格和知识结构不可或缺的重要资源。要研究鲁迅，就不能避开对鲁迅与民俗文化这一问题的审视和思考，而且这种审视和思考还不能仅仅局限于鲁迅的历史时空下，更应该延伸到当下的历史空间里。除了寻求在平等的私人对话中探讨鲁迅、还原鲁迅，闫宁的著作还努力关注当下鲁迅与民俗文化的传播和发展，通过对绍兴鲁迅文化产业发展的梳理将鲁迅研究与"非物质文化遗产保护"、民俗文化开发和名人资源利用等文化热点结合起来。一方面从全球化语境下发展国家软实力的角度出发，总结在建设新文化之时，鲁迅对民俗文化分辨、批判和承继基础上得出的经验和教训，为当下传统文化的保护和发展提供启示；另一方面，从非物质文化遗产保护的角度出发，对从学术研究到文化产业开发的鲁迅文化传播全面透视，指出当前鲁迅学术研究的"过度阐释""无处阐释"的发展瓶颈和鲁迅文化产业的"过度开发"问题，并试图探求某种解决的途径和方法。需要指出的是，敢于探讨新问题，关注文化热点，并将鲁迅研究的视域延伸到当下，勇气可嘉。但因为本课题涉及的是新问题、新视角，作者的理论支撑和投入尚显薄弱，研究可供借鉴的已有成果较少，在文献和资料收集上也存在一定难度，这就造成了论著的种种局限和不足。另外，在"鲁迅与民俗文化研究的现代启示"研究上，作者提出了一个重要的课题，但浅尝辄止，深入探讨远远不够。我想特别强调的是，以上种种不足是缺点，是遗憾，也是一种富有意味的挑战和新的希望。在与闫宁的交往和交流中，我深切地感到她是一位努力、热情和真诚的学生，具有坚定的学术目标和执着的学术追求，这部著作是其学术生涯的一个重要收获，也是一个崭新的起点。我希望她沿着自己选择的道路扎实坚定地走下去，并对她的学术未来充满了深深的期待。

郑　春

2016 年 8 月 15 日

目　录

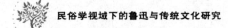

绪　　论

第一节　当下鲁迅与传统文化研究的两个重要视角

　　"鲁迅与中国传统文化"的课题是由文化鲁迅、传统文化和鲁迅文学世界三大要素支架起的学术探究空间。鲁迅一方面是从传统旧文化阵营中走出的文化乡愁者，另一方面是新文化阵地的开拓者。这种复杂的身份决定文化鲁迅和鲁迅文学世界的学术内理具有多向度的生发性。而传统文化作为一个历史范畴跨越几千年中国社会的发展史，各种原始文化基因在政治、经济、地理等条件的诱发下产生分层，形成中国传统文化"金字塔"式的外在结构形态。"中华民族的传统文化可以分为三条干流。第一条是上层文化，从阶级上说，它主要是封建地主阶级所创造和享用的文化。第二条是中层文化的干流，它主要是市民文化。第三条干流是下层文化，即由广大农民及其他劳动人民所创造和传承的文化。"① 构成要素的繁复性，决定鲁迅与传统文化这一课题所衍生的学术空间，不可能在某一视角或某一层面显现全部的学理意义，选择怎样的角度才能对其达到高屋建瓴的整体把握，是值

————————————

① 钟敬文：《民俗文化学梗概与兴起》，中华书局1996年版，第15页。

得我们探讨的问题。纵观鲁学研究现状，颇具代表性的理论视角有两个：比较文化学和知识分子心理学。

比较文化学的视角，以西方社会为参照物，在西方/东方、文明/愚昧、开明/保守的二元价值追寻中，注重对鲁迅文学世界中所显现的乡土中国保守性、落后性的学理性批判。整个中国传统文化落入乡土中国这一假想的公共启蒙空间中，鲁迅以现代知识分子精英身份，理性、冷峻地击破凝郁于传统文化内理的"毒瘤"，并以现代社会指路者的身份，耗其一生，为这一文化空间源源不断地输送正义和真理。在鲁迅研究史和接受史上，这是一种经典的思维模式，暗合大众对鲁迅文学世界的期待视野：鲁迅的形象被凸显为盗火者普罗米修斯的启蒙形象。启蒙是鲁迅处理自身所代表的知识分子阶层与中国传统文化关系时一个不可回避的问题，但如果研究者过于注重于此，就忽略了中国传统文化自我更新和建构的能力，形成一种隐含的倾向：鲁迅与传统文化的交流是单向度的，隐没了传统文化作为一种文化和精神资源对文化鲁迅的源流意义。

知识分子心理学的视角，以鲁迅主体的人格世界为研究主场地，在历史情境的复原和再现中，探寻鲁迅文学创作的潜在文化基因和深层心理动机。鲁迅不再作为一个被研究者的当下意识形态所控制的文化图标，在隔时空的文本分析与陈述中标示出来，他知识分子的身份作为一个有意味的问题被鲁迅研究界所关注。鲁迅本人存身的当下历史情境成为探究鲁迅独特知识分子文化心理的重要文化背景，鲁迅研究界的众多研究者禁不住对这段历史深情地回望、反复地审视，想象出身于中国旧知识分子家庭的历史人物鲁迅身上到底发生了什么，鲁迅和中国传统文化在精神和心理层面实现了怎样的交锋，才会成就中国现代文学史中的这样一个鲁迅文学世界。在鲁迅和中国传统文化的学理透视上，知识分子心理学的视角将研究的焦点调向创作者深层的文化心理，追溯 20 世纪初新旧文化阵营激烈对抗、中西文化观念大

碰撞的时代，发生于鲁迅身上精神文化理念的艰难抉择和价值裂变。这种"由文到人"转向"由人到文"的研究思路是现代人学观念穿透概念的樊篱，引导当下文学研究回归文学本体的实证结果，这种学理逻辑思路在精神底色上和五四一代文化人对人学思考的精神实质是一脉相承的。透过鲁迅心理所建构的文化镜像，研究者致力于展现一代知识分子在"风雨如晦"的时代潮流中面对传统文化的自主选择和独特创新。由于知识分子在传统文化中"士"阶层的身份标属，决定了一定意义上知识分子文化就等同于上层精英文化。透过知识分子心理视点考察鲁迅和中国传统文化的关系，所涉及的传统文化不免带有层面单一、范围狭隘、偏重局部的硬伤。

那么在审视鲁迅和传统文化的关系时，有没有一种方法既有批判国民性的现代启蒙精神又去其独断性，既有心理探寻的细腻坚实而又去其狭小性。在此意义上，民俗文化学视角似乎可以带给我们一个新的尝试。

第二节　鲁迅的文学世界与民间文化理念

民俗，即民俗文化，是世间广泛流传的各种风俗习尚的总称，包括民间存在的物质文化、社会组织、意识形态和口头语言等各种社会习惯和风尚事物。其中，物质文化是由人类的衣、食、住、行和工艺制作等物化形式，以及主体在物化过程中的文化传承活动所构成的生活方式，如民居形式、服饰传统和农耕方式等。社会组织，即通过某种约定俗成的方式固定下来的各种民间组织，如氏族、家属、宗族村落、乡镇、市镇等组织。意识形态，涉及民间宗教、伦理、文学和艺术等，是在物质文化和社会组织的基础上形成的精神民俗部分。此外，口头语言是人际关系的媒介，是许多文化的载体，是一种特殊的符号民俗传承。① 在此定义上，论文中的民俗文化范畴基本等同于民间文化。民俗作为民间的文化形态诞生于原始文化形成之初，随着原始文化成长、分化的历史，它作为民族文化的基础而沉淀于民间。作为一种非官方、非统治阶级的文化形态，它一直以潜隐的形式存在于中国文化史的角落，基本处于自生自灭、无所为而为的无名状态。直至清末民初，社会改革派在西方现代社会模式的参照下，意识到民众对国家、社会的重要意义，从了解民众、开启民智的立场，他们发现了存在于中国广大农村的民间文化。从此，民间文化浮出历史地表，在 20 世纪的政治、文化广场上引发智识阶层对社会建构、文化建设、国民改造的深思。

鲁迅的民俗理念与其对国民性思考和建构现代社会的文化行为相伴而生。1908 年，鲁迅发表了《文化偏至论》并在文中表达了自己建设中国新文化的理念"外之既不后于世界之思潮，内之仍弗失固有之血脉，取今复古，别立新宗"②。这篇最初的文化声明被鲁学研究者反复引述，共同论证鲁迅的新文化理念和中国传统文化密不可分的骨血亲缘。鲁迅在从文之前是学医的，正因如此，医学的思维经常隐现在他的文学话语中。在医学概念中，血液是生命的本源，是生命精气之所在。鲁迅在构想新的文化体系将中国的传统文化之根喻为这新生体的血脉，可见其并非一些学者所指责的"文化虚无主义者"。余英时先生就曾以鲁迅所凭借的"魏晋文章"中的逆端思想传统为例，认为五四时期"当时在思想界有影响力的人物，在他们反传统、反礼教之际首先便有意或无意地回到传统中非正统或反正统的源头上去寻找根据"③。在概念范畴上，这里所指的"正统文化"和钟敬文先生从

---

① 参见钟敬文《民俗文化学梗概与兴起》，中华书局 1996 年版，第 9 页。
② 《鲁迅全集》第一卷，人民文学出版社 2005 年版，第 57 页。
③ 余英时：《中国思想传统的现代诠释》，江苏人民出版社 1995 年版，第 347 页。

传统文化划出的上层文化——封建地主阶级所创造和享用的文化相统一。"非正统"文化必然指向与统治意识相反的下层文化，即由广大农民及其他劳动人民所创造和传承的文化。李欧梵认为："鲁迅的'反传统'的倾向与他对通俗故事、寓言、民间宗教仪式、神话社戏等'小传统'的爱好密切相关。"① 虽然两位学者只是以旁敲侧击的方式触及了鲁迅与民俗文化的关系，但已经简要地概括出鲁迅与传统文化"有声的批判，无声的继承"双向互流关系，点出民俗文化对鲁迅精神世界和文化行为的深远影响。作为中国民俗学发展史中元老级的学者钟敬文老先生，在 20 世纪 80 年代末回顾五四时期民俗学兴起时，认为当时绝大多数知识分子对中国传统文化的态度并非"全盘否定"那么简单，"当时民俗文化学的从事者，并没有集体表示对创造新文化的意见。但是，在他们这方面的作业里，大体上表现出一种共同的倾向。就是，重视民族传统中的中、下层文化，调查它、探索它，乃至表彰它"②。

民俗文化在中国文化史上的重要作用，鲁迅在其学术著作和小品文中都有深刻的认识。《中国小说史略》是鲁迅研究中国小说产生、发展历史的一本学术著作。在这部中国小说史的研究著作中，鲁迅异常敏锐地注意到中国古代小说本身所固有的民间特性，"民间"一词在这部著作中出现的频率非常之高。而在《门外文谈》中，鲁迅将新文化建设中"固有之血脉"明确地指向民间文学，他不仅揭示了文学起源于民众劳动，并指出历史上不少文人的创作曾受哺于民间文学，"歌、诗、词、曲，我以为原是民间物"，后来才被"文人取为己有"。并援史以深入论证民间乃是新文学诞生的文化母体，每当"旧文学衰颓时"也只有再摄取民间文学的血液作为养料获得生机，才能

① 乐黛云主编：《国外鲁迅研究论集（1960—1981）》，北京大学出版社 1981 年版，第 67 页。
② 钟敬文：《民俗文化学梗概与兴起》，中华书局 1996 年版，第 140 页。

"起一个新的转变","这例子是常见于文学史上的"①。

在小说创作中,面对民间文化的多元价值取向和审美形态,作为"现代乡土文学之父"的鲁迅,没有像文坛的其他乡土作者一样,以单一视角渲染某一点而忽略其余。他认识到这种生存于民间的文化体系是发达而牢固的,其精神结构也是多维复合的,其原生态的文化模式不可能直接拿来作为新文学建设之基,必须深入民间文化机体的内理,拨除其顽强的痼疾,"倘不深入民众的大层中,于他们的风俗习惯,加以研究、解剖,分别好坏,立存废的标准,而于存于废,都慎选施行的方法,则无论怎样的改革,都将为习惯的岩石所压碎,或者只在表面上浮游一些时"②。鲁迅一生所创作的小说几乎都发生在作为故乡文学缩影的村镇,通过对生活在村镇里底层民众命运和精神状态的观察和描写,揭示宗法制度统治下的民间文化自身所具有的奴性和愚昧,而民间文化中所展现出的朴素的审美风格、纯朴的民性和坚韧的生命力又让鲁迅看到了这个民族的希望。侨居都市的鲁迅怀着既批判又欣赏,既痛恨又眷恋,既否定又认同的乡土情愫创作了一系列的乡土短篇小说,既期望新文化从改革过了的民间文化中破茧而出,又在故乡生活的追忆中寄予一份游子情怀。

几十年后,陈思和正式将"民间"作为学术概念提出,他也认为"民间是一个多维度多层次的概念",从文学史的角度,以学者严谨的语言完成了对民间文化特征的概括:

> 一、它是在国家权力控制相对薄弱的领域产生的,保存了相对自由活泼的形式,能够比较真实地表达出民间世界社会的面貌和下层人民的情绪;虽然在政治话语面前民间只是以弱势的形态出现,只是在一定限度内接纳、并体现出权力意志。二、自由自

① 《鲁迅全集》第六卷,人民文学出版社2005年版,第97页。
② 《鲁迅全集》第四卷,人民文学出版社2005年版,第229页。

在是它最基本的审美风格。民间的传统意味着人类原始的生命力紧紧拥抱生活本身的过程，由此迸发出对生活的爱和憎，对人生欲望的追求，这是任何道德说教都无法规范，任何政治条律都无法约束，甚至连文明、进步、美这样一些抽象概念也无法涵盖的自由自在。三、它既然拥有民间宗教、哲学、文学艺术的传统背景，用政治术语说，民主性的精华与封建性的糟粕交杂在一起，构成了独特的藏污纳垢的形态。①

这与鲁迅文学所体现出来的对民间文学的文化取向和审美判断不谋而合。20 世纪之初，新文化创始者鲁迅将审视的眼光投向中国民间，以小说为手段创造出乡土中国的文化意象；20 世纪之末，新时代的学者陈思和同样将文化思考的向标指向中国民间，以概念的形式开掘出中国文化的深层学术空间。两代学者，共同选择，足可以证明，在近一个世纪中国文化的繁衍更新中，民间文化作为传统文化的基础地位由于其独特的民族性和坚强的生命力被文化工作者所共同关注，并在历史的衍变中逐渐丰满为一个公共的文化空间——民间。

鲁迅和陈思和是相隔近一个世纪的知识分子，虽然对民间文化的特征达成一定思想上的默契，但两者对民间这一文化空间的审视立场和文化认同各带有自身鲜明的时代色彩。20 世纪 90 年代，"民间"是以文学研究、文学批评的学术概念身份出场，是民俗文化作为一种独立的文化体系对 21 世纪以来特有的政治权利话语和知识分子精英话语强行渗透的反拨。从五四时期周作人提出"民俗学"到 90 年代陈思和提出"民间"，其间概念的变化已经显现出民间文化作为自觉的审美形态，具有独立而成熟的学科意识，要求知识分子在处理与它之间的关系时不再是创造性的，而是发现性的。在此意义上，陈思和

---

① 陈思和：《陈思和自选集》，广西师范大学出版社 1997 年版，第 207—208 页。

提出"民间"概念，要求当下知识分子尊重其客观性、历史性，主动走入民间，实现知识分子精英立场到民间立场姿态的自我调整。鲁迅所理解的民间是一个地域文化概念，其内涵在历史范畴中与正统文化相对，在地理范畴中与都市文化相对。鲁迅以现代社会指路者的身份俯视民间文化，为其把脉，开出疗救的药方，意将其重塑为符合现代知识分子国家建构的理想文化形态。对他来说，民间既是一个可改造的文化体又是乡土情结的寄栖地，凸现它的主观性、情感性。鲁迅文学世界所传达出来的民俗理念是一个感性的存在体，隐含着鲁迅对社会、历史、文化、人性、民族心理的多重透视，是多重视角的整合体。

第三节 新视野中研究思路的开拓

在处理鲁迅与传统文化的课题上，20 世纪 90 年代以前的学者主要集中在鲁迅与传统文化经典的关系上，探究鲁迅在思想、审美、学术几个方面对经典的批判和继承：较早的如 1940 年郭沫若的《庄子与鲁迅》，1947 年许寿裳的《屈原与鲁迅》；新时期的代表如 1952 年王瑶的《鲁迅与中国文学》，1982 年许怀中的《鲁迅与中国古典小说》和 1985 年王敬文的《鲁迅的小说与我国古典小说》等研究成果。90 年代以后，鲁迅与传统文化的研究主要集中在鲁迅与传统主流文化的关系上，探讨鲁迅在知识源流和精神品格上与主流文化的本质联系，重要代表作如：1990 年林非的《鲁迅与中国文化》和 1995 年的王骏骥的《鲁迅郭沫若与中国传统文化》。无论是文化经典还是主流文化都属于传统文化中的上层文化，它们都隶属于传统文化，占据一定比例，并不能够概括传统文化的全貌。这些学者的著述充满真知灼见，但以鲁迅和上层文化的研究成果来回答鲁迅与传统文化的课题，显然分量不足，有以偏概全之疑。本书在借鉴前人经验和弥补不足的基础上，尝试在以下三个方面做拓展性的研究。

（一）以民俗文化为主体透视点来整体梳理鲁迅与传统文化的关系

"在一个文明中，思辨性的大传统比重少而非思辨性的小传统比重多。大传统完成其教化在学校或寺庙，而小传统的运作及传承则在其无文的乡村生活中"，两个传统"一直相互影响及连续互动"①。在整个中国传统文化体系中，民俗文化所占比例远远大于正统文化，在整个体系中处于基础地位，它拥有一整套区别于正统文化关于天与人、人与人、人与自我，以及生与死等相对独立的知识范畴与价值观念，相较于精英文化、主流文化，它一直生存于历史的边缘，表现出无所为而为的状态。精神结构的多维复合性又使它与上层文化密切相连，民俗文化所标识的价值、经验在具体行动过程中流露出正统文化的侧影，是庙堂文化在民间的投影。精忠报国是正统文化的政治期待，而乡民中朴实的家园意识在民族危亡时期却展示为朦胧的爱国理念；正统原则还常常"会被偷换成乡间道德的符号"，"成为民间的私货"②。其对孝行的推崇和对忤逆的谴责，对守节的提倡和对不贞的贬斥，都应和于民间朴素的伦理观念中。正统文化这种下行的文化渗透行为使民俗文化在传统文化的研究中具有双重身份，它代表自己又不仅仅代表自己：透过农村日常生活中的人情风俗、四时节庆、民间信仰与宗教及民间艺术等方面的民俗文化，学者看到的是复合着历史、社会、文化多种元素的民族缩影。一如亚历山大·H.科拉普所指出，民俗学是努力从民间生活方式和语言中建立起的一门人类各族的"精

---

① 张鸣：《乡土心路八十年》，上海三联书店 1997 年版，第 10 页。
② 同上书，第 18—20 页。

神史"。① 如果把鲁迅与传统文化这一课题看作巨大的球体，民俗文化显然是支撑起这一巨大球体的阿基米德支点。

关于鲁迅与民俗文化关系的考察，一俟鲁迅作品的问世就已经有人开始就此论述。20世纪90年代之前，论及民俗的学者大多志不在此，他们对民俗文化的研究大多是"旁及"式的——因为要研究鲁迅乡土小说的人物或思想，便不得不对人物和思想起背景烘托作用的民俗文化。90年代之后关于鲁迅与民俗文化的研究成果主要体现在：1999年吉林大学出版社出版的陈方竞的专著《鲁迅与浙东文化》；2004年由绍兴文理人文学院、浙江省鲁迅研究会编，百花洲文艺出版社出版的《越文化视野中的鲁迅》；2006年广东阳江市鲁迅研究会主编，香港中国窗口出版社的《鲁迅与民俗文化》。《鲁迅与浙东文化》是陈方竞的个人专著，主要从"地缘"和"血缘"两个方面探讨浙东文化地理环境和文化品格对鲁迅学术和性格的影响。虽然陈先生将传统文化微缩到浙东文化，但他对鲁迅与浙东文化的论述主要还是集中在精英文化和上层文化的范围内，对民俗文化和民俗事象涉及较少。《鲁迅与民俗文化》和《越文化视野中的鲁迅》是民俗文化研究合集，前者是会议发言稿的收录，鉴于时间和篇幅的限制，大多人对鲁迅与民俗文化的论述浅尝辄止，研究整体上过于感性、表面和零碎，缺乏深度挖掘和理论支撑；后者是学术论文合集，这些学者具备丰富的理论素养，他们分别从民俗学、心理学、艺术论等方面深入探讨鲁迅文学理念、创作特点、人格构建和性格缺点等与其出身和接收的民俗文化的关联，视野开阔，论证深刻，甚有启迪后人之功。

由此可见，学术界对鲁迅与民俗文化关系的学术探索并未形成统一的体系，相较于鲁迅研究其他方面的丰厚成果，过于薄弱，过于青涩。这种不足是一种遗憾，更是一种机会，它为后来研究者提供了一

---

① 参见林骧华《文艺新学科新方法手册》，上海文艺出版社1987年版，第135页。

个在学术层面再次言说鲁迅的可能性。本书试图将民俗文化作为研究重点，以所掌握的民俗知识作为理论依据，来整体梳理鲁迅与传统文化的关系，望能够为这不足作一份小小的贡献。

（二）多学科混合交叉的研究方法

面对鲁迅的民俗文学世界，大多研究者习惯从单一的民俗学角度出发，将其封闭在乡土文学的终极价值上。从民俗学的角度望向鲁迅的文学世界，收获的是文本表层所展现出的由民间语言、民间艺术、民间思想和民间朴素的宗教信仰所组建起来的 20 世纪初乡土中国的印象世界，而隐伏于风俗画之下表达鲁迅为文的潜在话语却不能被发掘出来。"用'乡土文学'或'乡土小说'来描述鲁迅的小说创作在相当大的程度上贬低了鲁迅小说创作的艺术价值，容易引人进入误区，对鲁迅的艺术创造产生狭隘化的理解甚至误解。"①

鲁迅的民俗理念透过民间文化这一文化体系，显现于在民族现代化过程里对国民性改造和新文化体系建构的探索中。探索者鲁迅思想的深邃性、所探问题属性的跨界性和民俗意蕴内涵的包容性，使文人鲁迅对国民性改造和新文化体系建构的思考和探索不能仅仅停留在文学领域，必然会对与此相关的文化意识形态做出回应，借此将思考和探索的触角扩延到旧中国社会机体的各个角落。将民俗文化作为研究主场地，意义在于民俗文化是一个丰富的文化场域，富含多种视界，能够为研究鲁迅复杂的文化行为提供多学科的混合交叉视角，研究者便于在视角的自由调换中对鲁迅与传统文化的精神交接和碰撞既能够宏观的整体把握，又可集中地寻微探幽。

民俗文化学视角是民俗与文化两种视点交叉而产生的一种复合视

---

① 李希城：《鲁迅与中国传统文化——接受、偏离、回归》，云南人民出版社 2006 年版，第 11 页。

角，是民俗学与文化学两个主体学科的交叉。文化学视点的引入，连接起鲁迅的文学世界和外在的社会机体，将研究者对鲁迅民俗世界的探索从审美美学的层面推向哲学美学视野。民俗学的分支（宗教民俗学、历史民俗学、语言民俗学、艺术民俗学、心理民俗学）和文化学的分支（文化社会学、文化地理学、文化符号学）以及文化史学、文化哲学，共同建立起阔大多维的视域广场，促使学者在不同知识视野和思维途径与鲁迅和鲁迅的文学世界会面。这种多维复合的视域广场既能够在历时的文化空间中展现鲁迅民俗文学世界审美品格的民族性和独创性，又能够在共时的历史场景中深挖鲁迅对中国社会和民族精神思考的敏锐性和整合性。研究对象被纳入哲学美学视野与思维方式之中，问题的本质才有可能获得基本的认知。

（三）以动态的模式将问题作为主体加以显现

20 世纪 80 年代初有人提出"研究一点鲁迅研究的方法"，强调"用历史的眼光来衡量鲁迅，而不是用鲁迅的眼光来衡量历史"[①]，这种主张自主地意识到研究鲁迅要置身于他所在的历史与文化境域之中来认识鲁迅，解读鲁迅世界，而不是从鲁迅的文本出发寻找结论，以鲁迅对历史的认识代替对历史与文化的认识。"一切问题的关键在于：不仅把真实的东西或真理理解和表述为实体，而且同样理解和表述为主体。"[②] 文化鲁迅、鲁迅文学世界、传统文化构成鲁迅与传统文化这一课题研究的三大要素，在研究者的视野中，三者都是对此课题产生独立意味的主体研究对象，以一方解释另一方，或以一方回答全局的主观研究行为，最终会导致一个不圆满的研究结果。为使我们关于鲁迅与传统文化的研究结果以客观、历史、真实的面貌呈现，在具体的

① 孙玉石：《研究一点鲁迅研究的方法》，《鲁迅研究月刊》1983 年第 5 期。
② ［德］威廉·弗里德里希·黑格尔：《精神现象学》（上），贺麟、王玖兴译，商务印书馆 1979 年版，第 10 页。

研究过程中，不仅要对作为客体与对象问题存在的历史与状态进行澄清，即史实的搜集与考证，更应该把出现在研究视野中的现象都作为具有主体意识的精神现象加以显现。基于对研究结果的客观性追求，在具体的操作环节中研究者要将材料的收集点推到鲁迅与民俗文化最初的交锋时点上，并在接受、偏离、回归这一鲁迅民俗文化接受史的动态再现中将鲁迅的民俗观念表述出来。

回到鲁迅与民俗文化发生关系的起点。回到起点就是从零开始，要求研究者把关于鲁迅的一切理性认知积累都清空，置身于由史实和材料所构建的历史人物鲁迅所生活的客观历史场景，力求发现两者的真实状态。两者关系的历史真相包括三个部分：被鲁迅本人意识到的，被以往研究者开掘出的和仍未被发现的。这需要从鲁迅与民俗文化关系发生的实际状态出发，在历史境域的回溯中发现这一关系被鲁迅本人和研究者遗落的事实。发现的过程也是一个梳理的过程，我们要像拼图一样将已被发掘的真相填入正确的历史位置，再将自己的发现补充进去，在鲁迅流动的生命形态追溯中力图显现两者全部的真实状态。

突出民俗观念在鲁迅文学世界中的整体显现，不再人为地将鲁迅的文学世界分割为孤立的文本加以研究，而是把它看作由一部部血肉相连的文本汇合而成的有机生命体。这些文本虽然表现形态各有不同，但是它们都在共同表现鲁迅的文学理念。民俗理念是鲁迅文学理念中一个重要的思想，贯穿于鲁迅文学世界，特别是小说世界中。在文本的串联中，研究者要将它们共通的意象和思想粘连起来，在这些打通的文本群落中，民俗理念将作为一个整体概念自主显现出来。

第一章　中国现代民俗学的发生和鲁迅的民俗观

第一节　中国现代民俗学的发生

1846 年，民俗学科创始人，英国学者泰勒（E. B. Tylor）在《原始文化》中首次提出民俗学的国际术语——"folk-lore"，将民俗看作"历史的遗留物"。泰勒指出："我们已经讨论的民俗和神秘艺术这些东西之中的遗留物的历史，多半是一个减少和衰落的历史。随着人的心理在不断进步的文化中的变迁，旧的习俗和观念就逐渐衰弱了……"①泰勒的观点影响深远，在一个世纪的民俗研究领域中，大多数的研究者将民俗看作正在消亡、即将消亡和已经消亡的事物。对这些民俗家来说，民俗是被"转化、转移或毁坏"的文化碎片，而他们的任务在于，在文本、样本的收集中拼接那些已经毁坏或消失的文化碎片。20 世纪 60 年代，美国著名民俗学者阿兰·邓迪斯在马林诺夫斯基"民俗生命论"的基础上，提出应该给民俗研究一个语境，不应

① ［美］阿兰·邓迪斯：《民俗解析》，户晓辉译，广西师范大学出版社 2005 年版，第 66 页。

该将民俗看作现代社会的僵死特点。"没有语境的民俗文本本质上就类似于装饰着人类学与民间博物馆的墙壁并且为私人住宅增添光彩的大量外来的乐器。这些乐器和民俗文本一样是本真的，但是，乐器的音域，乐器的音调，乐器的功能以及乐器表演的复杂性都是鲜为人知的。"① 他认为没有语境的民俗研究只能是"物品收集"，不会产生任何文化哲学意义，是一种买椟还珠的行为。民俗研究者应该赋予收集行为一定的语境，将民俗纳入特定的学理空间中，揭示民俗深层的文化意味与现实的关联。对中国现代民俗学科发凡的研究，同样需要在一定的语境中展开，离开了语境，研究对象便只是历史的片断，任何学理意义的生发和现实的启示都会成为奢谈。

一

1912 年年末，周作人发表《童话略论》，主张从人类文化学的角度出发研究中国童话，"民俗学"在中国学术史上第一次被正式提出，但周作人个人的声音并没有在文化学术界得到回应。时隔五年，北京大学发起民间歌谣的征集和研究：1917 年 12 月 17 日北京大学建校 20 周年纪念前后，在校长蔡元培的倡导下，发表了歌谣采集规约，拟刊行民谣总集和选集两种；1918 年 2 月 1 日，《北京大学日刊》在蔡元培特用《校长启事》公告的支持下，刊出了《北京大学征集近世歌谣简章》，由刘复、沈尹默、周作人三位教授担任歌谣的征集、编辑工作，钱玄同、沈兼士两位教授负责方言考订；1920 年成立北京大学歌谣研究会，由沈兼士和周作人两位教授主管。这场具有共同文化目标和行动纲领的学术自觉行为，从理论和实践两层意义上标志中国现代民俗学作为一门学科正式确立。1925 年，在北京大学的影响下，广

───────────────

① ［美］阿兰·邓迪斯：《民俗解析》，户晓辉译，广西师范大学出版社 2005 年版，第 46 页。

州、厦门、杭州等地相继成立了全国性的民俗学机构并创办刊物。

民俗学作为从西方话语中引进的学科，在20世纪的中国学术界得到如此迅速的发展和推广是罕见的。20世纪上半叶是中国知识分子吸收外来文化最为开放也最为迅速的时代，西方自文艺复兴以来的文化观念、文学思潮和学术成果纷至沓来，西方200多年的文化积累被五四知识分子20年间消化吸收掉，以至后来的学者称其为"文化速食"年代。在"文化速食"的过程中，知识分子对西方文化观念和文学思潮的研究和热情是急迫和短暂的。因为这一批文化"舶来品"还未搞明白，下一轮文化洪流又急势汹汹地到来。被称为"文学弄潮儿"的创造社诸子文学主张的变化之快，创作风向转变之速，足可作代表。"文化速食"年代，知识分子对应接不暇的西方文化观念和文学思潮，很少保有长期的热度和深层研究的热情。民俗学却是个例外，它不仅引起了中国整个文化界的关注，而且落地生根，逐渐成长为中国现代学术史上一门独立成熟的学科，并对此后新文化的建设和中国现代文学的发展产生了深远影响。隶属于后殖民主义文化体系的西方民俗学，为什么能够在五四爱国运动发生的年代，在中国文化界大受欢迎？为什么民俗研究在"民俗学"概念引进的几年后才被中国知识分子接受，在新文化运动时期迅猛发展？这一切问题的回答，都应该在中国现代民俗学发生的现代文化语境中寻找答案。

1922年12月17日，由周作人、沈兼士领导的歌谣研究会决定扩大园地，刊行了《歌谣周刊》，周作人在发刊词中总结了研究会搜集歌谣的两个目的：

> 一是学术的，一是文艺的。我们相信民俗学的研究，在现今的中国确是很重要的一件事业……歌谣是民俗学上的一种重要的资料，我们把他辑录起来，以备专门的研究：这是第一个目的。因此我们希望投稿者不必自己先加甄别，尽量地录寄，因为学术

上是无所谓卑猥粗鄙的。从这学术的资料之中，再由文艺批评的眼光加以选择，编成一部国民心声的选集。意大利的卫太尔（GuidoVital）曾说："根据在这些歌谣之上，根据在人民的真感情之上，一种新的'民族的诗'也许能产生出来。"所以这种工作不仅是在表彰现在隐藏着的光辉，还在引起将来的民族诗发展：这是第二个目的。①

这份声明点明了早期知识分子从事民俗研究的潜在心理动机：第一，研究国民性；第二，发展新文学。"国民性"和"新文学"是20世纪初中国知识分子建构现代性理论绕不开的核心理念。知识分子对两者概念范畴的理解，它们在"现代性"理论中负载的历史意义，是研究中国现代民俗学的重要文化语境。

二

研究国民性，即要了解中国人，了解自己的民族，要达到这种目的，必须以民俗为参照。对此，近现代知识分子深有体会。"数千年便安之风俗，乃对镜而知其病根之所在。"② "我平常颇喜欢读民歌。这是代表民族的心情的。"③ "洞悉中国之人情风俗，与现今改进之势，不致时时误会，于国际上必很有益。"④ "我们平常只会梦想，所见的或是天堂，或者是地狱，但总不愿意来望一望这凡俗的人世，看这上面有些什么人，是怎么想。"⑤

自晚清至五四，国民性研究仿佛一场突来的风暴席卷了中国文化

---

① 转引自陈勤建《中国民俗学》，华东师范大学出版社2007年版，第3页。
② 蒋观云：《海上观云集初编》，上海广益书局1902年版，转引自刘锡澄《民俗百年话题》，《民俗研究》2000年第1期。
③ 周作人：《周作人文类编6》，湖南文艺出版社1998年版，第569页。
④ 蔡元培：《蔡元培史学论文集》第4卷，高平步编，湖南教育出版社1987年版，第139页。
⑤ 周作人：《周作人文类编6》，湖南文艺出版社1998年版，第373页。

界，渗入每个人的思维，身陷者"各以其感受于时代者穿插点染补足之，终于成为一组混声大合唱"①。当局者和后来研究者都心无旁骛地踏着时代的旋风应和着这种大合唱，很少人能跳出时代文化的惯性，停下来回望一下，反省这场自我认知的文化狂欢源于何处，是怎样一种力量将中国文化推向了认知自我的历史反思之路。

中国人有意识地认知自我是自"国民性"的引入开始，"国民性"一词是英语 nationalcharacter 或 nationalcharacteristic 的翻译（亦可译为民族性、国家性），是个中性词，指一个国家或民族所有国民共有的品性，最早来自日本明治维新时期的现代民族国家理论。19 世纪的欧洲种族主义国家理论中，国民性的概念一度极为盛行，属于后殖民主义话语体系。它的理论特点是把种族和民族国家的范畴作为理解人类差异的首要准则，在话语霸权下体认自身文明和种族的优势，为西方侵犯东方提供进化论的理论依据。②

事实上，早在 18 世纪中叶，资本主义社会就已经将"国民性"的理论运用于东方文化的想象中，在西方和东方各个国家的民族性对比中凸现西方文化的优越，组建东方主义话语体系。这些东方主义话语的早期建构者，在东西文化的比较中大都将中国定位为假想中的东方国家代表，极尽丑化中国民族品性，以达到壮大自我民族自信心的目的。史景迁认为，西方社会对中国人的丑化行为和仇视心理，源于英法当局积极推动和中国的商务关系，但却遭到中国政府的拒绝，打不开中国门户的挫败感，直接引发了整个西方世界的反中国情绪。③18 世纪初，在英国和法国反中国的小说成为畅销书，丹尼尔·笛福的《鲁滨逊漂流记续集》就是明显的例子。书中记述鲁滨逊来到中国的

---

① 龚鹏程：《近代思潮与人物》，中华书局 2007 年版，第 69 页。
② 参见刘禾《语际书写——现代思想史写作批判纲要》，上海三联书店 1999 年版，第76 页。
③ 参见《史景迁与余英时的对谈》，《联合报》1999 年 1 月 8 日。

南京、北京及长城以外的蒙古等地区，对中国字、中国学术、中国建筑、食品、文化和中国人的品性都提出严厉的批判。叙述语调充斥着对中国的歧视、偏见和傲慢，认为中国的城市、生活、贸易、军队等一切都不如欧洲。18世纪，西方世界的反中国风气逐渐占上风，一方面是外交官和商人挫败感的宣泄，另一方面更重要的是游历过中国的西方人被中国东方帝国的富足和强大所震撼，严重打击了西方资产阶级精神深层的西方中心主义优越感和觊觎主宰中国的野心。这必然导致西方人文化心理打压中国的共同意向，在精神上达到绝对的文化优势，为入侵中国提供心理支持和理论依据。

最早为西方社会对中国的打压心理提供理论依据的是孟德斯鸠。

孟德斯鸠是法国启蒙思想运动的代表人物、资产阶级国家学说和法学理论的奠基者。1784年，他的名著《论法的精神》问世，此书的副标题为——论法律与各国政府体制、风尚、气候、宗教、商业等的关系。它不仅是一部法律、政治著作，而且用自然和社会因素来说明各国历史和不同制度的特点。为了更好地说明欧洲社会在人种和文化上的优越，孟德斯鸠在书中设置了两个比较对象：亚洲和欧洲，亚洲的代表国家则为中国。在关于专制和自由的推断中，他写道：

> 在亚洲，强国和弱国是面对面的。好战、勇敢、活泼的民族和女人气的、懒惰的、怯懦的民族是紧紧地相毗连着的。所以一个民族势必为被政府者，另一个民族势必为政府者。欧洲的情形正相反。强国和强国面对着面，毗邻的民族都差不多一样的勇敢。这就是亚洲之所以弱而欧洲之所以强的重要原因；这就是欧洲之所以有自由而亚洲之所以受奴役的重要原因。①

这就是他的基本论述风格，先依据某些文献说明亚洲的状况，然

---

① ［法］孟德斯鸠：《论法的精神》3卷17章3节，严复译，商务印书馆1909年版。

后与欧洲相对比，以达到在奴役与自由、停滞与进步、感性与理性的二元价值对立中，塑造一个低劣、堕落、愚昧、等待拯救的东方形象为西方文明陪衬。

在孟德斯鸠的论调中，连欧洲人的奢侈都成为一种荣耀的资本，而中国人节俭的美德则是其落后、低劣的证明：

> 要知道一个国家应该鼓励或是应该禁止奢侈，首先就要考量那里人口的数目和谋生的状况二者间的关系。在英国，土地出产的粮食可以供给农民和衣物制造者们食用而绰有余裕，所以它可以有些无关紧要的工艺，因而也可以奢侈。法国生产的小麦也足以维持农民和工人们的生活。加之，对外贸易可以输入许多必需品来和它的无关紧要的东西交换，所以用不着惧怕奢侈。中国正相反。妇女生育力强，人口繁衍迅速，所以土地无论怎样垦殖，只可勉强维持居民的生活。因此，在中国奢侈是有害的，并且和任何共和国一样，必须有勤劳和节俭的精神。①

比较中，西方人居高临下的文化心态、对东方形象的刻意扭曲尽显其中。说到底一句话，其东方主义本质就是话语霸权，是西方资本主义向外扩张的政治霸权在文化中的显现，是其为自己向外武力扩张的遮羞布。

写到亚洲和欧洲的情感生活时，他在感性和理性的对立中，塑造了一个堕落、纵欲的蛮性十足的中国形象：

> 因气候的关系，自然的冲动极强，道德几乎是无能为力的。倘若让一个男人和一个女人单独在一起，诱惑将带来堕落，必然会进攻而不会有抵抗。这些国家，不需要箴言诰诫，而需要铁窗

---

① ［法］孟德斯鸠：《论法的精神》1卷7章6节，严复译，商务印书馆1909年版。

门闩。中国一本古典的书认为一个男人在偏僻冷落的房屋内遇到单身的妇女而不对她逞暴行的话，便是了不起的德行。①

在我们北方各国，风俗天然就是好的，人们的一切情感都是平静的，不太活泼，不太风雅，爱情很秩序地统治着人们的心。所以只要最少的行政力量，就可以领导他们。②

这些对中国民族品性的述说，在中国人看来有如照哈哈镜的效果。然而，在西方社会文化中，这种由文字塑造出来的历史，其合法性是获得公众认可的。他们毫不怀疑它的真实性，就像此前相信中国是人类智慧和幸福的乐园一样虔诚。

中国的形象由西方人眼中的"孔教乌托邦"转身为"邪恶帝国"，背后支撑这种转身合法性的是"欧洲把民俗看作遥远过去的遗留物的观念"③。直至19世纪末，深受欧洲影响的美国还将"民俗概念局限于已经死的或垂危的遗留物——英国旧俗的孑遗，南方黑人的动物故事，即将消失的美洲印第安人的传统的最后遗存"，"把民的概念局限于农民、乡下或未受过教育的人们"④。这样，当孟德斯鸠关于中国的奇谈怪论建立在因中国人种的缘故，不能带来中国民俗更变的理论基础上时，一切在西方人的思维中就顺理成章了。"如果在奇观的纤弱上面再加上精神的懒惰，你便容易知道，这个心灵一旦接收了某种印象，就不再能加以改变了。所以东方今天的法律、风俗、习惯，甚至那些看来无关紧要的习惯，如衣服的样式，和一千年前的相同。"⑤ 中国地理和人种因素决定了中国不可能依靠自身的力量改变社

---

① ［法］孟德斯鸠：《论法的精神》3卷16章8节，严复译，商务印书馆1909年版。
② ［法］孟德斯鸠：《论法的精神》3卷16章16节，严复译，商务印书馆1909年版。
③ ［美］阿兰·邓迪斯：《民俗解析》，户晓辉译，广西师范大学出版社2005年版，第6页。
④ 同上书，第30页。
⑤ ［法］孟德斯鸠：《论法的精神》3卷14章4节，严复译，商务印书馆1909年版。

会的愚昧、堕落状况，必须依靠外在的力量来拯救这些人。而欧洲社会就是上帝派来拯救中国的使者——西方对中国的入侵披上了"圣战"的外衣，以正义的面孔出现。孟德斯鸠的"中国凝固论"迎合了西方资本主义国家的扩张野心，深入其人心，以致 19 世纪末，亚瑟·史密斯在《中国人的气质》中还要故技重演："中国能自己驱策改革吗？"① 他的回答是意料之中的："中国需要外国的干涉，基督教的文明的宗教信息必须传布以改进中国人民的性格。"②

孟氏从人种学角度否认中国的思想被同一精神谱系下的黑格尔毫不犹豫地接受，认为中国乃"是一个持久而有韧力的国度，因此它不能凭借自己的力量来改变自己。这就是远东的形式，特别是以中国的情况为典型"③。只是，他将这个问题的思考收纳于哲学领域内，撇开孟氏社会学家式的斑杂，偏重对中国精神形态的批判。黑格尔之批判也脱不了东方主义的话语体系，但其对中国人和中国社会的批判是颇具理性深度的，他以一个哲学家的敏锐思维抓住了中国社会衰落的根本痼疾。19 世纪末至 20 世纪中国知识分子对国民性的反思无不深受其启发。他的中国论主要包括三个方面：国家形态儿童论、个体自由缺乏论、非历史之历史。

国家形态儿童论，是黑格尔对中国整体国家特征的概括，是对孟德斯鸠"东方专制主义论"的哲学表述。他认为中国社会还处于儿童期，自我意识尚未觉醒，深度缺乏对自我的认识。国家政治形态的发展犹如人的一生要经历儿童期——青年期——成年期，而东方社会的中国和印度实施的是世界最古老、最幼稚的神权专制政治，其特点是

---

① 刘禾：《语际书写——现代思想史写作批判纲要》，上海三联书店 1999 年版，第 84 页。
② 同上。
③ 李荣添：《历史的理性：黑格尔历史哲学导论分析》，台湾学生书局 1993 年版，第 245 页。

一个人的意志代表国家的意志。

> 中国人的帝国及蒙古人的帝国俱属于"神权式的专制政治"（theokra-tischendespotie），这是以家长制为基础的。一位父亲身居领导之位而同时掌握着一切，连我们认为是良知这方面的事情也要受其管辖。这"家长的法则"在中国乃被用以组成一个国家。——在中国，那居于领导地位的人是个独裁者（Despot）。他领导着一个多方面的庞大官僚层，故其下属成员，就算是宗教上的事情及家庭上的事物要通通由朝廷来规定，个体在道德上并无自我可言。①

将中国社会的组织形式总结为"家长的法则"，说明黑格尔对中国政治体制和社会结构的把脉还是精确而深刻的。20世纪中国知识分子为社会所开的药方就是反对"封建家长制"，鲁迅对农村"宗法制度"的深切体会和抨击，林语堂认为中国社会的基础是家庭，巴金对封建礼教的揭露，都隐约看到"神权式的专制政治"思想的影子。

个体自由缺乏论——黑格尔认为东方世界的个体与全体的关系是家长式的。每个独立的个体不能有自己明确的意志和自由，中国国民生存的信条就是信赖和服从国家的意志，而国君就是国家意志的集中体现者，从来没有意识到自己对国家有独立发言的权利和国家对国民个体的义务。中国人观念中只有国家意志，没有自我意志。虽然"国家也开始出现了。在那里，主体还未曾有着其应有的权利，而仅仅弥漫着一种直接的、没有客观法律的伦理生活"②，"中国人把他们的道德律当成为自然的律法、外在的明文规条、强制的权利和强制的义

---

① 李荣添：《历史的理性：黑格尔历史哲学导论分析》，台湾学生书局1993年版，第246—247页。

② 同上书，第245页。

务，或者是互相保持礼貌的律则。至于那要通由实体性的'理性规定'才可达致的伦理态度，这种'自由'在中国是找不到的。"① "这两个国家（按：指中国和印度）都缺乏了对'自由概念'在本质上的'自我意识'，而且是彻底的缺乏"②。

非历史之历史观是孟德斯鸠"中国凝滞论"的延续，认为中国几千年的社会发展史以循环往复的形态出现。中国社会的历史并不具有"进步"的意味，历史对中国来说只具有活动空间，而不具有任何上升或下降的时差性。

> 这样的历史本身仍然是毫无历史的，因为它不过是同样一个人伟大没落之重复（dieWoderholungdes-sellenmajestatischen Unter-gangs）。为了要取代昔日的光辉，那用勇气、力量、豪迈的牺牲所换取回来的新局面同样要经历解体和没落之循环。——此中没有任何进步可言，所有这些风波都不过是一种"非历史的历史"（eineungeschichtliche Geschichte）。③

由此，黑格尔看到了中国作为东方社会所独有的"持续性"和"稳定性"，也看到了一个民族"自我毁灭的专横性"，又一次有力地证明中国社会依靠西方文明拯救的必然性。

孟德斯鸠和黑格尔是中国资产阶级思想产生的最初来源，他们是18、19世纪西方资产阶级思想最为优秀的两位代表。清末民初，近代知识分子力图从对西方政体的模仿上促进中国的强大，他们把孟德斯鸠和黑格尔作为实施君主立宪的理论基础引入中国。梁启超是戊戌变

---

① 李荣添：《历史的理性：黑格尔历史哲学导论分析》，台湾学生书局 1993 年版，第 176 页。
② 同上。
③ 李荣添：《历史的理性：黑格尔历史哲学导论分析》，台湾学生书局 1993 年版，第 245 页。

法的主力，也是将孟德斯鸠和黑格尔的学说介绍到中国的第一人。1899 年，梁启超发表《蒙的斯鸠之学说》，1901 年又发表《立宪法意》，认为孟德斯鸠对中国专制主义国家政体的批判是符合中国现实的，"泰西政治之优于中国者不一端，而求其本原，则立法部早发达，实为最要著者"①。梁启超对黑格尔的介绍，用意是借其哲学来发展中国的现代民族国家理论。

随着政治实践的不断挫败，孟德斯鸠和黑格尔对中国国民性的描述和批判，引导近代知识分子开始思考中国国民性和中国落后的原因。这些在东方主义话语体系下产生的中国印象，刺痛了近代知识分子的神经，也刺伤了他们的民族自尊心。他们发现西方人对中国品行的批判是有其合理性的，隐藏在中国人身上的这些"阴魂"确实是阻碍中国社会进步的无形力量。但他们对东方主义话语中以人种论民性的高低又很不以为然，坚信中国国民性是可以改造的。1913 年，严复将孟德斯鸠《说法的精神》翻译出版，书中布满了密密麻麻共计 330条按语，是他所有译作中按语最多的一部。从 330 条按语来看，严复对孟德斯鸠的中国专制政治论是认同的，按语的批判点多集中在孟德斯鸠对中国民俗的论述。严复认为对民俗的分析应该结合各国"天时、地利、人为"三方面的因素，偏重或遗漏一方都是不可信的。"论二种之强弱，天时、地利、人为三者皆有一因之用，不宜置而漏之也。顾孟氏之说其不圆易见。"② 对孟德斯鸠认为中国民俗久而不变的观点甚为反对。他在 14 卷 2 章的按语中，从中国地域的差别论述民俗的变化，在 19 卷 13 章的按语中，则从时代的变迁，论述中国宋以后的民俗和唐以前大不相同。他指责孟德斯鸠根本不懂中国的文化，否认基督教优于中国佛教，"孟氏以此攻佛教，可谓不知而作者

---

① 龚鹏程：《近代思潮与人物》，中华书局 2007 年版，第 62 页。
② ［法］孟德斯鸠：《论法的精神》17 卷 3 章，严复译，商务印书馆 1909 年版。

矣。佛道修行之辛苦，其所以期其徒之强立者，他教殆无与比伦也"①。当然更不会认同基督教最能与自由相合的观念。

梁启超的《少年中国说》则重点反驳了黑格尔"非历史之历史"的中国观。他在论证中将 20 世纪初设置为中国历史的一个时间点，此点之前中国只有家族、朝廷和天下，根本没有"国家"。进入 20 世纪，中国具有了自觉的国家意识，中国人成了具有自我意识的国民。以"少年中国说"为文之眉目，意在宣告 20 世纪的中国是一个充满着朝气和活力的少年中国，其未来发展必然霞光万丈。梁启超以喷薄的热度和掷地有声的用词，强有力地驳斥黑格尔强加于中国身上"循环往复、不可更新"的历史魔咒。

五四新文化人，更是对中国国民性的可改造性充满了信心。他们不掩饰中国文化和精神中存在某些劣根性，但坚信这些文化和精神上的遗憾并不影响中国成为一个强大的现代化国家，根本否认东方凝滞论。"国民思想是根苗，政治教化乃是阳光和水似的养料，这固然也重要，但根苗尤其要紧，因为属于先天的部分，不是外力所能容易变动的。中国幸而有此思想的好根苗，这是极可喜的事。"② 鲁迅对中国国民性的反思最深、批判最狠，但他说："揭发自己的缺点，这是意在复兴，在改善……"③ 他认为，批判国民性，揭自家的短，是为了促进改革，推动中国进步；如果"多说中国的优点"，则会故步自封，妨碍中国进步。林语堂则向西方世界宣称，中国不会成为"地球太太的流产儿"。因为"无论中国的一切都是缺点，她有一种优越的生活本能，一种战胜天然之非凡活力，是不可否认的"④。"人们因是必须

---

① ［法］孟德斯鸠：《论法的精神》14 卷 5 章，严复译，商务印书馆 1909 年版。
② 周作人：《谈虎集》，河北教育出版社 2002 年版，第 43 页。
③ 《鲁迅全集》第十四卷，人民文学出版社 2005 年版，第 410 页。
④ 林语堂：《吾国吾民》，《林语堂名著全集》第二十卷，1994 年版，第 4 页。

信仰她一定有一种能力，足使此种基业存续下来"①。五四新文化人将对国民性的反思和完善作为文学创作的主打领地，倾其一生用文字雕琢心目中理想的国民性。他们希望，通过由上而下的文化启蒙和民族自我审视，将国民性中好的品质发扬光大，剔去坏死、僵化的品质，由旧有的国民性中生发出一个全新的国民性。"以遗传的国民性为素地，尽他本质上的可能的量去承受各方面的影响，使其融和浸透，合为一体，连续变化下去，造成一个永久而常新的国民性。"②

现代很多文化研究者将现代知识分子的"国民性"思想，看作东方主义中国观对中国文化典范影响的遗留，指责五四新文化人的"国民性"批判是西方人的思维延续，"国民性"词性由中性转为贬义足可证见。有此想法的人只看到了"国民性"表层意义的转变，而没看到当"国民性"理论被转手运用于中国人的自我审视时，其背后的理论支柱已悄然轰塌。西方人站在"历史遗留物"的理论上建构东方主义中国观，根本上否定中国的国民性。因只有证明中国国民性的不可更改性，证明中华民族是一个劣等民族，才会有西方趁机入侵的合理性。以子之矛攻子之盾，中国知识分子则站在中国民俗可自新的立场上去理解国民性，在批判中肯定国民性，是和西方人走在同一条路上却针锋相对的观点。这种特定的"国民性"理解语境，使以研究中国国民性为目的而被引入的西方民俗学刚踏入中国的土地，其本质论上已经被中国文化人不动声色地本土化了，是兼容西方理性和东方色彩实用于中国本土的民俗学。西方民俗学向中国现代民俗学的成功转身，表明在世界文化彼此交流融合的现代化背景下，中国文化具有强大的文化间性来消化吸收异体的科学性和先进性，再一次以事实证明中国文化具有自我革新的包容性而非"自我毁灭的专横性"。

---

① 林语堂：《吾国吾民》，《林语堂名著全集》第二十卷，1994 年版，第 3 页。
② 周作人：《自己的园地》，河北教育出版社 2002 年版，第 13 页。

三

中国现代民俗学得以发生的另一个动力是现代知识分子发展新文化的目的。20 世纪 80 年代末，钟敬文老先生在回顾五四时期民俗学的兴起时，认为当时绝大多数知识分子对中国传统文化的态度并非"全盘否定"那么简单。"当时民俗文化学的从事者，并没有集体表示对创造新文化的意见。但是，在他们这方面的作业里，大体上表现出一种共同的倾向。就是，重视民族传统中的中、下层文化，调查它、探索它，乃至表彰它。"[①] 20 世纪初，中国作为西方资本主义殖民对象而存在，中国知识分子出于"强国护种"的文化自觉从西方引进民俗学的概念，一方面意在保护、发展本民族文化，希望在西方科学理念的引导下，对本民族的文化家底来一个彻底的修整，以正本清源，为民族未来文化的建设和繁荣提供源源不断的"活水"；另一方面则是出于改造国民性的考虑。现代知识分子需要建立一条通向下层民众的桥梁，否则改造国民性的文化启蒙只能成为纸上谈兵、隔靴搔痒的一种形式。

1918 年 11 月 23 日，教育部正式公布"注音字母"，统一汉字读音，这是我国有史以来第一套"汉语字母"。1920 年 1 月 12 日，教育部发布训令，要求小学一、二年级普通话从当年秋季起用白话文取代古文。同年 3 月，教育部要求小学各年级一律废除文言教科书，白话文运动取得了实质性的胜利。中国新文化的建设还远没有结束，"文字是文学的基础"[②]，白话代替文言只是新文化运动的第一步。下面的文化建设该怎么走，是仿照西方的模式还是从中国文化自身下手？在西方理论的引进过程中，怎样合理有效地应用于中国文化建设？这些

---

① 钟敬文：《民俗文化学梗概与兴起》，中华书局 1996 年版，第 140 页。
② 胡适：《尝试集》，安徽教育出版社 2006 年版，第 25 页。

是白话文运动胜利后，新文化运动倡导者所必须思考的问题。

　　"一国文艺的改革更新常借民间文艺发轫。"① 经过明清至民初的通俗文学发展和两次白话文运动，五四新文化人发出向民间寻找新文化之路的口号。胡适认为"一切新文学的来源都在民间"②，李大钊倡导"到民间去"。1916 年 3 月 19 日，梅光迪致信胡适："来书论宋元文学，甚启聋聩。文学革命自当从'民间文学'（Folklore, Popularpoetry, SpokenLanguage, etc.）入手，此无待言。"③ 鲁迅呼吁有志于文化革新和社会改革的人们必须走入民间，"也必须先知道习惯和风俗"，"因为倘不看清，就无从改革"。他清醒地看到文化审视的眼光，往往过多地重视可以用现成理论来分类、界定的思想意识，而忽略了更为丰富复杂、以民俗文化的方式影响着人们的"亚思想意识"。这种认知的偏差和民俗知识的缺乏，足以使较新的改革"就著著失败，改革一两，发动十斤"④。周作人则指出文化改革不应该局限于学术和文艺的范围，因为它们只是显现出的冰山一角，中国文化的大部隐没于民众间。"从前我说文化大抵只以学术与艺文为限，现在觉得这是不对的。学术艺文固然是文化的最高代表，而低的部分在社会上却很有势力，少数人的思想虽是合理，而多数人却也有实力，所以我们对于文化似乎不能够单以文人学者为对象，更得放大范围来看才是。"

　　五四知识分子所指涉的"民间"就是中国下层劳动人民的生活文化空间。周作人认为"'民间'这意义本是指多数不文的民众"⑤。胡适认为民间所指的是那些"村夫农妇，痴男怨女，歌童舞姬，弹唱

---

①　陈勤建：《中国民俗》，中国民间文艺出版社 1989 年版，第 231 页。

②　姜义华主编：《胡适学术文集》，中华书局 1998 年版，第 155 页。

③　同上书，第 201 页。

④　《鲁迅全集》第四卷，人民文学出版社 2005 年版，第 229 页。

⑤　《歌谣》周刊第六号，1923 年 1 月 21 日。

的，说书的"①。现代知识分子从文化的角度来理解"民间"，民间对他们来说不是物理性的空间定位，而是以社会上某一群体的文化身份来定义民间。对他们来说，民间就是被庙堂文化和士大夫文化摒弃在外的大多数民众的生活空间和思想空间。郑振铎在《中国俗文学史》中这样定义俗文学："俗文学就是通俗的文学，就是民间的文学，也就是大众的文学。换一句话说，所谓俗文学就是不登大雅之堂，不为学士大夫所重视，而流行于民间，成为大众所嗜好、所喜悦的东西。"② 虽然，周作人在《中国新文学源流》中将通俗文学排除在民间文学之外，认为真正能够代表民间的，是那些由下层劳动人民自发形成的，且未经"低级文人"雕琢的原始文学。大部分倡导白话文运动的知识分子，还是认同郑振铎对民间文学的划定。因为，在他们看来，无论是俗文学、通俗文学、民间文学还是原始文学都以白话为表达方式，是区别于文言为主的士大夫文学和庙堂文学，通俗文学以白话为主理所当然应该归于民间文学当中。因此，胡适说："所谓'俗vulgar'，其简单的意义便是'通俗'，也就是能够深入群众。它和'俗民 folk'一字，在文学上是同源的。"③

白话文学，即民间文学，正是五四新文化人对民间文学的这种共识，才驱使他们从西方引入民俗学。虽然，民俗的概念几乎和民俗学家一样多，但几乎所有的民俗家都认为民间文学是民俗学的重要组成部分。"民俗学的范畴虽也包括许多风俗习惯与民俗文物的研究，但是无论如何民俗学研究的核心，仍然是传说、神话、谚语、歌谣等'民俗文学'（folkliteratur）的素材，而所谓民俗文学，其实也就是民

① 姜义华主编：《胡适学术文集》，中华书局 1998 年版，第 155 页。
② 郑振铎：《中国俗文学史》，商务印书馆 1938 年版，转引自仲富兰《民俗传播学》，上海文化出版社 2007 年版，第 58 页。
③ ［美］唐德刚译：《胡适口述自传》，华东师范大学出版社 1997 年版，第 144 页。

间文学，其间也许只是字义上运用的差别而已。"① 甚至，在早期民俗学的概念当中，民俗学就是对民间文学的研究。现在民俗学的国际术语为英文"folklore"，实际上，德国是世界民俗学的故乡，最普遍的《德文大辞典》这样解释民俗学："一个民族的民歌、民间故事、民间传说及谚语，因此包含音乐的及诗的因素。"② 大部分国家的民俗学都是从对本国民间口头文学的研究发起，所以钱小柏认为在外国，民俗和民间文学是混为一谈的③，俄国学者李福清认为民间文学就是由英文"folklore"转译过来的。"民俗学"作为从西方引进的概念，现代知识分子对它内涵的理解也受到西方思维惯性的影响，着重从文学的角度来理解民俗学、从事民俗研究。20 世纪 20、30 年代，中国学界曾展开对"folklore"名谓界定的讨论。1921 年胡愈之发表《论民间文学》认为："民间文学的意义，与英文的'Folklore'"，德文的"Volk-skunde"大略相同，"近世，欧美学者知道民间文学有重要的价值，便起用科学方法研究民间文学。后来研究的人渐多，这种事业，差不多已成了一门专门科学，在英文便叫'Folklore'。"④ 钟敬文和陈勤建认为中国民俗学是从"文学切入"，认为"文学倾向"是"给中国民俗学的开展一特色的"⑤。

中国现代新文学的建设中，五四新文化人对诗歌、散文、小说的革新都有意识地吸收民间资源。

闻一多是新月派的代表人物，是中国现代诗歌理论的重要奠基

① 李亦园：《二十世纪中国民俗学经典·民俗理论卷》，社会科学文献出版社 2002 年版，第 342 页。

② ［俄］李福清：《神话与鬼话：台湾原住民神话故事比较研究》（增订本），社会科学文献出版社 2002 年版，第 4 页。

③ 参见钱小柏《民间文学与民俗学的关系》，《中国民俗学论文选》，中国民间文艺出版社 1986 年版。

④ 陈勤建：《中国民俗学》，华东师范大学出版社 2007 年版，第 8 页。

⑤ 参见钟敬文《从事民俗学研究的反思和体会》，《北京师范大学学报》1998 年第 6 期；陈勤建《中国民俗学》，华东师范大学出版社 2007 年版，第 12—13 页。

人，他开创了格律体新诗派。他不满于早期白话诗歌的粗浅、直白，致力于研究新诗格律化的理论。在论文《诗的格律》中，他要求新诗具有"音乐的美（音节），绘画的美（辞藻），并且还有建筑的美（节的匀称和句的均齐）"，即现代诗歌的重要理论"诗歌三律"。另外，闻一多还是中国现代民俗学的早期实践者，致力于中国神话和文化图腾的研究，其诗歌理论和创作充满民族色彩不能不说是得益于此。他将民俗文化的研究和新文学建设联系起来，立志做书蠹虫的"芸香"，要从"故纸堆中"清理出一条中国社会和文化的现代化之路。闻一多给误解他"陷入故纸堆"的诗人臧克家复信说："你们做诗的人老是这样狭窄，一口咬定世上除了诗什么也不存在，有比历史更伟大的诗篇吗？我不能想象一个人不能在历史（现代也在内，因为它是历史的延续）里看出诗来，而还能懂诗……"① 闻一多认为神话是一切文化尤其是文学的源头，研究神话同研究诗一样，都是要清理自上古以来中华民族的"心灵史"和"文化史"，为新文学提供借鉴。

林语堂是现代幽默小品文的始作俑者。幽默是英文"humour"一词的音译，1924年，林语堂在《晨报》副刊上连续撰文，定"幽默"为"humor"的汉译名。幽默是个外来词，林语堂却认为中国文学传统中一直都有幽默存在，他指出《诗经》中"子有车马，弗马弗驱，宛其死矣，他人是愉"的诗句就"已露出幽默的态度了"，"'子不我思，岂无他人'的诗句'也含有幽默'的意味"，"庄生可称为中国之幽默始祖"②。只是到了后来，幽默长时间被官方文化和士大夫文化压抑着，"真正的幽默，学士大夫已经写不来"③。传统文化中的幽默只能寄托于边缘化的民间，存身于老百姓喜闻乐见的文学类型中，是

---

① 汪玢玲：《汪玢玲民俗文化论集》，吉林人民出版社2000年版，第27页。
② 林语堂：《林语堂名著全集》第十四卷，1994年版，第5页。
③ 同上书，第8—9页。

本真的而不矫饰的文学风格。林语堂认为要发掘具有中国风情的幽默小品文，将"真幽默"作为一种文风在现代文学中传承壮大，必须向民间文学学习。"正统文学之外，学士大夫所目为齐东野语稗官小说的文学，却无时无刻不有幽默成分。宋之平话，元之戏曲，明之传奇，清之小说，何处没有幽默？……中国真正幽默文学，应当由戏曲传奇小说小调中去找，犹如中国最好的诗文，亦当由戏曲传奇小说小调中去找。"① 林语堂的幽默乃一家之长，体现着东方文化的含蓄、洒脱，浸透着中国人日常生活的哲理和人生态度，常使人会心一笑。

林语堂在巴西的一次集会上作演讲时说："世界大同的理想生活，就是住在英国的乡村，屋子里安装有美国的水电煤气管子，有个中国厨子，有个日本太太……"简单的话语杂糅各国的特点，将它们翻炒于人们的日常生活中，不由得让人品咂着，蕴浸于这化抽象为具体、化深刻为浅易、化严肃为活泼而不动声色的幽默中。林语堂的幽默不仅仅是一种语言艺术，他还经常将这种幽默表现于中国式的行事风格中。在一次演讲中，正当大家听得入神的时候，林语堂却卖了个关子，收住语气说："中国哲人的作风是，有话就说，说完就走。"说罢，收起烟袋，抖抖长袍，挥挥袖子，飘然而去。听众们早已拟好腹稿，准备等他演讲结束后提问，他却以东方人独特的洒脱，出其不意地走了，幽默地避开了一场复杂的对话，也以这种独特的行为幽默给听众留下了深刻的印象。

民俗文化的研究"对我们洞悉中国农民的精神世界和社会心理大有裨益"②，而乡土小说的诞生是现代文学创作者自觉地将民俗研究运用于小说创作的产物。将乡土小说看作中国新文学的产物，并不是因为小说中对民情风俗的描写和乡土中国田园化的展现，而是隐含于这

---

① 林语堂：《林语堂名著全集》第十四卷，1994 年版，第 8—9 页。
② 周晓虹：《传统与变迁》，上海三联书店 1998 年版，第 41 页。

些乡情民俗背后的文化思考。在乡土小说的创作中，现代作家潜入中华民族的精神后花园，审视中国人生活和精神中世代遗留的暗伤。茅盾认为优秀的乡土作品"在特殊的风土人情而外，应当还有普遍性的与我们共同的对于运命的挣扎"①，"单有特殊的风土人情的描写"来满足阅读者的好奇心，这是游历家就能够做到的，没有什么新奇、创新之处。茅盾所强调的"普遍的与我们共同的对于运命的挣扎"就是民族文化中所体现出来的"我们感"。这种"我们感"是"人类族群或群体不约而同地感受，感性认知，心意趋同；它类同于文化认同，是文化身份的精神标杆。"② 它是同一族群的人在悠长的历史空间中，一种集体无意识或集体有意识的共同心意积淀。"当作家通过作品揭示一个世界时，这就是世界在自我揭示。"③ 我们从现代乡土小说对下层民众生活的描写和精神的透析中，看到中华民族自古至今的生活史和精神发展史，就像从鲁迅的阿Q看到自己甚至整体中国人，从祥林嫂看到中国妇女，从孔乙己看到封建落魄文人，乡土小说对这种潜在共同心意的传达，是民俗研究对现代小说的独特贡献。

第二节　鲁迅民俗观对中国古民俗观的继承

作为中国现代民俗学的倡导和奠基者之一，鲁迅的民俗观兼容了西方民俗理论和中国古民俗观两者的长处，既有西方民俗理论的学理性建构又有中国古民俗观所包含的朴素政治观念。下面两节我们将从

① 茅盾：《茅盾文艺杂论集》（上册），上海文艺出版社1981年版，第576页。
② 陈勤建：《中国民俗学》，华东师范大学出版社2007年版，第62页。
③ ［法］米盖尔·杜夫海纳：《美学与哲学》，孙非译，中国社会科学出版社1985年版，第29页。

鲁迅的社会文化活动、文学思维特点和语言改革入手，深入探讨东方古民俗观和西方的民俗理论怎样和谐地融合于鲁迅的民俗理念中；在以这些民俗资源为依据，参与中国现代新文化建设的社会实践中，鲁迅如何在继承中拓展出独具个人特色的开放性民俗思想体系。

一

20 世纪以前，在中国几千年文化的发展史中，民俗资料和民俗观念没有形成统一的学科意识和完整的理论体系，相关的民俗记载和言论零零散散地分布在每个封建王朝的史书和地方志中。这些短章残论拼接而成的古代民俗观，缺乏统一的内在逻辑和学科自觉意识，但它们的存在为 20 世纪知识分子创建现代民俗学科提供了理论前提和丰富的资料积累。任何文化、学科的产生和发展都离不开其生长土地上的民族为其悠长、缓慢的知识积累。这些知识浅陋、零乱，却是文化突变和学科发生不可或缺的资本，是文化创新者推动这种突变和发生不可或缺的"前理解"。鲁迅是现代民俗学的早期倡导者，他的民俗观建立在本土民俗资源之上，离不开对古民俗思想的继承和开发，要深入地了解鲁迅民俗观的形成就必须在古民俗史相关概念的梳理中，将鲁迅民俗观中的传统因素清理、展示出来。

中国民俗文献中普遍使用的民俗概念总共有三个，即"俗""礼俗""风俗"。它们先后出现在中国民俗发展的不同阶段，其意义和范围在文献资料中被反复地解释和界定。"俗""礼俗""风俗"产生之初，概念各有分工，指称不同的民俗对象，界定着不同侧面和层次的民俗文化，使整个中国古民俗概念的发展呈现出历史地质岩层的阶段性，表现了中国古民俗观念中朴素的类别意识。古汉语的发展规律是由单音节词向双音节词和多音节词衍化，未出现双音节词"礼俗""风俗"之前，一般用单音节词"俗"而少见"民"与"俗"两字合起来共用的"民俗"。在相关的文献资料中两者一般分开使用，意义独立，各自成词。

民俗文献中"俗"的概念最早出现于《周礼》，《周礼·地官·大司徒》曰："以俗教民，则民不愉"，郑康成注："俗，谓土地所生习也，愉，谓朝不谋夕。"贾公彦疏："俗，谓人之生处，习学不同，若变其旧俗，则民不安，而为苟且。若依其旧俗化之，则民安其业，不为苟且。故云'以俗教民，则民不愉'。愉，苟且也。"① 可见，我国早在商周时代就已经认识到民俗的民众属性和民众在行为和心理对民俗的惯性依赖。许慎的《说文解字》从汉字构造的"六书说"出发来解释："俗，习也。从人，谷声。""俗"的汉字结构属于"六书"中的形声，"形声者以事为名，取譬相成"。依此可见，在古汉语中"俗"一个字就涵盖了现代汉语中"民俗"这个词的意义，即人们的生活习惯。清人段玉裁补注："习者，数飞也。引申之，凡相效谓之习。"后来的民俗文献中对"俗"概念的运用和理解基本上沿袭了两者对"民习"的界定。"俗者习也。上所化曰风，下所习曰俗。""古者，百里而异习，千里而殊俗，故明王修道，一民同俗。"② "风者气也，俗者习也。土地水泉，气有缓急，声有高下，谓之风焉；人居此地，习已成性，谓之俗焉。"③ 对"俗"的理解产生于中国民俗发展的"鸿蒙"期，其内涵与"习"对等，意指民众在生产和生活中自发的经验总结和对这种经验的无意识继承，偏重民俗自然天成的属性，故《释名》又云："俗，欲也，俗人所欲也。"古汉语产生双音节词后，人们将"习"与"俗"合并为"习俗"，区别于后来出现的"礼俗"和"风俗"。

鲁迅本人没有对自己所理解的民俗文化展开正规的学理性界定，

---

① 《十三经注疏》，中华书局 1980 年版，第 703 页。

② 张纯一：《晏子春秋校注·内篇问上第三·景公问明王之教民何苦》，《诸子集成》，上海书店出版社 1986 年版，第 89 页。

③ 刘昼：《新论·风俗篇》，傅亚庶校，《刘子校释》，中华书局 1998 年版，第443 页。

但从他倡导社会改革和谈论文化创新的相关文章和话语中，不难看出在对民俗核心内涵的理解上，鲁迅更倾向于古民俗观念中对民众习性和心理惯性的强调，与西方民俗学英文术语"Folk-lore"所意指的民众知识出入颇大。西方民俗学研究的重点在于民俗事象本身，坚持以一种学术的视角来客观地复原和描述民俗事项，要实现科学领域中对民俗事象真实性的极限追求。鲁迅对民俗的态度从来就是非学术的，他认为英国人乔治·葛莱作《多岛海神话》的目的"并非全为学术，大半是政治上的手段"①。作为致力于社会改革的文化人，鲁迅更注重的是透过社会现象和民众行为的表象，挖掘背后支持它们的文化惯性，偏重西方民俗学中的心意民俗，即心理民俗部分。在提倡社会改革的杂文中，他呼吁改革者应该重视民众习性和心理惯性，"倘不深入民众的大层中，于他们的风俗习惯，加以研究、解剖，分别好坏，立存废的标准，而于存于废，都慎选施行的方法，则无论怎样的改革，都将为习惯的岩石所压碎，或者只在表面上浮游一些时"②。鲁迅的小说和杂文多涉及中国社会的民俗习惯和社会风气的描写，其意并非如周作人的客观欣赏和反映，写作的目标指向支撑种种风尚习俗的文化心理惯性，以揭示改革的必要性和紧迫性。

相对于中国古民俗观对民众习性和心理的机械反映，鲁迅对民俗的反映显示出积极主动的特点，他能够将西方心理学、社会学、人类学理论娴熟地参合到当下民俗事象的描摹中，对民情风俗、社会风气的剖析入木三分。五四时期，鲁迅对弗洛伊德的性心理学说已全面了解并运用到中国民俗的研究上，能够在民俗文化中挖掘中国人性心理的畸变。京剧是中国文化艺术的瑰宝，男旦是中国旧戏曲中普遍存在的现象。鲁迅从京剧男性扮演女角色的现象入手，将弗洛伊德的性心

---

① 《鲁迅全集》第一卷，人民文学出版社 2005 年版，第 344 页。
② 《鲁迅全集》第四卷，人民文学出版社 2005 年版，第 229 页。

理学说融会其间，发现这是中国人性心理在长期的封建伦理压抑下一种特殊的满足方式：创造了男人扮女人的畸形艺术形式，使"男人看见'扮女人'，女人看见'男人扮'"，一举满足了男人和女人欣赏异性的心理欲望。① 1928 年 4 月 30 日，针对社会上流传着中山陵合拢之时要索拿儿童灵魂的说法，鲁迅在《语丝》第 4 卷 18 期上发表了《太平歌诀》。文章指出歌谣中"包括了许多革命者的传记和一部中国革命的历史"②，在揭示无知愚昧的民众心理的同时，认为之所以会出现这样荒诞无稽的童谣，根源在于革命者不去宣传、鼓动、教育民众，积极地向民众灌输现代观念，正确引导民众心理，因而民众也不理解革命者的行动。"对人的精神创伤与病态的无止境的开掘，使鲁迅的小说具有一种内向性：它是显示灵魂的深的。"③

当人类进入文明社会时，出现了平民与贵族、民间与庙堂的社会等级差别，而且统治阶级在运用"习俗"因势利导民众的过程中，发现代表"俗人之欲"的"习俗"有其利弊，"或直或邪，或善或淫也。圣人作而均齐之，咸归于正"④。根据社会名分和地位来制定不同阶层相应的日常行为规范，根据政治统治的要求改造"习俗"，去粗取精，并将两者给予一定的条理归纳和理性陈述，便产生了"礼"。关于礼的源起，《礼记·礼运》曰："夫礼之初，始诸饮食，其燔黍捭豚，污尊而抔饮，蒉桴而土鼓，犹若可以致其敬于鬼神。"文中认为远古社会的祭祀活动是礼最早的雏形。在远古社会，拜天祭地本来是原始居民普遍的民俗活动，进入文明社会后，统治者为了给自己的人间权威涂抹上神秘的力量和无上的威严，便把原始居民的这种民俗活动套上理性的外衣，纳入礼制之中。《礼记·礼运》的这段话点明了

---

① 参见《鲁迅全集》第五卷，人民文学出版社 2005 年版，第 91 页。
② 《鲁迅全集》第四卷，人民文学出版社 2005 年版，第 104 页。
③ 钱理群等编：《中国现代文学三十年》，北京大学出版社 1998 年版，第 39 页。
④ 应劭：《风俗通义·序》。

俗与礼的源流关系：先有俗，后有礼，礼源于俗，俗为礼之基，因之，后世又称"礼俗"。司马迁亦认为礼是俗的规范化和制度化，用以节制"俗人之欲"。在分析礼之所以形成的缘由时，他指出："礼由人起。人生有欲，欲而不得则不能无忿。忿而无度量则争，争则乱。先王恶其乱，故制礼义以养人之欲，给人之求，使欲不穷于物，物不屈于欲，二者相待而长，是礼之所起也。"[①]

早在周代，中国就已经完成了俗的制度化，具备了完整的礼俗制度，《周礼》载："礼，履也。国人所践履，定其法式，大而冠婚丧祭，小而视听言动，皆有其节文也。"中国几千年的封建社会，最大的政治特点便是"以礼治国"，儒家经典"十三经"中的"三礼"：《周礼》《仪礼》和《礼记》是中国古代礼学之大成，它们将"礼"细分为"吉礼""凶礼""军礼""宾礼""嘉礼"（吉礼，就是各种祭祀的典礼；凶礼，即丧葬仪式；军礼，顾名思义是战事的礼制；宾礼，主要描绘诸侯对王朝朝见及他们彼此间的交往礼仪；嘉礼，则是包括婚礼、冠礼、立储等的仪式）。"礼"初成之时具有严格的等级性，所谓"刑不上大夫，礼不下庶人"。随着封建王朝统治的加强，中国的礼制不断丰富、完善，几乎渗透到了中国社会、家庭、生活的边边角角，乃至精神思想都深深刻上"礼"的印记。在封建王朝后期，极度发展的礼制作为统治手段越来越压抑人们的自然人性、束缚思想的自由发展，阻碍社会的进步。

"礼"是中国社会的等级化在古民俗观的体现，一般来说，"礼"只适用于社会的上层，是对他们日常言行举止和社交活动的规范。"礼"在中国社会的运行，通过神圣化的仪式和制度化的禁忌，将封建等级观念潜移默化地渗透到民情风俗中，从而在文化心理上完成对大众的奴化。封建等级思想之所以在中国社会影响深远，得益于

————————
① （汉）司马迁：《史记》，中华书局1959年版，第1161页。

"礼"庄严的面孔对下层大众的震慑。"礼"在文化心理上对广大民众的强悍威慑力是很难撼动的，对此，从小深受礼教文化熏陶的鲁迅有着深刻体会。下层人对文字的崇拜和对文化人的敬畏是其乡土世界中经常浮现的两种下层民众的文化心理，如《离婚》中，"泼妇"爱姑在七大人一声"来——兮！"装腔作势的威压下，心理防线全面崩溃；《风波》中，赵七爷对"辫子"的一番议论，便引得在村中"颇有飞黄腾达"之意的七斤一家，顿感仿佛受了死刑宣告似的；《孔乙己》中，孔乙己早已破落到几乎乞食的地步，却仍要穿着象征读书人身份的长衫；《祝福》之所以深刻，正在于描写出了祥林嫂在封建神权的威压下所感到的恐惧。礼教借助乡土宗族的力量，遥控着一代又一代生活在这片土地上的人们，使他们祖祖辈辈安心做着封建等级制度的奴隶。封建礼教对人造成的精神虐压，鲁迅深有体会，五四时期他喊出"吃人的礼教"是文化人对封建礼教的控诉中发出的最强音。

作为五四文化战士，鲁迅对封建礼教的抨击是最激烈的，但作为地方宗族大姓的长房长孙，他在潜意识中从来就没有放弃自己"士大夫"的文化身份。鲁迅终生都以"礼"严格自律，无论在人格修养还是行事规范上他都是同时代文化人中最克己复礼的。晚年的鲁迅曾回忆说："我常说明朝永乐皇帝的凶残，远在张献忠之上，是受了宋端仪的《立斋闲录》的影响的。那时我还是满洲治下的一个拖着辫子的十四五岁的少年，但已经看过记载张献忠怎样屠杀蜀人的《蜀碧》，痛恨着这'流贼'的凶残。后来又偶然在破书堆里发现了一本不全的《立斋闲录》，还是明抄本，我就在那书上看见了永乐的上谕，于是我的憎恨就移到永乐身上去了。""那时我毫无什么历史知识，这憎恨转移的原因是极简单的，只以为流贼尚可，皇帝却不该，还是'礼不下庶人'的传统思想。"① 由此可见，在私人的精神空间中，鲁迅一直

① 《鲁迅全集》第六卷，人民文学出版社 2005 年版，第 185 页。

保留着对"礼"文化某种认同。

在中国民俗发展史中，"风俗"概念出现较晚，它的出现一方面使古民俗观单薄的内涵变得饱满，另一方面凸显"俗"之风化功能，政治教化功能被文人士子有意识地强化，成为历代文官政教思想的重要组成部分，这种以俗化民的思想对鲁迅现代风俗观的形成影响深远。

最初，"风"是指古代官吏到民间收集的歌谣。孔子曰："诗可以兴，可以观，可以群，可以怨。"朱子说："凡言风者，皆民间歌谣。采诗者得之，而圣人因以为乐，以见风化流行。……其谓之风，正以其自然而然，如风之动物而成声耳。"（朱熹《答潘叔荣书》）民歌无所顾忌，自然而发，能够真实地反映当地居民的生活情景、情感思想和行为习尚。这一特点被封建统治者所看重，收纳为补察时政的重要依据，"治世之音安以乐，其政和；乱世之音怨以怒，其政乖；亡国之音哀以思，其民困；故正得失，动天地，感鬼神，莫近于诗"（《毛诗·关雎序》）。因此，民间采诗以闻于天子，以观政治之厚薄，成为历代王朝的重要政治活动。"古有采诗之官，王者所以观风俗，知得失，自考正也。"（《汉书·艺文志》）采诗活动一般局限在一定的行政区域之内，收集的风谣所表现的社会生活和思想情感都具有地理区域性。随着地方经济的发展、区域文化的成熟，民间风谣的地域性成为其突出的特质，"风"的内涵也由狭义的民间采风扩充为后来的风俗，即"总括一地域一时代人民生活之一切现象，而以价值意义评判之者"[1]。

民俗文献中出现的"风俗"和现代汉语中的"风俗"都是对某一地域人民社会生活和基础文化生活的总括，但在具体语境的使用上却稍有差别。在现代语境中，"风俗"是双音节词，共同指示一个整

---

① 邓子琴：《中国礼俗学纲要》，中国文化出版社 1947 年版，第 6 页。

体的观念，是对某一地区风尚习俗、世态民情、社会风气总体特征的概括。民俗文献中的"风俗"是两个并置的单音节词，两者独立成词，意义相通，却各有偏重。"风"意指因为水土、物产、气候等自然环境不同而形成的民俗；"俗"则指因为社会文化的历史发展不同而形成的民俗。一如孔颖达在《汉书·地理志》注中所说："风与俗对则小别，散则义通。"民俗文献中保留着将两者有意识区分的大量记载，《汉书·地理志》有云："凡民函五常之性，而其刚柔缓急，音声不同，系水土之风气，故谓之风；好恶取舍，动静无常，随君上之情欲。谓之俗。"《风俗通义》又云："风者，天气有寒暖，地形有险易，水泉有美恶，草木有刚柔也。俗者，含血之类，像之而生，故言语歌讴异声，鼓舞动作殊形，或直或邪，或善或淫也。"《新论·风俗章》亦曰："风者，气也；俗者，习也。土地水泉，气有缓急，声有高下，谓之风焉；人居此地，习以成性，谓之俗焉。……是以上之化下，亦为之风焉；民习而行，亦为之俗焉。"民俗文献中对"风"与"俗"定义的比较包含着浓重的政化色彩，特别是"风"还保留着最初民间采风之原意，这些在古汉语向现代汉语转化的过程中被淡化、忽略了，只保留两者风尚习惯的公共意义。

对"俗""礼俗""风俗"的概念追溯和意义对比中，我们看到，中国古民俗史中对民俗事象的记载、命名和划分都源于王朝施政统治的需要，为了固国安邦，政府组织官吏"采风""治史"，收集、记载民众的日常生活现象和社会行为来补察时政。并根据需要，将从民间收集来的习俗"礼化"和"风化"，以此达到教化民众思想、巩固政治统治的目的。在深层的社会文化学意义上，"俗""礼俗""风俗"的对立和联系暗含着官方文化和民间文化、中央文化和地方文化、精英文化和平民文化的对立和转化：它们共享同一文化之源，却值守不同的文化空间；文化特质各有迥异，却又彼此交叉融会。我国历史上的文人士子都非常重视风俗，将其视作国家、社会的"政治风向标"，认为有目的地改造民俗，具有举足轻重的意义。他们纷纷在自己的著作中发表相关的言论，表述自己的观点。现存文献中，荀子是最早明确提出改造民俗的人。他认为："移风易俗，天下皆宁，美善相乐。"（《荀子·乐论》）西汉刘向认为："圣人之举事也，可以移风易俗，而教道以施于百姓。"（《说苑·政理》）司马迁则认为："采风俗，定制作。"① 甚至，许多看重风俗的政治家和文人认为风俗的兴衰代表着国家的兴衰。东汉应劭在《风俗通义》中说："为政之要，辨风正俗，最其上也。"到了宋代，苏轼和楼大防则将风俗直接归为国家元气之所在。在《上神宗皇帝书》中，苏轼提出："人之寿夭在元气，国之长短在风俗。"曾任同知枢密院参知政事的楼大防也认为："国家元气在风俗，风俗之本，实系纪纲。"晚清黄遵宪则对历代这些"改风辅政"的只言片语加以系统地阐释，提出不仅要通晓民俗还要专门研究民俗的特性，根据其特性，善者使其发扬光大，弊者则严禁其传播，如是良俗败落了，则应补救回来。"治国化民，必须研究通晓民俗，因为民俗具有难于更易和可以更易的特点，所以，古先哲王知其然也，故于习之善者导之，其可者因之，有弊者严禁以防之，败坏者设法以救之。秉国钧者其念之哉！"②

近年，在"鲁迅与民俗文化"这一课题的研究中，一些学者将周氏兄弟的民俗观互相参照对比，发现鲁迅与周作人在五四时期都致力于民俗文化的倡导，但两者民俗观却大不相同：周作人对民俗文化的倡导首要目的是服务于学术，鲁迅的民俗思想服务于其改革社会、改造国民性的政治目的。在鲁迅的民俗观体系中，民情风俗从来都不是其研究的孤本，他总是要将民俗文化的研究放置在社会思想、文化心理、政治走向等错综复杂的网络体系中，探讨民俗与文化、社会、心

---

① （汉）司马迁：《史记》，中华书局 1959 年版，第 1178 页。
② 黄遵宪：《日本国志·礼俗志》。

理的互动和纠结。《魏晋风度及文章与药及酒之关系》将文学史和社会风气联系起来，从魏晋时期的饮酒、吃药风气探讨当时文风、文格形成之根由。鲁迅认为东晋文章有爱发议论和无所顾忌的特点，这与一些文人善饮酒、吃药的特殊习尚有关。陶渊明之所以成为风格平和自然的田园诗人，则与东晋社会风气平静有关。汉末魏初文章的"清峻通脱"之风，也是受社会风尚影响的结果。《中国小说史略》是一部探讨中国小说发展史的著作，其最突出的特点就是打破以往小说研究"以文释文"的狭隘视角，将文学与政治气氛、宗教习俗、文化习尚、社会风气放在一起进行分析研究，在尊重客观史实的基础上，指出民俗文化对文学的促进作用，肯定下层民众对文化的巨大推动力。在《门外谈文》中，鲁迅明确地指出每当"旧文学衰颓时，因为摄取民间文学或外国文学而起一个新的转变，这例子是常见于文学史上的。不识字的作家虽然不及文人的细腻，但他却刚健、清新"①。

"启蒙主义"是鲁迅文学观念的显在特征，20 世纪 30 年代在谈及自己的著作时，他说："说到'为什么'做小说罢，我仍抱着十多年前的'启蒙主义'，以为必须是'为人生'，而去要改良这人生。我深恶先前的称小说为'闲书'，而且将'为艺术而艺术'，看作不过是'消闲'的新式的别号。所以我的取材，多采自病态社会的不幸的人们中，意思是在揭出病苦，引起疗救的注意。"② 鲁迅一生的文化活动都与中国社会的现代改革紧密相连，在《阿 Q 正传》《药》等小说中，透过对乡土社会一成不变民情风俗的原生态展现，揭示资产阶级革命失败的根源在于革命者未深入了解民情与适时地运用民俗对大众进行因势利导。抓住民俗与社会各要素的互动性，利用它们彼此间

---

① 《鲁迅全集》第六卷，人民文学出版社 2005 年版，第 97 页。
② 《鲁迅全集》第四卷，人民文学出版社 2005 年版，第 526 页。

的反作用力从事文化研究和社会改革，是鲁迅对古民俗观中的政治教化功用的继承和化用。

二

　　古文化中民俗概念的分类和演变及文人士子对其政治功能的看重，无一不表明，民俗在中国古文化史的文化品格是史料而非文学。在历史文献中，民俗作为当下人民的生活世相被记载下来，为王朝的统治者考察民情、引导民风提供依据。民俗所富含的审美属性完全被忽视，它作为反映政治统治的阴晴表被整合在调整统治者和被统治者关系的教化体系中，所以民俗资料多以史的形式保存下来。现代民俗学元老钟敬文曾明确指出历史对研究中国民俗文化的重要性："我经常对我的研究生说，治中国民俗学，非懂中国历史不可。"① "要熟悉民俗知识，首先要熟悉'志'；对于历史上的民俗知识的了解，就要靠'史'了。"② 中国丰富的民俗文化除了以口头的形式在下层民众中流传，主要通过"官治史志"和"文人野史"两种文字途径承传下来。

　　史和志各有分工，史主要以中央的立场对王朝统治期间所发生的重大事件进行记录和评述，体现中央的权威性和宏观性，对民风民情的记载表现出很强的整合性；志则凸现地域性，是对某一特定区域社会风貌、历史事件和地理沿革的记录，对地方民情风俗的记载更详细。虽然地方志对民俗的记载比正史更微观，但两者在体现官方意志上却是共同的，"文人野史"对历史事件和社会风俗的记载则具有个人性、民间性。当代史学研究多从个人性、民间性特点对野史进行界定："野史是史书分类的一种名目，它是私人根据目闻或传闻的史事、

① 晁福林：《先秦民俗史》，上海人民出版社2001年版，第2页。
② 转引自萧放等《中国民俗史》（明清卷），人民出版社2008年版，第3页。

人物轶事所撰写的一种史书。"① "顾名思义，'正'即正统的、官方的；'野'即非正统的、民间的。"② "所谓'野'，有两层含义：第一，从与在朝人士相对立而言，是在野人士（或士大夫的下层人士）所作。第二，从雅与俗、文与野相对立而言，是未经人工过分雕饰的。"③ 由此可见，野史和史志对历史把握和梳理的途径迥然不同，相对于史和志对国家和地方历史的宏观把握，野史只截取历史一角，触摸被忽略的历史片段；相对于史志对历史客观的记载态度，野史的记载掺杂较多私人的评述和情感态度。野史作为一种话语体系，对正统话语起着一种疏离作用，正史构建着大传统，野史却在历史的另一面构建着小传统。因此，"野史也是一种民间文化，是传统文化的衍生物，是民间史学文化副产品。它体现了中国民间知识分子的政治与哲学思想水平，以及思维特点"④。

鲁迅爱读史，幼年的第一本开蒙书就是《鉴略》，但鲁迅更爱读野史逸事，据周作人回忆，青年时代的鲁迅就特别爱读野史杂说，其间有《曲洧旧闻》《窃愤录》《玉芝堂谈荟》《鸡肋编》《明季稗史汇编》《南烬纪闻》等。周葱秀认为读史对于鲁迅思想性格的形成具有重大作用，指出瞿秋白所说鲁迅"是野兽（狼）的奶汁所喂养大的"，这"野兽的奶汁"乃是由多种营养成分合成的营养品，而野史即其中一种重要的成分，正是野史给予鲁迅以营养，使他具有"野兽性"。⑤ 野史对鲁迅性格的影响，前辈周葱秀在《鲁迅与野史》中已经分析得十分透彻。而我想要探讨的是在鲁迅读史的过程中，史志、

————————

① 吴绍釚:《"野史"特征漫议》，《东疆学刊》（哲学社会科学版）1996 年第 2 期，第 24 页。

② 陈力:《中国史学史上的正史与野史》，《四川大学学报》（哲学社会科学版）1999 年第 2 期，第 62 页。

③ 周葱秀:《鲁迅与野史》，《鲁迅研究月刊》2005 年第 2 期，第 23 页。

④ 陈力:《中国史学史上的正史与野史》，《四川大学学报》（哲学社会科学版）1999 年第 2 期，第 27 页。

⑤ 周葱秀:《鲁迅与野史》，《鲁迅研究月刊》2005 年第 2 期，第 23 页。

野史在丰富鲁迅民俗资料的同时，它们对民俗、史料不同的记载方式，对鲁迅以民俗为对象的创作产生了怎样影响。

鲁迅很喜欢读史，但对正史和野史的态度却大不相同，其史学观受到梁启超"新史学"的影响。1902年，正当鲁迅为了寻求中国新生之路而留学日本时，梁启超先后发表了《新史学》《中国史界革命案》《中国史叙论》等论著，对封建主义史学进行全盘否定，正式喊出"史界革命"的口号，打出"新史学"的旗帜，提出进化论的历史观。"新史学"认为封建主义史学不过是"帝王将相家谱""相斫书"，"二十四史"不过是"二十四姓家谱"；所谓"正统"，"一言以蔽之曰，自为奴隶根性所束缚，而复以煽后人之奴隶根性而已"。并进而强调史学对于社会改革、发展的作用，"史学者，学问之最博大而最切要者也，国民之明镜也，爱国心之源宗也。今日欧洲民族主义所以发达，列国所以日进文明，史学之功居其半焉"①。鲁迅承认自己深受梁启超"新史学"的影响，"先前，听到二十四史不过是'相斫书'，是'独夫的家谱'一类的话，便以为诚然"②。由此可见，鲁迅爱读史，却并不认同正史的叙述方式和话语模式。

正史和野史两者中，鲁迅显然是偏爱野史的。如果说少年时代喜欢野史是基于猎奇心理的话，成年后特别是接触"新史学"后，鲁迅对野史的喜欢便上升到理性的层面。正史之所以不如野史讨鲁迅欢心，有两个原因：其一，正史的话语体系具有鲜明的意识形态色彩，官话、套话、八股陈腔过多，不如野史话语体系活泼生动而各具特色。"'官修'而加以'钦定'的正史也一样，不但本纪咧，列传咧，

① 梁启超：《新史学》，《饮冰室文集点校》第三集，云南教育出版社2001年版，第1639页。
② 《鲁迅全集》第三卷，人民文学出版社2005年版，第17页。

要摆'史架子'。"① 其二，正史有掩饰，"里面也不敢说什么"②，野史敢于直面历史，力图将正史抹掉的真相显现出来。"真也无怪有些慈悲心肠人不愿意看野史，听故事；有些事情，真也不像人世，要令人毛骨悚然，心里受伤，永不痊愈的。残酷的事实尽有，最好莫如不闻，这才可以保全性灵，也是'是以君子远庖厨也'的意思。"③ 在鲁迅看来正史对待历史的态度多以"瞒与骗"为主，而野史虽多杂有情感因素，态度却是真诚的。"野史和杂说自然也免不了有讹传，挟恩怨，但看往事却可以较分明，因为它究竟不像正史那样地装腔作势。"④ 因此要了解历史真相，推动社会改革，需多读野史杂说。"我以为伏案还未功深的朋友，现在正不必埋头来哼线装书。倘其咿唔日久，对于旧书有些上瘾了，那么，倒不如去读史，尤其是宋朝明朝史，而且尤须是野史；或者看杂说。"⑤

鲁迅对野史的推崇并非仅仅停留在他所喜爱的感性层面，作为一名娴熟的拿来主义者，鲁迅不仅能够从野史收集资料服务于社会改革，更重要的是他能够从野史记载历史、民俗的方式和态度里抽象出一种模式运用于艺术创作中，使创作表现出与众不同的异质性思维，即"野史思维"特质。统观鲁迅的文学创作，这种"野史思维"特质表现在两方面：平民意识和民间视角。野史对鲁迅小说创作的影响，周作人在不止一处说道："鲁迅看了许多正史以外的野史，子部杂家的笔记，不仅使他知识大为扩充，文章更有进益，又给了他两样好处，那是在积极方面了解祖国伟大的文化遗产的价值，消极方面则深切感到封建礼教的毒害，造成他'礼教吃人'的结论，成为后日发

---

① 《鲁迅全集》第三卷，人民文学出版社 2005 年版，第 148 页。
② 同上。
③ 《鲁迅全集》第六卷，人民文学出版社 2005 年版，第 172 页。
④ 《鲁迅全集》第三卷，人民文学出版社 2005 年版，第 148 页。
⑤ 同上。

为《狂人日记》以后的那些小说的原因。"① 1918 年 5 月，《新青年》第 4 卷第 5 号发表了《狂人日记》，它以"表现的深切和格式的特别"② 成为中国现代小说的伟大开端，这里所说的"表现的深切"就得益于鲁迅独特的"野史思维"特质。

平民意识是题材、表现对象的平民化。野史，亦称稗史或稗官。《汉书·艺文志》云："小说家者流，盖出于稗官，街谈巷语，道听途说者之所造也。"唐颜师古注引如淳曰："街谈巷说，其细琐之言也。王者欲知闾巷风俗，故立稗官使称说之。"（《汉书·艺文志》）鲁迅在《中国小说史略》中曾引用班固的这段话解释小说家的民间性，非常赞赏稗史取材于民间，反映大众生活。他在论及中国文学的变革时，首先提到的是文学题材、主要表现对象的变化。"古之小说，主角是勇将策士，侠盗赃官，妖怪神仙，佳人才子，后来则有妓女嫖客，无赖奴才之流。'五四'以后的短篇里却大抵是新的智识者登了场，因为他们是首先觉到了在'欧风美雨'中的飘摇的，然而总还不脱古之英雄和才子气的。"③ "平民主义"理论是由周作人最早提出，而将其真正地落实到新文学创作中的却是鲁迅。自《狂人日记》始，鲁迅所创作的小说在题材上多取材于民众的日常生活片断，而活跃于其间的人物也多是小人物、平常人。正史只写帝王将相的取材方式和庄严神圣的书写方式被鲁迅毫不犹豫地抛弃，即使《故事新编》中涉及老子、大禹、庄子等文化圣人，也要被平民意识掌控下的叙述方式重新阐释，在鲁迅笔下英雄被消解、圣人被颠覆、隐士被解构。以当下民众的俗世凡事为主体，使创作具有鲜明的民间性和逸事性，是鲁迅以野史的态度创造小说的突出特点。

民间视角对历史的书写偏离对重大政治事件的宏观叙述，多以个

① 周作人：《鲁迅的青年时代》，河北教育出版社 2002 年版，第 50 页。
② 《鲁迅全集》第六卷，人民文学出版社 2005 年版，第 246 页。
③ 《鲁迅全集》第四卷，人民文学出版社 2005 年版，第 638—639 页。

人视角记载亲身经历或道听途说的事情，注重个人经验的传递和表达。鲁迅作为关注社会改革的作家，其创作特别是小说创作多涉及当时重大的历史事件，如辛亥革命、张勋复辟、五四文化运动。但他从不对这些历史事件进行正面描述，而是将历史事件设置为背景，并将小说时间设定为历史事件发生后。通过对下层民众对政治事件的回应及下层知识分子的思想变迁和遭遇的描写，在游离宏大叙事的书写策略下，建构私人叙事空间，表达个人对历史与时代的独特思考。这种叙述策略贯通着野史的血脉和生气，一定程度上，鲁迅的小说是在为所身处的时代书写一部部别出心裁的野史。

综上所述，鲁迅作为现代民俗学的倡导人之一，他对古民俗观资料的接收不仅仅是一种被动的吸收，直接将古民俗观中的优秀因子融入自己的民俗观中，更重要的是他能够从古人对历史、民俗的叙述策略中提升出独特的叙述模式和深沉的理性认知，并将其贯穿于自己的艺术创作中，通过有意识地过滤，将传统与现代、感性与理性有机结合起来，构建别具一格的文化体系。

第三节　鲁迅的现代语言观和改革

在中国的文化传统中，一直存在着泾渭分明的雅、俗文学之分，是封建等级观念在文化中的延留。雅文学代表的是士大夫阶层的生活情趣和审美取向，以文言为语言文字，以诗文为文体。俗文学源于民间生活，是对下层民众普通生活和情感思想的反映，以白话为语言文字，以民歌、小说为文体。五四新文化运动以白话改革始，随着陈独秀《文学革命论》的发表，新文化建设很快转向文学革命，白话的改革刚刚起步就匆匆收场，相较于五四文学革命的累累硕果，白话文运动的实绩似乎只有 1920 年北洋政府教育部宣布以白话代替文言。针对现代文学史对白话改革实绩记载的薄弱，这一节我们从鲁迅的现代语言观入手，探讨自五四白话文运动始，鲁迅怎样从前辈的手中接取语言大众化的接力棒，从理论建设和实践两个方面推进中国现代语言改革的发展。

一

　　以白话代替文言的白话文运动是实现中国文学向现代化迈进的第一步，也是五四新文学先驱们喊出的第一个口号。1917 年 1 月 1 日发行出版的《新青年》第 2 卷 5 号刊登了胡适的《文学改良刍议》，胡适在这篇文章中提出了"八不主义"："一曰，须言之有物。二曰，不模仿古人。三曰，须讲求文法。四曰，不作无病之呻吟。五曰，务去滥调套语，六曰，不用典。七曰，不讲对仗。八曰，不避俗字俗语。"① 成为国内首次提出以白话代替文言作为文学写作工具的第一人。他在文章中指出白话胜于文言的两大优势：第一，白话较之文言具有较强的普及性和流传行，"今日作文作诗，宜采用俗语俗字。与其用三千年前之死字，不如用 20 世纪之活字，与其用不能行远、不能普及之秦汉六朝文字，不如作家喻户晓之《水浒》《西游》文字也"②。第二，白话文能够充分表达真思想和真感情，而不为文空洞，认为文言文"沾沾于声调字句之间，既无高远之思想，又无真挚之情感"，主张为文应该"不作古人的诗，而惟作我自己的诗"，"人人以其耳目所亲见亲闻所亲身阅历之事物，一一自己铸词，以形容描写之。但求其不失其真，但求能达其状物写真之目的，即是功夫"。正因为白话在文学表达上具有压倒文言的绝对优势，胡适大胆宣称：白

---

①　胡适：《文学改良刍议》，《新青年》1917 年 1 月 1 日第 2 卷第 5 号。
②　同上。

话文当"为中国文学之正宗，又为将来文学必用之利器。"①

美国文学批评家哈罗德·布鲁姆在《影响的焦虑》和《误读之图》中提出伟大诗人在创作过程中存在着要摆脱前代诗人的影响，到达自己诗歌创造新境地的内在文化焦虑，即影响的焦虑。当某种文化极度发达后，其文化机制内的知识分子内心就会产生摆脱前人文化影响的焦虑，推动文化主体不断思考，不断选择，开拓出文化发展的新历程，推动文化延绵不断地前进和完善。②

五四文化人对文言文的大举讨伐，固然是为了对几千年儒家文化刨祖挖坟的需要，另一方面更重要的是文言不适应当下文化思想和文学创作的表达，阻碍了文化现代化和文学创新的道路。从封建士大夫家庭走出的鲁迅是中国现代知识分子中对"影响的焦虑"体验最深切的一位。他常常剖开心灵深处，直视传统士大夫文化带给自己思想和文化创造上的双重文化焦虑。当有人以他为例，说明要做好白话须读好古文的道理时，鲁迅说："这实在使我打了一个寒噤。"并进一步谈及古书对自己创作和心灵的影响，他说："别人我不论，若是自己，则曾经看过许多旧书，是的确的，为了教书，至今也还在看。因此耳濡目染，影响到所做的白话上，常不免流露出它的字句，体格来。但自己却正苦于背了这些古老的鬼魂，摆脱不开，时常感到一种使人气闷的沉重。"③ 五四新文化的倡导者都是学贯中西、博古通今的学识大家，虽然他们没有像鲁迅一样对自己内心深处的文化焦虑进行有意识的反思，中国传统士大夫文化所带来的"影响的焦虑"却是他们无可摆脱的共同心理体验。

胡适、陈独秀、鲁迅、钱玄同等人提倡以白话文代替文言文，正

---

① 胡适：《文学改良刍议》，《新青年》1917年1月1日第2卷第5号。

② 参见〔英〕拉曼·塞尔登编《文学批评理论——从柏拉图到现在》，刘象愚等译，北京大学出版社2000年版，第415页。

③ 《鲁迅全集》第一卷，人民文学出版社2005年版，第301页。

是这种共同心理体验的外在行动表现。他们的言论都不约而同地倡导"说自己的话""作自己的文章"。后来,胡适直接将"八不主义"概括为:"要有话说,方才说话""有什么话,说什么话;话怎么说,就怎么说""要说我自己的话,别说别人的话""是什么时代的人,说什么时代的话"。①鲁迅在谈及五四文学革命的目标时,将其总结为"我们要说现代的,自己的话;用活着的白话,将自己的思想,感情直白地说出来"②;钱玄同则直接向年轻一代号召:"我要敬告青年学生:诸君是二十世纪的'人',不是古人的'话匣子'。我们所以要做文章,并不是因为古文不够,要替他添上几篇;是因为要把我们的意思写他出来。所以应该用我们自己的话,写成我们自己的文章。我们的话怎样说,我们的文章就该怎样做。"③

要求以白话代替文言,晚清知识分子早有提倡者甚至实践者,戊戌变法后,中国知识分子发动了第一次白话文运动。鸦片战争爆发后,心理机制中的文化焦虑和外在"护国保种""富国兴民"的社会责任,同时困扰着近代知识分子:一面是所属阶层的文化使命,需要在封建士大夫文化之外探索新文化的发展之路;一面是所处时代的社会责任,需要在大众中普及现代科学文化思想,提高整个民族的文化素质。怎样较好地解决近代知识分子面临的双重使命呢?黄遵宪早期的白话诗试验预示了出路。1868 年,清同治七年,晚清"诗界三杰之冠"的黄遵宪在其所作的《杂感》诗中提出"我手写吾口"的主张,要求诗歌创作口语化,并将现代事物和思想引入诗歌,以表现"古人未有之物,未辟之境"。《今别离》其一:

别肠转如轮,一刻既万周。眼见双轮驰,益增心中忧。古亦

---

① 胡适:《建设的文学革命论》,《新青年》1918 年 4 月 15 日第 4 卷第 4 号。
② 《鲁迅全集》第四卷,人民文学出版社 2005 年版,第 15 页。
③ 钱玄同:《随感录》,《新青年》1918 年第 5 卷第 1 期。

有山川，古亦有车舟，车舟载离别，行止有自由。今日舟与车，并力生离愁。明知须臾景，不许稍绸缪。钟声一及时，顷刻不少留。虽有万钧柁，动如绕指柔。岂无打头风，亦不畏石尤。送者未及返，君在天尽头。望影倏不见，烟波杳悠悠。去矣一何速，归定留滞不？所愿君归时，快飞轻气球。

这首诗歌以白话入诗来描述西方现代科学文化的新事物，如"钟声""轻气球"和"一刻既万周"的"转轮"。黄遵宪试验性的诗歌创作证明了，白话入诗和白话承载现代科学文化和思想传播的可行性。朱自清在《中国新文学大系·诗集·导言》总结了"诗界革命"："清末夏曾佑谭嗣同诸人已经有'诗界革命'的志愿，他们所作'新诗'，却不过拣些新名词以自表异。只有黄遵宪走得远些，他一面主张用俗话作诗——所谓'我手写我口'——，一面试用新思想和新材料——所谓'古人未有之物，未辟之境'——入诗。这回'革命'虽然失败了，但对民七（1918）的新诗运动，在观念上，不在方法上，却给予很大影响。"① 只是这个时候将白话和现代科学文化、思想结合，还只是少数文人的个人尝试。1895年，由文人发动的维新变法为俗文学获取正式的文学身份提供了契机，将俗文学由社会生活的幕后推向了政治文化活动的前台。

维新人士认为，开通民智是国家富强的重要手段，要开通民智则必须大力提高普通民众的阅读能力，改行白话。1898年裘廷梁在名噪一时的名文《论白话为维新之本》中宣称："愚天下之具，莫文言者"，而"智天下之具，莫白话者"，第一次在文化界旗帜鲜明地主张"崇白话而废文言"，成为晚清白话文运动的政治纲领。黄遵宪长期担任清政府的外交使节，根据他在欧、亚、美等洲亲眼所见的世界各先

① 赵家璧主编，朱自清选编：《中国新文学大系》，上海良友图书印刷公司1935年版，第1页。

进国家的关系状况，认为文言文变成白话文是一个不容否定的必然趋势，主张语言与文学的复合，从而"变一文体为适用于今，通行于俗者"。梁启超是第一次白话运动的理论建构者和实践者，1899 年之后，他先后提出"诗界革命""文界革命"和"小说界革命"。钱玄同在谈及梁启超对五四新文学的影响时，指出："梁任公先生实为近来创造新文学之一人。虽其政论诸作，因时变迁，不能得国人全体之赞同，即其文章，亦未能尽脱帖括蹊径，然输入日本之句法，以新名词及俗语入文，视戏剧小说与论记文平等，此皆其识力过人处。鄙意论现代文学之革新，必数及梁先生。"① 他认为梁启超对新文学的贡献重在两点：第一，对俗语的大胆运用和提倡；第二，大大提升小说的文化地位。

梁启超对诗文的改革实质上是以"俗语文体"为"欧西文思"，所用的语言也不是纯粹的白话文，"时杂以俚语韵语以及外国语法"②，亦俗亦雅，明显遗留着文言向白话过渡的痕迹。他对白话诗文的倡导和身体力行，使白话作为一种语言工具，在文化传播和代言中的优势得到了知识分子阶层的认可和承认。"迄今（指 1930 年）六十岁以下三十岁以上之士大夫，论政持学，殆不无为之潜移默化者！可以想见启超文学感化力之伟大焉！"③

晚清至五四，近现代知识分子对白话代替文言的倡导从来没有停止过，他们从开通民智、文化普及和创新的角度来不断地论证白话代替文言的必然性和紧迫性，但关于怎样实践和深化这一转变，近现代知识分子却少有涉及和反思。他们认为语言是载道的工具，只看到语

---

① 1917 年 2 月 25 日钱玄同给陈独秀的信，《中国现代文学史资料汇编》，河南人民出版社 1979 年版，第 40 页。
② 梁启超：《清代学术概论》，上海古籍出版社 1998 年版，第 85 页。
③ 钱基博：《现代中国文学史》，见刘梦溪主编《中国现代学术经典·钱基博卷》，河北教育出版社 1996 年版，第 429 页。

言对文化思想的被动反映和传达，没有从语言与文化的互动来深刻思考现代语言的改革对文化传播和大众化的积极促进作用。对于近现代知识分子的大多数而言，语言改革是阶段性的口号，而不是独立的、长远性的文化建设体系。基于这种语言与文化关系的片面认识，多数人将白话代替文言作为语言改革的最终目的，忽视语言系统的能动性和杂异性将伴随着新文化建设的全程，发展新文化的同时必须不断地促进语言的改革和现代化，在这一方面，鲁迅显然比他们走得更远。

二

英国学者帕默尔说过："使用一种语言就意味着某种文化承诺，获得一种语言就意味着接受一套概念和价值，在成长中的儿童缓慢而痛苦地适应社会成规的同时，他的祖先积累了数千年而逐渐形成的所有思想、理想和成见也都铭刻在他的脑子里了。"① 语言的力量是巨大的，中国文化的思想、精神、思维都深层地隐藏在汉语之中，或者说深层地体现在汉语中，在此意义上，汉语是"民族灵魂"的一种表达方式，是传统和社会成规的承载体，是民族心理的一个重要的指向标。在提倡白话文、反对文言文的新文化运动中，文学革命的发难者们都对文言文大加挞伐，但真正从历史文化的深层来透视文言文的惰性对民族思维方式发展和民族智力水平发展的巨大阻滞作用的，却只有鲁迅。鲁迅认为必须废除文言文，主要是因为文言文禁锢了中华民族思维形式的革新和发展，用白话取代文言，是为了改变民众简单、混沌、模糊、非理性、非逻辑的思维形式。

在对中国传统文化的全面清理和对西方文化的深入了解中，鲁迅逐渐形成了一种新的语言观，他意识到一个民族的心理、思维方式与

---

① ［英］L. R. 帕默尔：《语言学概论》，李荣等译，商务印书馆 1983 年版，第148 页。

其语言之间存在着某种直接关联。"中国的文或字，法子实在太不精密了，作文的秘诀，是在避去熟字，删掉虚字，就是好文章，讲话的时候，也要时时词不达意，这就是话不够用，所以教员讲书，也必须借助于粉笔。这语法的不精密，就在证明思路的不精密，换一句话，就是脑筋有些糊涂。"①"文言比起白话来，有时的确字数少，然而那意义也比较的含糊。我们看文言文，往往不但不能增益我们的智识，并且须仗我们已有的智识，给它注解，补足。待到翻成精密的白话之后，这才算是懂得了。"② 文言的表达方式反映了国人思维方式上的混沌，造成了中国思想文化的停滞和病态。鲁迅认为文言就是长在中国文化机体上的一个结核，如不及早将其割除，潜伏在结核里的病菌迟早要将中国庞大的文化机体搞瘫痪。

另外，鲁迅认为文言是一种僵化的语言，它不能适应中国现代新文化的发展，是中国人接受西方现代理性思维的最大障碍。"倘要生存，首先就必须除去阻碍传布智力的结核：非语文和方块字。如果不想大家来给旧文字做牺牲，就得牺牲掉旧文字。"③ 他毫不客气地将坚持古文的语言保守主义者称为"现在的屠杀者"："明明是现代人，吸着现在的空气，却偏要勒派朽腐的名教，僵死的语言，侮蔑尽现在，这都是'现在的屠杀者'。杀了'现在'，也便杀了'将来'。——将来是子孙的时代。"④ 对认为思想革新重要，文字改革倒在其次的说法加以否定，"这话似乎也有道理。然而我们知道，连他长指甲都不肯剪去的人，是决不肯剪去他的辫子的"⑤。语言具有时代属性，一个时代应该有一个时代的语言，古代语言是和"古事"、古代的"名教"

---

①　《鲁迅全集》第四卷，人民文学出版社 2005 年版，第 391 页。
②　《鲁迅全集》第五卷，人民文学出版社 2005 年版，第 527 页。
③　《鲁迅全集》第六卷，人民文学出版社 2005 年版，第 119 页。
④　同上书，第 165 页。
⑤　《鲁迅全集》第四卷，人民文学出版社 2005 年版，第 14 页。

联系在一起的，它与现代生活和现代思想格格不入。在此基础上，鲁迅指出现代文化发展的两条路，"一是抱着古文而死掉，一是舍掉古文而生存"①。

正是出于对语言与民族思维方式、民族心理关系的理解，以及对于中国语言与中国文化发展的"背离"现象的深刻认识，五四时期鲁迅和新文化人力主坚决要废止文言文，鲁迅认为文言使"全中国大多数人民，永远和前进的文化隔绝，中国人民，决不会聪明起来"②，"我以为方块字本身就是一个死症，吃点人参，或者想一点什么办法，固然也许可以拖延一下，然而到底是无可挽救的"③，"倘不首先除去它（指文言文——笔者注），结果只有自己死"④，虽然从现在的角度看，鲁迅的这些认识过于激进，但却是当时"救亡图存"历史语境下的别无选择。因为他深刻认识到："说到中国的改革，第一着自然是埽荡废物，以造成一个使新生命得能诞生的机运。五四运动，本也是这机运的开端罢，可惜来摧折它的很不少。"⑤

1920 年，当北洋政府教育部正式宣布废除文言文，实行白话文后，多数人将这视为中国现代语言改革的目的而欢欣不已。但在鲁迅看来，以白话代替文言只是中国现代语言改革的开始。鲁迅看到语言与思想意识、思维方式间的深层关系，即人类所掌握的语言深深控制着人类的思想和思维方式，所以他认为改造语言文字就是对民族精神的改造，对民族灵魂的重塑，改造国民精神是一个漫长的过程，现代语言文字的改革也必将伴随这一漫长的过程，成为改造"国民性"工作中最重要的一部分。

---

① 《鲁迅全集》第四卷，人民文学出版社 2005 年版，第 15 页。
② 转引自芬君（陆诒）《鲁迅先生访问记》，《救亡日报》1936 年 5 月 30 日第 4 期。
③ 《鲁迅全集》第六卷，人民文学出版社 2005 年版，第 289 页。
④ 同上书，第 165 页。
⑤ 《鲁迅全集》第十卷，人民文学出版社 2005 年版，第 270 页。

鲁迅认为白话文运动所推行的白话并不足以满足现代思想的表达和传播，应该在白话的基础上，融合口语方言，不断推动现代语言文字的创新。"一般地说起来，不但翻译，就是自己的作品也是一样，现在的文学家，哲学家，政论家，以及一切普通人，要想表现现在中国社会已经有的新的关系，新的现象，新的事物，新的观念，就差不多人人都要做'仓颉'。这就是说，要天天创造新的字眼，新的句法。"①

　　语言的大众化改革是五四白话文运动的继续与深入。白话文运动成功地推行以北方话为基础的白话即普通话，由于脱离大众口语实际，加之当时中国教育和交通的落后，只囿于知识阶层使用，而大众的语言则仍然是固有的多元化方言，从而使中国现代语言形成"官话"与方言的对峙格局，不利于民众的启蒙和国民性改造。从1930 年 3 月的《文艺的大众化》至 1934 年 8 月的《门外文谈》，鲁迅撰写大量文章就大众语文性质范畴的理论界定及科学实践方略的制订展开阐述。他认为大众语具有鲜明的平民性与实用性，平民性与实用性是现代语文的基本属性，现代语言文字改革应该继续走大众化道路，既要体现大众对语言的要求，也要反映社会文化启蒙的需要。大众文的实用性是由其启蒙的目的性所决定的，"但要启蒙，必须能懂"，因此，推动白话文向大众文转化就必须吸收方言口语的优良因子。

　　鲁迅首先在大众口语中发现了大众语的雏形，"现在在码头上，公共机关中，大学校里，确已有着一种好像普通话模样的东西，大家说话，既非'国语'，又不是京话，各各带着乡音，乡调，却又不是方言，即使说的吃力，听的也吃力，然而总归说得出，听得懂。如果加以整理，帮它发达，也是大众语中的一支，说不定将来还简直是主

────────────

① 《鲁迅全集》第四卷，人民文学出版社 2005 年版，第 382—383 页。

力。我说要在方言里'加入新的去'，那'新的'的来源就在这地方。待到这一种出于自然，又加人工的话一普遍，我们的大众语文就算大致统一了。"① 鲁迅的大众文语言由方言、白话和外来语三种语体综合创造而成，既吸取方言的质朴而去其芜杂，又发扬白话的清新而弃其艰深，同时采纳外国语法的精密以补中国语法的不足。

当然，鲁迅对大众文语言的提倡并非仅仅停留在理论设想层面，他将大众文语言的建设和自己的学术实践紧密地联系在一起，从而使其语言呈现出层次分明的三个特点，展现了鲁迅实践大众文语言的三条途径：

1. 以白话为主的途径，即口语化和"欧化"相结合。这一途径要求一边"竭力将白话做得浅豁，使能懂的人增多"，一边对"精密的所谓'欧化'语文，仍应支持"，以补中国原有语文之不足；同时白话文的写作还应"采用较普通的方言"②。作为现代著名的文学家和翻译家，鲁迅对现代文字改革的思考主要从写作和翻译中得来。他指出创造真正的、活的语言要求智识阶级从两方面努力：一方面要遵循中国白话的文法公律，"凡是'白话文'里面，违反这些公律的新字眼、新句法，——就是说不上口的——自然淘汰出去，不能够存在"③。另一方面要在翻译中借鉴西方表达方式，"翻译——除去能够介绍原本的内容给中国读者之外——还有一个很重要的作用：就是帮助我们创造出新的中国的现代言语"④，"不但在输入新的内容，也在输入新的表现法"⑤。

2. "采用普通方言"为主的途径。这条途径被鲁迅称为"专化"

---

① 《鲁迅全集》第六卷，人民文学出版社 2005 年版，第 100 页。
② 同上书，第 79—80 页。
③ 《鲁迅全集》第四卷，人民文学出版社 2005 年版，第 383 页。
④ 同上书，第 380 页。
⑤ 同上书，第 391 页。

和"普遍化"相结合的路子。所谓专化，就是"各就各处的方言，将语法和词汇，更加提炼，使他发达上去"。这种方言的专化，"于文学，是很有益处的，它可以做得比仅用泛泛的话头的文章更加有意思"。方言土语里很有些意味深长的话，浙江称为"炼话"，恰如文言里的古典，大众文的写作就是要促使"和'炼话'一样好，比'古典'还要活的东西，也渐渐地形成"和增多，这样"文学就更加精彩了。"① 只有专化而无普遍化，文学写作则会走向僵死，因此还必须同时实行普遍化。所谓普遍化就是以"全国的语文大众化"为目标，在提炼方言固有语法与词汇的同时"渐渐的加入普通的语法和词汇里去"，逐步将读者推向全国。这种专化与普通化相结合的语言被鲁迅称为"大众语的雏化"。"启蒙时候用方言，但一面又要渐渐的加入普通的语法和词汇去。先用固有的，是一地方的语文的大众化，加入新的去，是全国的语文的大众化。"②

3. 创立现代性与开放性合为一体的口语系统。现代性是指不拘于固有方言，而"采用白话，欧字，甚而至于语法"，使口语表达更加丰富、明确和精确。开放性是指一面深深扎根于民众活的口语土壤里，一面又通向加工过的白话语言世界，是一个在自然进化和人力资源的制约与策动下不断发展的语言系统。鲁迅称这种白话为"四不像的""活的"白话。"四不像"指其博取多种口语之长——"采说书而去其油滑，听闲谈而去其散漫，博取民众的口语而存其比较的大家能懂的字句"，"这白话得是活的，活的缘故，就因为有些是从活的民众的口头取来，有些是要从此注入活的民众里面去。"③

通过对鲁迅与民俗文化活动和观念的梳理整合，我们清楚地看到

① 《鲁迅全集》第六卷，人民文学出版社 2005 年版，第 100 页。
② 同上。
③ 《鲁迅全集》第四卷，人民文学出版社 2005 年版，第 393 页。

鲁迅对中国民俗文化的吸收和审视是多方面的，既有对古民俗观的收集、吸收和西方民俗理论的借鉴，又有对承载民俗资料和民族精神的工具——语言文字的改革和创新。因此，鲁迅的民俗文化观是一个复杂多维的合体，涉猎面广，构成因子杂，它贯通了先生一生主要的文化活动和文学思想，是鲁学研究不可忽视的一面。

第二章　鲁迅与民俗文化的渊源

黑格尔认为人生下来自在地是人，而并非自为地是人，只有通过一定的文化教养，人才能够自为地是人，并成为这种文化的载体和实现者，从自然人转变为社会人。[①] 人只要一出生，就注定要生活在特定文化的势力范围内，成为此种文化的接受体和传播体。中国传统文化大体可以分为两类：以儒家为核心形成的儒释道三位一体的大传统，代表着官方的主导意识形态；小传统接受儒家文化思想的指导，是存身于中国农村的民间文化。[②] 大传统主要通过官方或私人办学来传播或教化达到一定年龄的儿童，使他们成为儒家文化的承载者和实现者。在封建社会的中国，生活于农村的大部分人没有能力甚至权利通过读书、上学接受儒家文化训练和教化，他们的社会化主要借助小传统的民间文化来实现。相对于儒家大传统，作为小传统的民间文化以具象的形式化解于民间的日常生活和劳动中，表现为世代相传的处世经验和生活模式，它的传播不需要借助特定的教育机构，一个人只要处身于一定的生活圈内就会接受一定区域中民间文化的影响。从文化传播特性来看，儒家大传统是一种指定性文化传播，而民间小传统则表现出无所不在的包容性，因为有生活就会有民间文化。

---

① 参见［德］威廉·弗里德里希·黑格尔《精神现象学》（上），贺麟、王玖兴译，商务印书馆 1979 年版，第 13 页。

② 参见张鸣《乡土心路八十年》，生活·读书·新知三联书店 1997 年版，第 10 页。

第一节　民俗文化洗礼下的人格成长

鲁迅出身于封建士大夫家族，七岁开始入私塾接受儒家文化教育，直至 1897 年，十七岁的他背井离乡，异地求学，才结束了长达十年的儒家私塾教育。过去鲁学研究的几十年里，学者们就此课题做下太多文章，无意再深究。我的问题是，在入私塾之前，和儒家文化发生关联之前的七年，鲁迅不可能生活在文化真空中，他必然要处身于一定的文化圈内，接受某种文化的渗透，完成自我的社会化。这是怎样一种文化形态，它通过怎样的媒介和一个不识字的学龄前儿童产生呼应？此外，即使在鲁迅接受私塾教育的同时，作为生活于绍兴特定文化区域中的社会人，绍兴地方文化是否相伴着私塾教育添补其所不能够满足的主体文化需求和生活空间？

一

鲁迅所出生的周氏家族是绍兴当地的书香世家。据周建人回忆，周家婚礼仪式一直坚持拜祭家族祠堂和土地神庙。但绍兴城内的大宗族一般只去祠堂行叩拜礼，而不去参拜土地神庙。① 这是值得我们注意的，要知道"土地神"是地域社会之神，信仰逻辑不同于血缘家族的祠堂。周家一直坚持"上庙"，说明两点：①周氏家族在当地的社会地位很高；②周氏家族注重礼仪传家。礼仪习俗是民间文化重要的传播方式，它是人们世代积累起来的生活经验所具体衍化出的关于生

---

① 参见乔峰《略讲关于鲁迅的事情·阿 Q 时候的风俗人物一斑》，人民文学出版社 1954 年版，第 12 页。

活某一方面的固定行为模式。在文化的发展过程中，一部分仪礼习俗
因为没有文字的详细记载，在民众中渐渐消失或有所变异。但在世家
大族中却能够得以保存下来，因为相较于下层民众淡薄的家族文化，
世家大族能够通过完备的家族文化将这些礼仪习俗以家训的方式保存
下来。在此意义上，民俗仪式最好、最完备的保存者在世家大族而非
普通民众之中。譬如，冠礼曾经是明代社会盛行一时的成人仪式，是
世代相沿的家庭习俗，到了清代只有士人之家传之。康熙《临海县
志》记述冠礼说："明时，男子二十而冠，多于冬至或元旦束发加网，
士戴方巾，民戴圆帽。"冠礼发展到清代后，命运大不如明代，多数
方志说到冠礼都以"明时行之，今废久矣"来概括，只有少数地方志
说到士人之家间一行之。周家作为绍兴当地的世家大族，理应是地方
民俗仪式保存最完备者和忠实的实践者。鲁迅作为周家的长子长孙，
自一出生便不由自主地置身于民俗仪式的洗礼之下。

　　周家被称为"绍兴城中望族之一"①。这里的"望族"，不仅表现
为社会地位高高在上和物质财富的极大满足，还应包括人口数量众多
之意。"丁口"是构成一个家族组织的基本民俗要素，它以"五服"
为限（即依据生人与死者的亲疏远近，所规定的五种服丧的孝服式
样），包括高祖至玄孙九代之内的血亲群体。为了延续和扩大，家族
组织十分重视人丁的添加。在男尊女卑的封建社会，家族制度里的丁
口只是指称男性丁口。一旦新生男婴，须向家族报丁。报丁的时间各
不相同，有随生随报，浙江会稽《章氏家乘》（康熙三十六年）规
定："凡子生日，告于宗长而书其行，弥月之以见于庙及宗长。"也有
一年一报者，福建崇安《袁氏家谱》（光绪九年）规定，每年正月初
一报丁，当即查明，载入丁薄。添丁进口是家族里的大事，为此，家
族要进行庆祝仪式。广东安南头《黄氏族规》要求，凡生男者，在来

---

　　①　薛绥之编：《鲁迅生平史料汇编》第一辑，天津人民出版社 1981 年版，第 39 页。

年正月到祠堂"开灯"，每一灯头，出钱两百文。灯为八角，灯及油火各项花费由祠堂承担，祠堂还另补花银二元，作为庆贺的费用。① 刚出生的男丁还不能正式成为家族成员，须等到其成年后，才能正式入注家谱。各地家族组织的入注年龄一般规定在十六岁，并举行入谱仪式。苏州《范氏家乘》（乾隆十一年）记载："子孙年十六岁，本房房长同亲交，父兄于春秋祭祀时同往祠中，具申文正位验实，批仰典籍注籍。"未成年而夭折者，宗谱大都不录。

由此可见，新生命的诞生不光关系到一个家庭的利益，更关乎一个家族的利益，所以在中国民间，个体的诞生经常要伴随着一系列民俗仪式，一般出现在个体周岁之前的各个不同时期，如诞生、三朝、满月、百日、周岁等。这些仪式一方面是为了庆祝新生命的诞生，另一方面是为了保证新生命健康地成长。鲁迅是周家第十二世周福清的长房长孙，他的出生自然引起了整个家族的喜悦和担忧，喜悦的是家族后继有人了，担忧的是生命无常，新生命随时随地遭受死亡的威胁，给家族的人带来巨大的心理压力。鲁迅"一生下来，我们全家人，上自爷爷下至太先生和我，都要想方设法，使他能够顺利得长大成人"②。为了保证小生命健康成长，支撑起整个家族的希望，"全家人"所想之方，所设之法便是带有巫术性质的民俗仪式。

为了确保小孩问世后的健康成长，中国各地有很多礼仪习俗祈求吉祥如意。如挂红字、种葱芸、蹲狗窝、续姓、认干爹、讨百家饭、做百家衣等。鲁迅在宗法社会中具有特殊地位，"因为生下来是长子，在家里很珍重，依照旧时风俗，为的保证他长大，有种种仪式要举行"③。在吴越文化中，"三朝礼"是婴儿出生后非常重要的一个诞生礼，又名"洗三"。"孩子生下来三天，就有一个'洗三'的仪式。

---

① 参见萧放《中国民俗史》（明清卷），人民出版社 2008 年版，第 188 页。
② 孙郁、黄乔生主编：《回望鲁迅》，河北教育出版社 2000 年版，第 223 页。
③ 周启明：《鲁迅的青年时代》，中国青年出版社 1957 年版，第 12 页。

'三日洗儿，谓之洗三'。"① 在"洗三"的仪式中，多用艾叶、花椒等中草药煎熬热汤洗婴，洗去出生时未洗尽的污垢，并以此去灾避瘟。洗儿时，浴盆中放喜蛋和金银饰物：取蛋在婴儿额角摩擦一遍，以为可以免疖；放金银饰物于水中，则以为可以镇其惊吓。洗儿仪式由一位全福的妇人主持，一边洗，一边唱喜歌。"流传在江浙的一首《洗三》唱道：黄道吉日来洗三，诸路神灵保平安。洗洗蛋，做知县；洗洗沟，做知州；洗洗头，做王侯。"② 其他地区亦存有不同唱法，"长流水、水长流，聪明伶俐好儿郎"，"早立子、胖小子，长命百岁寿屋子，连生贵子，连生贵子"。有时，是拿着棒槌，一边搅水，一边念叨："一搅二搅三连搅，哥哥领着弟弟跑；七十儿，八十儿，歪毛儿，阔气儿，希哩呼噜都来了。"③ "洗过后，乃取伊父鞋一只。用缸旁一块。肉骨一根。与儿合同称之。名曰上秤。取长大有刚骨能称心之义。"④ 直至现在，"洗三"仪式在民间还广为流行，在医学上，婴儿通过这次洗浴将从娘胎中带来的秽物洗干净，起到健康体魄的作用；在社会学上，"洗三"是婴儿完全脱离孕期残余开始步入人生新阶段的洗礼，人们通过具有巫术性质的喜歌将美好的祝愿贴附于其生命之中。

命名是中国传统文化中对婴儿表达祝福和期望的另一种重要仪式，"名字的含义会对一个人产生一定的教育作用，甚至引导或影响到他的人生方向"⑤，因此，长辈在给孩子取名字的时候，常常将家人对孩子未来生命的祝福和期望寄寓其中。《说文解字》在释义"名"时，直接以"命"来解释，大多数中国人相信一个人的名字和他的生

---

① 姜彬主编：《吴越民间信仰民俗》，上海文艺出版社1992年版，第283页。
② 同上。
③ 陈勤建：《中国民俗学》，华东师范大学出版社2007年版，第125页。
④ 姜彬主编：《吴越民间信仰民俗》，上海文艺出版社1992年版，第283页。
⑤ 徐建顺、辛宪主编：《命名——中国姓名文化的奥妙》，中国书店出版社1999年版，第3页。

命际遇有着难以明说的神秘联系。一些地方风俗中起名字要和孩子的生辰八字联系起来，八字中有什么缺陷要在起名中补充上。相传，毛泽东的生辰八字中就缺水，所以取名泽东，字润之，以补其先天缺水之相。这种将孩子的先天之相和后天之相结合起来的取名方式，目的是在两者的彼此补充中，使孩子未来的生命趋向福达美满之命相。因为名字和生命的这种神秘关联，给家族中新添的生命命名是非常谨慎的大事。"命名仪式非常隆重，是孩子一生中的第一件大事……在很多大家族中，男孩子出生后，要祭祖庆贺，然后由族中辈分最高的人或族长来给孩子取名"①。鲁迅出生后，家人写信给留京任职的祖父周福清，由他亲自命名，"小名定为阿张，随后再找同音异义字取作'书名'，乃是樟寿二字，号曰'豫山'，取义于豫章。后来……改为'豫才'"②。据周作人回忆，祖父周福清收到家信时，正好有一个姓张的翰林来访，此人虽然贫穷但身份尊贵，便以其姓为名，小名定为阿张，希望托此人之福，长孙成人后亦能博得较好的功名，实现一定的社会价值。大名取为"樟寿"，号取为"豫山"，是祖父对小鲁迅生命关怀和价值期待的集中显现。"樟"为常绿乔木，质地优良且经冬不凋。祖父周福清以"樟"为名表现出直接的生命关怀，是对个体自然生命健康成长的虔诚期待与祈祷，希望长孙在艰难的人生道路上能够具有樟树一样顽强的生命力。在"樟"后再加一个"寿"字，则是对这一生命关怀的重复强调之意。"号'豫山'，取义于豫章"是家族价值取向对个体人生的规范和期望。"周氏三台门嘉道以来，老台门周以富称，新台门、过桥台门两用人才周以读书世家称。"③鲁迅所在的新台门为读书世家，祖父为他取号"豫山"是将家族的人生

———————

① 徐建顺、辛宪主编：《命名——中国姓名文化的奥妙》，中国书店出版社1999年版，第22—23页。
② 周启明：《鲁迅的青年时代》，中国青年版社1957年版，第9页。
③ 薛绥之编：《鲁迅生平史料汇编》第一辑，天津人民出版社1981年版，第39页。

理想寄寓其中，希冀在鲁迅的身上能够将家族的这份荣耀延续下来并发扬光大。"豫章"一词据《辞海》其义有三，一为木名，一为地名，一为台观名。鲁迅的号取义于木名，"'豫章，大木'。《淮南子·修务》：'豫章之生也，七年而后知，故可以为棺舟'"。在吴地方言中，"豫山"与"雨伞"同音，鲁迅上学后，不乐意于同学们戏称自己"雨伞"，便央祖父改号，将"豫山"改为"豫才"，其间寓意更为明显。

为了保障鲁迅健康长大，周氏家长除了严格按照民间习俗为新生命举行各种仪式外，还要借助民间信仰的力量抵御生命初期可能出现的各种危害。"除了通行的'满月'和'得周'的各样的祭祀以外，还要向神佛去'记名'，所谓记名即是说把小孩子的名字记在神或佛的账上，表示他已经出家了，不再是人家的娇儿，免得鬼神妒忌，要想抢夺了去……其次又拜了一个和尚为师，即是表示出家作了沙弥……鲁迅所得到的乃是长庚二字。"① 关于"记名"的原因，鲁迅和周老太太都给过大体一致的解释。鲁迅说："我生在周氏是长男，'物以希为贵'，父亲怕我有出息，因此养不大，不到一岁，便领到长庆寺里去，拜了一个和尚为师了。"② 周老太太也说："你们的大先生（鲁迅）是阴历八月初三出生的，他和'灶司菩萨'同生日，而且他出生的那年是闰年，他出生时的衣胞是'衰衣胞'。当时许多老人说：闰年出生的人，又是'衰衣胞'，而且又和菩萨同生日的孩子，是很少见的，这样的孩子，将来一定有出息的。"③ 民间盛行一种观念就是有出息的孩子不好养，因为这样的小孩自身带有一股灵气，容易被妖魔鬼怪吸食掉。就像有了好东西一定要藏起来一样，民间普遍流行的做法是小孩子要贱养，比如取个贱名、蹲狗窝、续姓、认干亲家等。

---

① 周启明：《鲁迅的青年时代》，中国青年版社 1957 年版，第 12 页。
② 《鲁迅全集》第六卷，人民文学出版社 2005 年版社，第 596 页。
③ 孙郁、黄乔生主编：《回忆鲁迅》，河北教育出版社 2000 年版社，第 223 页。

周家长者则采取记名、拜师的方式依附神灵的保佑来阻止鬼怪的伤害。"向菩萨报过名，就是说他已是'出家人'了。这样做了我们还不放心，又把他抱到庙里拜和尚为师，表示他已经'出家'做了小和尚；这样做的意思就是告诉一切'凶神恶鬼'：他已经是'出家人'了，要它们不要来伤害他。"① 这种不躲避、不掩藏而是依托神灵庇佑震慑鬼怪的做法是周氏世家大族身份和民俗仪式的融合体。同为周氏家族男丁的周作人，小时候虽然也经历了各种祈福仪式，但家人并没有像对待鲁迅那样谨小细微，譬如，他"小时候同样的挂过牛绳……但不曾拜过和尚为师"②，其间，当然不乏民间宗族观念重长子长孙的巨大倾向力。

鲁迅在接受正式私塾教育之前的这七年是其人生的童蒙时代，是个体意识产生的起点，也是与文化最初建立关系的开端。③ 幼孩时期的鲁迅自身缺乏理性认识的能力，所以对现实生活中以感性形象出现的仪式、游戏、习俗等民间文化更容易理解和接受，民俗文化不仅充当了小鲁迅与外界环境和人物交流的媒介，也构成其最初社会化痕迹的主元素。刚诞生下来的婴儿，是一个自然人，他的社会属性空白而混沌，人生路中充满未知数。通过民俗仪式，人们开始将新生命纳入一定的社会生活圈内，确定他的社会身份，并预定他未来要走的人生路。正是在民俗仪式的洗礼中，小鲁迅渐渐具有自我意识，认识到自己和周围环境的关系并确认自己的位置。"记得幼小时，有父母爱护着我的时候，最有趣的是生点小毛病……懒懒地躺在床上，有些悲凉，又有些娇气，小苦而微甜，实在好像秋的诗境。"④ 小鲁迅的这种

---

① 孙郁、黄乔生主编：《回忆鲁迅》，河北教育出版社 2000 年版社，第 223 页。

② 周启明：《鲁迅的青年时代》，中国青年版社 1957 年版，第 13 页。

③ 参见李城希《鲁迅与中国传统文化——接受、偏离、回归》，云南人民出版社 2006 年版，第 2 页。

④ 《鲁迅全集》第五卷，人民文学出版社 2005 年版，第 319 页。

幸福感，来源于对自我身份的初步确认，是关爱对象确定自身在关爱者心中的价值所激起的情感反应。对于自己幼年时代佩戴的"银筛"，鲁迅先生于1934年2月27日致日本友人增田涉的信中，还曾谈到了它："还有，此小包内书的屁股里还有一个小包，拟赠游君，但其实作为大人的玩具可能更适当。五十四年前我出世时，每逢出门，就要挂那个玩意儿。照日本的说法是'避恶魔'，但在中国没有'恶魔'之说，故称'避邪'好些。如不加说明，有点费解……总之，这些东西，都是为了弄清事物的。可见中国的邪鬼，非常害怕明确，喜欢含混。日本的邪鬼性格如何，我不知道，且把它当作中国的东西奉赠罢。"① 五十多年过去了，处于人生暮年的鲁迅仍然对自己幼年的佩饰有着难以割舍的情怀，并由此点拨到中国邪鬼的性格，可见，幼年时代所接受的民俗文化确实对鲁迅思想和写作有着深远的影响。

二

鲁迅入私塾之后，开始接受儒家文化的正式教育，儒学教育的抽象刻板并没有引起小鲁迅多少兴趣。私塾教育对他来说，更像是在完成祖父和父亲所制订的任务，他更喜欢接近民间文艺，他读书"不太用功，却喜爱到东关镇去看'五猖会'。并开始看《西游记》《水浒》等小说"②。随着知识和眼界的开阔，他开始在自己所接触的民间文化中，有选择地培养自己的爱好和兴趣，将自己的课余时间都花费于此。在小鲁迅所接触的民间文艺中，对其影响深刻而久远的是民间美术和绍兴戏。

民间美术是鲁迅较早接触的民间文艺。年画作为民间文艺的一种，是人们对日常生活的美好想象，它能够在色彩鲜亮的喜气氛围

---

① 《鲁迅全集》第十四卷，人民文学出版社2005年版，第287页。
② 鲍昌、邱文治编：《鲁迅年谱》，天津人民出版社1979年版，第5页。

中，以夸张的手法调动起观者对生活的无限向往和热爱，从而带来愉快的审美感觉与想象。这种具有浓郁审美趣味的民间文艺，极大地满足了鲁迅幼年时代对外在世界的好奇和探寻，深得小鲁迅的喜爱。"年画是鲁迅所喜欢的，幼年鲁迅的床前，就贴着两张年画，一张叫《八戒招亲》，另一张是《老鼠成亲》。"① 儿童心理学家在研究新生儿对外界物体的反应中发现，他们对甜味有积极的反应，而对苦和酸等味道会产生一种特有的消极的表情：皱脸、闭眼、张嘴等。② 这种趋甜拒苦的心理，是人类自我保护意识的本能显现，它使儿童辨识、处理所接受到的文化时，同样表现出对引起自身情感愉悦体验的文化的亲近和对导致自身情感不愉文化的拒斥。年画本身就是民间对生活理想状态的抽象、夸张表现，而《八戒招亲》《老鼠成亲》却又是透过动物世界对生活中人们喜闻乐见的婚姻喜事的描摹展现，在视觉效果上又比其他年画平添了几分童趣、几许滑稽，自然更容易让对未知世界充满好奇的小鲁迅接受。我们可以想象，在《八戒招亲》和《老鼠成亲》的热闹喜庆气氛中醒来睡去的小鲁迅，一定对未来生活和未知世界充满了期待和向往，对生活和世界的无可把握性所带给幼体的恐惧情绪都被年画的热闹喜庆氛围安抚下去。对年画的亲近，使鲁迅对民间美术产生了极大的兴趣，他"从小就喜欢看花书，也爱画几笔"③。

随着年龄的增长，小鲁迅入私塾了，认了几个字，有资格翻看家里的藏书了。于是他开始四处搜集各种绘图书来阅读：他不但在自家的两三箱破烂书中翻来翻去地找图画书看，还到远房叔祖周玉田家翻找。后来，长妈妈还从乡下给他带来了绘图的《山海经》，《山海经》中所展现的"人面的兽，九头的蛇，三脚的鸟，生着翅膀的人，没有

---

① 张能耿：《鲁迅的青少年时代》，陕西人民出版社 1987 年版，第 26 页。
② 参见朱智贤《儿童心理学》，北京人民教育出版社 1993 年版，第 131 页。
③ 周遐寿：《鲁迅的故家》，人民文学出版社 1981 年版，第 36 页。

头而以两乳当作眼睛的怪物"① 等离奇怪诞的神话世界，更是让鲁迅对绘画产生了无限的热爱。他不再满足于浏览各种画书，拿起笔努力将民间美术所带给他的直观审美感受表现出来，开始在审美的基础上进行美术创作。"鲁迅便画了不少漫画，在窗下西仙桌上画了，随后便塞在小床的垫被底下。"② 其间有"尖嘴雷公"还有"射死八斤"的漫画。1893 年，在皇甫庄生活的日子里，鲁迅在两个表兄弟的陪伴下开始描画古典小说的绣像，并完成了《西游记》《荡寇志》的绣像画，后来急于用钱以二百文卖给了一个同窗。由此可见，鲁迅小小年纪，画功已非常深厚，并得到他人的赏识。

这种对民间美术的热爱伴随了鲁迅的一生，也有效地服务了他的文化事业。基于少年时代对民间美术丰富的阅读和丰厚的创作，鲁迅对民间木刻、版面设计都有独到的理解，并推动了这两种文化事业的发展。当然，少年时代的美术素养对鲁迅的文学创作意义更为深远。当有人问他作文的秘诀时，他回答"倘要反一调，就是'白描'"，指出白描是文学创作中值得提倡的"秘诀"，因为它"有真意，去粉饰，少做作，勿卖弄"③，很益于白话文学的写作。鲁迅写小说以塑造人物为主，喜欢用白描刻画人物，简单几笔中直见人物精神实质，是民间美术绘画功底化入文字写作的实绩。"中国旧戏上，没有背景，新年卖给孩子看的花纸上，只有主要的几个人（但现在的花纸却多有背景了），我深信对于我的目的，这方法是适宜的，所以我不去描写风月，对话也决不说到一大篇。"④

看绍兴戏是鲁迅少年时代最渴望的盛事，他所熟悉的绍兴戏主要可以分为三类：一是在各神庙所祀诸神的诞生日等日子，为谢神、娱

---

① 《鲁迅全集》第二卷，人民文学出版社 2005 年版，第 254 页。
② 周遐寿：《鲁迅的故家》，人民文学出版社 1981 年版，第 33 页。
③ 《鲁迅全集》第四卷，人民文学出版社 2005 年版，第 631 页。
④ 同上书，第 526 页。

神而演出的"庙会戏";二是旨在超度祖灵与亡魂的"目连戏";三是镇抚给村镇带来灾祸与疫病的怨鬼的"大戏"。① 自古以来绍兴巫鬼文化盛行,"鬼戏"是绍兴人演戏的主要内容,在少年时代所观看的绍兴戏中,最调动鲁迅情绪的也是绍兴戏中的"鬼戏"。在看戏的过程中,他曾经自告奋勇地充当了一个小"鬼卒",在"鬼王"的率领下跑到野外的许多无主孤坟去招"孤魂""厉鬼",来共同看戏。几十年后,回忆起这段经历,对整个过程的细节鲁迅依旧清晰了然:

> 在薄暮中,十几匹马,站在台下了;戏子扮好一个鬼王,蓝面鳞纹,手执钢叉,还得有十几名鬼卒,则普通的孩子都可以应募。我在十余岁时候,就曾经充过这样的义勇鬼,爬上台去,说明志愿,他们就给在脸上涂上几笔彩色,交付一柄钢叉。待到有十多人了,即一拥上马,疾驰到野外的许多无主孤坟之处,环绕三匝,下马大叫,将钢叉用力地连连掷刺在坟墓上,然后拔叉驰回,上了前台,一同大叫一声,将钢叉一掷,钉在台板上。②

少年时代这些怪诞有趣的看戏、"演戏"经历给鲁迅留下了难忘的心灵留痕,夏济安认为鲁迅内心深处埋藏着对"鬼魂"的秘密爱恋,所以讨替代的女鬼和勾人魂魄的无常才会在鲁迅的笔下散发出惑人的美丽。③ 这种对"鬼魂"的秘密爱恋,不仅促使鲁迅创造了女吊和无常两个文学形象,也使他在文学情感的表达中惯于借鬼发泄。对不喜欢的人和事,他痛骂为"山中厉鬼""捣鬼"(《南腔北调集·

---

① 参见 [日] 丸尾常喜《"人"与"鬼"的纠葛——鲁迅小说论析》,秦弓译,人民文学出版社 2006 年版,第 26 页。

② 《鲁迅全集》第六卷,人民文学出版社 2005 年版,第 639 页。

③ 参见乐黛云编《国外鲁迅研究论集》,北京大学出版社 1981 年版,第 375 页。

捣鬼心传》）、"鬼气"（《坟·我之节烈观》）、"鬼蜮的手段"（《华盖集·并非闲话》）、"鬼打墙"（《华盖集·"碰壁"之后》）、"拿着软刀子的妖魔"（《坟·题记》）；对于自己所爱的人，他亦喜以"鬼"唤之："小鬼"（《两地书·七三》）、"枭蛇鬼怪"（《坟·写在〈坟〉后面》）、"留血和隐痛的魂灵"（《野草·后记》）。借助一枝"金不换"，鲁迅随意召唤着绍兴鬼戏中的各色鬼：活无常、死有分、羊面猪头（《热风·知识即罪恶》）、鬼卒（《呐喊·社戏》）、阎罗大王（《华盖集·忽然想到·九》）、故鬼、新鬼、游魂、牛首阿旁、畜生、化生、大叫唤、小叫唤（《华盖集·"碰壁"之后》）、狐鬼（《华盖集·忽然想到·八》）等。它们随意游走于鲁迅的文字里，和他一起在创造的文学世界里游行、聚会、狂欢，一如故乡里的那些时光。

绍兴戏中所隐含着的乡间愚夫愚妇的滑稽、幽默趣味是鲁迅一生钟爱绍兴戏的重要原因。《目连救母》是绍兴戏的重要曲目，演出的过程中"除了首尾之外，其中十分七八，都是一场场的滑稽事情，算是目连一路的所见，看众所最感兴味者恐怕也是这一部分"①。鲁迅对这些饱含着民众智慧的滑稽戏非常的推崇，认为"用目连巡行为线索，来描写世故人情，用语极奇警"②，"往往有决非清高通达的士大夫所可及之处的"③。在回忆鲁迅的文章中，好多人都提到鲁迅最喜欢与来客讲故乡人民中流传的幽默故事，夏衍在《懒寻旧梦录》中提到鲁迅讲了个农民想象皇帝怎样生活的笑话，冯乃超在《左联成立前后的一些情况》中谈到了鲁迅所讲的"金扁担"和"柿饼"的笑话。其中鲁迅最爱讲的当属"目连戏"中的滑稽戏。"对于目连戏，他却有特别的嗜好，他有好几次同我说，这戏里的穿插，实在有许许多多

---

① 周作人：《谈龙集》，岳麓书社 1989 年版，第 80—81 页。
② 《鲁迅全集》第十三卷，人民文学出版社 2005 年版，第 599 页。
③ 《鲁迅全集》第六卷，人民文学出版社 2005 年版，第 449 页。

的幽默味。他曾经举出不少的实例，说到一个借了鞋袜靴子去赴宴会的人，到了人来向他索还，只剩一件大衫在身上的时候，这一位老兄就装作肚皮痛，以两手按着腹部口叫着我肚皮痛杀哉，将身体伏矮了些，于是长衫就盖到了脚部以遮掩过去的一段，他还照样的做出来给我们看过。说这一段话时，我记得《月夜》的著者，川岛兄也在座上，我们曾经大笑过的。"① 1924 年，林语堂开始在《晨报副刊》提倡"幽默小品"，鲁迅从新文化建设的角度对林语堂所提倡的"绅士化幽默"作出了善意的提醒，"'幽默'既非国产，中国人也不是长于'幽默'的人民，而现在又实在是难以幽默的时候。于是虽幽默也就免不了改变样子了，非倾于对社会的讽刺，即堕入传统的'说笑话'和'讨便宜'"②。可见，鲁迅所提倡的幽默是从故乡滑稽戏的思路发展而来的，既要立足现实关怀，"描写世故人情"，又要求行文"用语极奇警"。

　　"一个写作者一生的行囊中，最重要的那一只也许装的就是他童年的记忆。无论这记忆是灰暗还是明亮，我们必须背负它，并珍惜它，除此，我们没有第二种处理方法。"③ 四十多年后，鲁迅提笔写下回忆性散文集《朝花夕拾》，所收九篇散文中，有七篇是对童年记忆中民俗人物和民俗物象的深情记述，是其文字生涯中为数不多的温情脉脉之作。由此可见，在故乡生活的十六年里，鲁迅和民俗文化的交流是彼此认同而和谐的，这些有关民俗文化接受的记忆成为鲁迅文化反思和文学创作重要的资源，滋养了其文学思想和艺术独特的成就和力量。

---

①　子通主编：《鲁迅评说八十年》，中国华侨出版社 2005 年版，第 50 页。
②　《鲁迅全集》第五卷，人民文学出版社 2005 年版，第 47 页。
③　[英]大卫·帕金翰：《童年之死》，张建中译，华夏出版社 2005 年版，第 79 页。

第二节　从民俗文化的接收者到民俗文化的守护者

1902 年至 1909 年，鲁迅留学日本，这个时期他阅读和接收了大量的民俗学理论知识，使他对民间文化的认识不再停留在童年、少年时代的感性认识，他开始站在理性认知的角度整理早年的民俗文化积累，探讨中国民间文化与中国社会、文化改革之间的关系。

一

最初，鲁迅怀抱着"科学救国"的信念东渡日本求学。一方面源于洋务派教育的引导。鲁迅在留学日本之前，在中国洋务派所创办的江南水师学堂和矿务铁路学堂接受了将近四年的新式教育，初步具备了西方科学文化修养和民主思想，也接受了新式学堂"洋务救国"的教育理念。另一方面源于父亲的期望。据周作人回忆，1894 年 7 月，鲁迅的父亲伯宜听到黄海战役中国战败的消息后，心情忧虑，曾表示要送儿子去西洋或日本留学，以归国后可以救国。[①] 作为家里的长子，少年老成的鲁迅一定将父亲的这份愿望记在了心里。到日本后，鲁迅很快就把自己"科学救国"的思想付诸实践。1903 年 8—9 月，鲁迅用文言翻译了法国儒勒·凡尔纳的科学幻想小说《月界旅行》，在《〈月界旅行〉辨言》中，鲁迅解释科学小说的主旨就是要使人们"获一斑之智识，破遗传之迷信，改良思想，补助文明"[②]，将自己想借用西方科学小说，在中国展开启蒙教育、普及科学知识的意图明确

① 参见周遐寿《鲁迅的故家》，人民文学出版社 1981 年版，第 43 页。
② 《鲁迅全集》第十卷，人民文学出版社 2005 年版，第 164 页。

地表白出来。10 月在《浙江潮》月刊第八期上发表《说鈤》，它是我国最早谈镭的发现的论文之一。鲁迅在文中赞扬了元素镭的发现，通过介绍世界先进科学的发展来向国人灌输变化的绝对性和物质的可分性，动摇国人"天不变，道亦不变"的陈腐观念。12 月，鲁迅在《浙江潮》月刊第十期上，发表翻译并改写的儒勒·凡尔纳的科学幻想小说《地底旅行》头两回。1904 年，在日本的弘文学院完成日文学习后，因为"从译出的历史上，又知道了日本维新是大半发端于西方医学的事实"①，鲁迅便选择了去仙台医学专门学校学习医学，希望回国后能够运用自己所学的科学知识救治那些像父亲一样的中国人，等战争爆发，还可以当军医支持祖国战斗。

然而，鲁迅在日本的所见所闻渐渐动摇了其"科学救国"的信心，特别是"幻灯片"事件后，鲁迅认识到仅仅依靠"科学救国"是不够的，中国人首先要拯救自己的精神，才能够真正地救国。"从那一回以后，我便觉得医学并非一件紧要事，凡是愚弱的国民，即使体格如何健全，如何茁壮，也只能做毫无意义的示众的材料和看客。""第一要著，是在改变他们的精神，而善于改变精神的是，我那时以为当然要推文艺。"② 1906 年，鲁迅毅然弃医从文，投入提倡民族精神自新的文艺运动中。

此时在日本，日本民俗学的创始人柳田国男的乡土研究正风行于世。

20 世纪初的日本，正处于向现代化转变时期，工业生产的飞速发展，使日本传统的农业和民族文化受到很大的冲击，日本传统的社会结构，特别是以稻农为主的农业文化受到了巨大震荡。面对这样的局面，日本知识界开始思考以下几个问题：①在西方先进的技术面前，

①《鲁迅全集》第一卷，人民文学出版社 2005 年版，第 438 页。
② 同上书，第 439 页。

是否要终结日本的传统文化？②数千年来，伴随日本人一起发展到今天的民间生活习尚，是不是已经一无用处？① 在西方民俗学思想的影响下，一些日本学者盲目跟风，对传统民俗不进行科学的分析，一概视为陋俗恶习加以否定批判。柳田国男与日本民俗学的一些先行者，走向日本社会最广的农村，对民众在传统生活中所创造的民族基层文化——民俗，予以特别的收集和研究，从中发现了民俗之所以生成、传承"经世济民"的积极意义。柳田国男本着"学问救世，'经世济民'的主张"②，展开以"乡土研究"为名称的民俗学资料收集和研究，极力"要对日本民族生活的一切方面的一切现象进行根本的研究"③。这种乡土研究思路突破了西方民俗学的局限，从社会现实需求出发"经世济民"，进一步拓展了民俗学研究的视野和领域，在日本社会产生了巨大的功效。日本人把从民俗中总结出来的经验和智慧运用于生产和生活的各个领域，有力地推动了日本社会经济文化的发展。同时，政府将民俗学理论纳入国民教育系统，引导日本民众对本民族文化的认同，培养爱国主义情怀。

　　民俗学理论在日本的成功改造和运用，为苦苦探寻中国振兴之路和国民性改造的鲁迅打开了一扇光明之门。虽然我们没有关于鲁迅在日本接受民俗学理论的第一手资料，但从他的日记中，我们查到回国后他与日本东京"乡土研究"仍然保持购书的联系。鲁迅日记1914年10月1日项下记载："一日，晴，上午寄二弟信并九月家用百元（六十三）。寄日本东京乡土研究社银三元。"次年，1月8、9日项下记有收到东京乡土研究社所寄杂志之事，"八日，微雪，午后至日本

---

　　① 参见陈勤建《中国民俗学》，华东师范大学出版社 2007 年版，第 177 页。
　　② 《定本柳田国男集》第 25 卷，第 327 页，转引自陈勤建《中国民俗学》，华东师范大学出版社 2007 年版，第 178 页。
　　③ ［日］《乡土研究》创刊号高木《乡土研究的本领》，1913 年，转引自陈勤建《中国民俗学》，华东师范大学出版社 2007 年版，第 178 页。

邮局取《乡土研究》二十册。九日微雪，上午寄二弟《乡土研究》一包"。《远野物语》是柳田国男民俗学的奠基之作，一共只出版了350本，而且每本都有编号。1935年，据柳田国男本人回忆，初版的350本中，外国人能够收藏的可能性很少，大概只有七八本的剩余，因为他将其中的300多本都分赠了亲朋好友。而在周作人晚年的《知堂回忆录》中，却记载了1910年6月《远野物语》刊行的时候，仍在日本留学的他从发行所购得了一本，编号为291。众所周知，1923年决裂以前，周氏兄弟在知识的收集上，都是奇文共欣赏，疑义相与析的。既然周作人对柳田国男的民俗研究保有如此的热情，其兄自然不会例外。

鲁迅早期在日本所写的文化论文，显现了他将所学到的民俗理论运用于国民精神改造的最初成果。1907年12月，《人之历史——德国黑格尔氏种族发生学之一元研究全解》发表于《河南》月刊第1号，原题为《人间之历史》，后来，收入杂文集《坟》时，改为《人之历史》。这篇论文是鲁迅介绍西方生物进化学说最早的一篇论文，对德国生物学家恩斯特·海克尔的种系发生学的一元论解释作了系统的论述，并由此而涉及拉马克、达尔文等其他生物学家有关生物进化学说的一些重要内容。人类学中之人种学是西方民俗学的重要理论，鲁迅以此为理论武器向中国人展现了物种由低级到高级的发展史，批判了国人抱残守缺的腐朽没落思想。1908年6月，《科学史教篇》发表于《河南》月刊第5号。鲁迅一改初到日本"科学救国"的信念，认为在半封建半殖民地的中国，科学并非救国的"根本之图"。他批判洋务派的"振兴兵业"是"非本柢而特葩叶耳"，只照搬外国的科学技术是不能"得其真谛"的，必须结合中国的实际国情。同时，指出要救中国不能"以科学为先务"，而必须先提高人民的思想觉悟，让他们能够"爱国"。1908年12月，未完成的《破恶声论》一文，在《河南》杂志第八期上发表。从人性论的角度出发，对满清政府从上层推行文明开化政策时所流行的强权国家主义予以分析，揭露其"兽性"与"奴役性"。同时提出"迷信可存，伪士当去"，对攻击"迷信"（民间素朴的宗教信仰）的所谓合理主义思想进行了批判，主张重视神话传说，强调在与文明开化相伴随的旧物破坏中保存古有的神寺庙宇，肯定民间祭祀之效用。① 这些主张表明鲁迅在日本留学期间接受了文化人类学与民俗学理论的系统学习，已经具有朴素的民俗修养。在回国后的文化活动中，这种朴素的民俗修养一直跟随着鲁迅，形成了其以中国民俗文化为核心的新文化建设论和国民性改造论。

关于中国文学和文字的起源，鲁迅认为都是由远古劳动人民集体创造出来的。中国文学最早出现的文艺作品是诗歌，它发源于远古人民的劳动和宗教：

> 其一，因劳动时，一面工作，一面唱歌，可以忘却劳苦，所以从单纯的呼叫发展开去，直到发挥自己的心意和感情，并偕有自然的韵调；其二，是因为原始民族对于神明，渐因畏惧而生敬仰，于是歌颂其威灵，赞叹其功烈，也就成了诗歌的起源。②

鲁迅对中国文学起源的科学论断，无疑是对他所掌握的西方人类文化学理论在中国现实中的灵活运用，鲁迅也是较早研究中国文学起源的人。虽然中国自古以来就有"仓颉造字"的传说，可是，鲁迅认为文字不是一个人智慧的产物，而是在漫长的岁月中，由广大劳动群众共同创造的。"要之文字成就，所当绵历岁时，且由众手，全群共喻，乃得流行，谁为作者，殊难确指，归功一圣，亦凭臆之说也。"③ 鲁迅对中国文学与文字起源的论断，不仅科学地还原了中国文化发源

---

① 参见孙郁、黄乔生编《研究述评——回望周作人》，河南大学出版社 2004 年版，第 165 页。
② 《鲁迅全集》第九卷，人民文学出版社 2005 年版，第 312 页。
③ 同上书，第 354 页。

的历史面貌，而且高度评价了下层民众的智慧在民族文化发展中的巨大作用，提示现代知识分子在新文化的建设中要重视民俗文化，在"旧文学衰颓时，因为摄取民间文学或外国文学而起一个新的转变，这例子是常见于文学史上的"①。

二

1912 年，自日本回国的鲁迅，被蔡元培推荐到北京教育部工作，他利用自己工作之便，大力提高民俗在中国新文化建设中的地位。同年 2 月，他在教育部《编纂处月刊》（1 卷 1 期）中发表了《拟播布美术意见书》，文章最后一章的第三节"研究事业"第二项的"国民之文艺"写道："当立国民文术研究会，以理各地歌谣，俚谚，传说，童话等；详其意谊，辨其特性，又发挥而光大之，并以辅翼教育。"②在 1922 年后任《歌谣周刊》编辑的常惠先生回忆说，北大歌谣采集活动的动因，实际上就是鲁迅的上述主张。③《歌谣周刊》创刊后，鲁迅对此刊物的民谣收集活动十分关注，当时他指出，《歌谣周刊》的范围狭窄了，要放宽，大众生活中流传下来的民俗、文艺作品都要整理研究。1926 年，鲁迅到厦门大学任职期间，又和林语堂、沈兼士、顾颉刚等一起组织了风俗调查会，着手民俗调查研究工作。只是这项工作开展不久，鲁迅就离开厦门去了广州。

据许寿裳回忆，早在弘文学院的时候，鲁迅就和他讨论过关于中国国民精神的改造问题：

一　怎样才是最理想的人性？

二　中国国民性中最缺乏的是什么？

---

① 《鲁迅全集》第六卷，人民文学出版社 2005 年版，第 97 页。
② 《鲁迅全集》第八卷，人民文学出版社 2005 年版，第 54 页。
③ 参见常惠《民间文学史话》，《民间文学》1961 年第 9 期。

三　它的病根何在?①

引发鲁迅对中国国民性思考的起因，张梦阳和刘禾都认为与亚瑟·史密斯所写的《中国人的气质》密切相关。② Arthur Smith 是 19世纪末北美在中国的传教士，他多年定居在中国，并给自己起了个中文名字——明恩溥，对中国文化和社会颇为贯通。他在农村传教期间，写了关于中国人的一本书，后来结集出版命名为《Chinese Characteristic》，即《中国人的气质》。张梦阳推测鲁迅应该就是在留日期间接触到《中国人的气质》这本书，1902—1909 年，正值日本国内热烈讨论国民性时期，鲁迅阅读到的《中国人的气质》是日译本——日本人涩江保 1896 年将原著翻译为日文。虽然，亚瑟·史密斯对中国国民性的分析和描写没有跳出东方主义话语的局限，但是不可否认，他所总结出来的用以概括中国国民性的 26 个范畴中，有些还是颇具代表性的，如爱面子、经济、勤劳、保守、孝顺、仁爱、知足常乐、表面上有弹性其实固执、多神泛神无神等来定义中国国民性是具有其合理性的。也许，亚瑟·史密斯对中国国民性定义的某种合理性引起了鲁迅的同感，他多次在自己的文章中提及这本书，推荐这本书，甚至在去世前所发表的《"立此存照"（三）》，依然希望有人能够把这本书翻译为中文，以便更多的中国人看到。"看了这些，而自省、分析，明白那几点说的对，变革，挣扎，自做工夫，却不求别人的原谅和称赞，来证明究竟怎样的是中国人。"③

亚瑟·史密斯多年在中国农村传教，他对中国国民性的概括本质上是对中国农村生活现实和文化形态的概括。无论亚瑟·史密斯是有

---

① 许寿裳：《亡友鲁迅印象记》，人民出版社 1977 年版，第 19 页。
② 参见张梦阳《鲁迅与史密斯的〈中国人的气质〉》，《鲁迅研究月刊》1980 年第 2 期；刘禾《跨语际实践——文学，民族文化与被译界的现代性（中国，1900—1937）》，宋伟杰译，生活·读书·新知三联书店 2002 年版，第 81 页。
③ 《鲁迅全集》第六卷，人民文学出版社 2005 年版，第 649 页。

意地还是无意地将中国的乡村世界看作整个中国的代表，他从中国农村文化习性中所总结出来的几点中国人的性格特点，确实拍在了大多数中国人的痛处，部分地总结出鸦片战争以来，中国落后、挨打的原因。亚瑟·史密斯的写作向鲁迅启示了一条国民性研究的途径，即将乡土文化看作一个民族文化内部的共通性。这一点，与鲁迅所器重的日本乡土研究派达成了无意识的共谋。柳田国男所代表的日本乡土研究者认为，"乡土民俗"是一个民族文化心理素质之根本，抓住了乡土也就抓住了一种文化存在的根基。对此，鲁迅是非常认同的，从小说创作和文化杂文中，我们看到他正是以"乡土中国"来透视中国文化，审视国民性的。在鲁迅看来，中国民族文化的生存处境正与未开化乡村相同，这些风气未开化之边地乡野正是中国的真实存在，它比那些浮游于都市的生活世相要真实得多。

民俗是一个民族文化的最基层，它不仅指涉一般的民间风俗习惯，本质上，它是一国一民族固有的传承性生活文化的总和。克明特指出："我们必须看到：风俗习惯对人的经验和信仰起了决定性的作用，而它的表现形式又是如此千差万别。没有人会用不受任何影响的眼光来看待世界，人们总是借助于一套确定的风俗习惯、各种制度和思维方式来观察这个世界。……任何民俗在塑造个人行为方面所起的作用远胜于个人可能影响传统习俗所作的任何努力。"[1] 日本留学期间，大量民俗文化书目的阅读，使鲁迅对中国文化中民俗的地位有了充分的认识与重视。回国后，面对意气风发的社会改革派，鲁迅认为中国的改革是"很为困难"的，要搞好、搞彻底社会改革，就必须先知道习惯和风俗。"倘不将这些改革，则这革命即等于无成。""则无论怎样的改革，都将为习惯的岩石所压碎。"所以他呼吁文化工作者，

---

① ［美］鲁思·本尼迪克特：《文化模式》，张燕、傅铿译，浙江人民出版社1987年版，第20页。

"深入民众的大层中，于他们的风俗习惯加以研究，解剖，分别好坏"①。鲁迅本人在具体的创作实践中，将"乡土中国"视为国民性文化批判的寄植者与表达者。他的一系列乡土小说以乡村宗法社会为主要描写对象，活动于期间的乡村人物在衣着、行为、所处环境等方面都无处不在地呈现着中国乡村固有的"地方特色""地方色彩"，为此有人称鲁迅为"风俗画家"。人们对小说地方色彩的过分关注和倚重，引起鲁迅的抱怨，指出他所塑造的乡间人物，并非着意于带给读者某种地方风情的赏析，而意图通过一个乡村的保守生活寓意整个中国的社会文化生存状态，透过乡间民众在日常生活所展现的思想、性格弱点揭示中国人的综合劣根性。所以，他认为当《风波》改编成戏剧在别处上演时，绍兴的风俗可以改换为当地的风俗，"航船可以化为大车，七斤也可以叫作'小辫儿'的"②。

---

① 《鲁迅全集》第四卷，人民文学出版社 2005 年版，第 229 页。

② 《鲁迅全集》第六卷，人民文学出版社 2005 年版，第 151 页。

第三章　民俗文化符号：解读鲁迅的密码

美国文化人类学家克利福德·格尔兹认为，所谓文化，"是一种通过符号在人类历史上代代相传的意义模式，它将传承的观念表现于象征形式之中。通过文化的符号体系，人与人得以相互沟通、绵延传续，并发展出对人生的知识及生命的态度"①。民俗是存在于普通民众生活、思想、行为中的一种社会文化现象，它大体可分为物质文化、行为模式和意识形态三个层次，物质文化作为具体可感的存在通过人们日常的生活和劳动世代相传。作为行为模式和意识形态层面上的民俗，是一种形而上的抽象存在，它在人们的精神层面上和心理层面上的传达必须借助于饱含民俗理念的文化意象，才可能在历史的时空中得到传播和发展。在文化研究者看来，民俗文化世界实际上就是一个符号世界，它的发展过程就是在人们的精神和心理上完成一种深厚的文化符号的积累和沉淀。

当"改造国民性"的号角吹响，立志于文化改革和思想启蒙的现代知识分子纷纷把文学创作的笔触伸向中国的乡土社会，一时间乡土小说的创作充斥着 20 世纪 20、30 年代的中国文坛。可是大多数创造者只能浮于乡土中国文化的表面，如周作人等注重对民情风俗审美品

---

① ［美］克利福德·格尔兹：《文化的解释》，纳日碧力戈等译，上海人民出版社1999 年版，第 11 页。

格的发现，茅盾等着重于描写中国乡村的政治命运，而鲁派乡土后生的创作虽然继承了鲁迅对国民精神的审视和文化批判的手法，却多流于乡间陋风蛮俗的表现，难以达到鲁迅乡土小说文化反思的高度。这些乡土小说家之所以不能达到鲁迅对中国乡土社会反思的深度，一方面固然是创作观不同，另一方面则在于他们对凝聚着民众行为模式、精神状态的民俗符号的文学解码和加工过于浅薄，只触及民俗文化表层的现实意味，在其历史和心理两个层面的意蕴开拓过浅，未打造出具有个人文化标识的意象体系，用当下的商品经济话语来说，就是没有自己的品牌效应。鲁迅的乡土小说创作能够在对民俗文化的审视中，将抽象的精神和具体的外在形象凝和起来，运用深广的想象和艺术的语言将民俗文化符号转化为文学意象呈现出来，形成自己独特的文化意象体系。如只要提到铁屋子，我们就会联想到传统文化带给人精神上的压抑和苦闷；提到阿Q，则联想到中国人性格中"精神胜利法"的诸多表现；提到"无物之阵"，则会体验到传统文化影响的无处不在和文化改革者反抗绝望的情绪；提到"吃人的筵席"，就会想到传统文化对人精神和生命的戕害。

第一节　鬼文化意象

　　鲁迅的故乡绍兴，地处吴越之地，自古被称为"古荒服之地"，巫风盛行，屈原所作《九歌》就是祭祀之用的乐曲。"昔楚国南郢之邑，沅湘之间，其俗信鬼而好祠，其祠必作歌乐鼓舞以乐诸神。屈原放逐，窜伏其域，怀忧苦毒，愁思沸郁。出见俗人祭祀之礼，歌舞之乐，其词鄙陋。因为作《九歌》之曲，上陈事神之敬，下见己之冤结，托之以讽谏。"① 中国民间鬼文化风行，而作为鲁迅出生、长大的绍兴地区，由于地处偏远和历史文化的原因，巫鬼信仰尤甚。鲁迅在绍兴生活了十几年，当地浓郁的巫鬼文化氛围培养了他独特的鬼魂情结，也感染到了他的文学思维。在大多数写作的夜里，他常常以笔为媒，召唤那些故乡鬼文化中出现的各色鬼角儿，编排属于自己的情感密码，和鬼众们来一场狂欢的思想派对。

一

提到同代人在新文化运动中的实绩，胡适承认，他本人及陈独秀、钱玄同等极力鼓吹新文化的几个人，都是"提倡有心，创造无力"，真正为新文化启蒙奠定不拔之基的，乃是鲁迅先生。在新文化运动中，鲁迅能够取得众所承认的实绩，源于其本人勇于向下沟通、超越的激情，而"鬼"则是达成这种超越和沟通的跳板。

五四文化启蒙运动是一场由上而下的文化推广，知识分子希望向大众灌输新思想新文化，在中国大众的意识里种上"自我思考"的种子，打破精神状态的固执，"走出自我设置的不成熟状态"。"不成熟就是没有他人指导无法使用自己的才智。不是缺少才智，而是无决心和勇气进行没有他人指导的思考。"② 但是，知识分子对中国大众的思想传递并不理想，知识分子的启蒙话语是形而上的抽象思维，这种启蒙话语在务实的民众思维方式中打不开任何沟通的接受点，使启蒙者常常陷于启蒙的绝望中，"新主义宣传者是放火人么，也须别人有精神的燃料，才会着火；是弹琴人么，别人的心上也须有弦索，才会出声；是发生器么，别人也必须是发声器，才会有共鸣"③。鲁迅作为五

---

① 王逸：《楚辞章句》。
② ［美］罗伯特·E. 勒纳等：《西方文明史》，王觉非译，中国青年出版社 2003 年版，第 611 页。
③ 《鲁迅全集》第一卷，人民文学出版社 2005 年版，第 371 页。

四时代最"会思考的芦苇"，常常苦闷于人与人之间隔着的一层"可悲的厚障壁"，愤怒于呐喊的孤寂，但他却不曾放弃过与民众沟通的努力。民间鬼文化兼容抽象和具象两种思维特点的品性，使鲁迅以"鬼"文化意象作为沟通点，实现向下思想的启蒙成为可能。

　　民间鬼文化在表层结构上表现为人们关于鬼的含义、模样、活动、种类的具体描述；在较深的层面，它是指一种神秘的信仰心态，是人对其生命终极意义追寻的一种朴素形式。① 从话语的角度来看，鬼话即人话，鬼魂话语就是民众构建自身生命形态的话语体系，其意义表层指向虚无缥缈的幽冥世界，终极目标却指向民众的现实生活。在中国人的意识中，鬼和人是二元同构的体系，鬼魂话语体系其实就是对人另一种存在方式的描绘。鲁迅从小到大一直浸淫在鬼文化氛围中，深味鬼文化对中国人行为模式和意识形态的强势渗透。"鬼"是中国民众对生命思考的抽象物，却又时时刻刻掺和在民众的日常生活中，影响着人们的社会行为模式，成为人们思考问题、解决困难，尤其是解决自身生命困惑的习惯性意识，演化为一种独特的民俗文化心意。乡间孩子经常夭折，这本源于卫生和医疗条件差，而民众却坚信这是"恶鬼作祟"，寻求神佛的保佑，孩子就会健康成长。所以，鲁迅一出生，就成为这种民俗心意的实践体：家里人又是抱着他在菩萨处记名，又是拜和尚为师，以保证其不受"恶鬼索命"顺利成人；闰土深陷"多子，饥荒，苛税，兵，匪，官，绅"的多层生活的重压之下，不思自身受苦的社会原因，而只是一味上香拜神，寻求神佛的庇护；在现实生活中受到了冤屈，得不到伸张，民众总是将冤屈昭雪的希望寄情于阴间，因为他们坚信，公正的裁判在阴间。民间的"鬼"是民众以抽象的心态思考和参与具体的生活场景的一种独特的思维媒介，通过"鬼"人们将具体的生活和抽象的命运关联在一起，表达对

---

　　①　参见黄盛华、周启云《鬼文化》，中国经济出版社1995年版，第1页。

现实处境的不满和抗议，展开对"公平""合理"等启蒙话语的自发性描绘和想象。在鬼魂世界中，"无论贵贱，无论贫富，其时都是'一双空手见阎王'，有冤的得伸，有罪的就得罚"①。"未曾'跳到半天空'么？没有'放冷箭么'？无常的手里就拿着大算盘，你摆尽臭架子也无益。"② 在民间的迎神赛会和大戏中，粗人和乡下人扮演着执掌人间生死的鬼物，娱人娱己，以游戏的方式宣泄着对社会不公地反抗和对理想人生的祈盼。所以，民间大戏都是敬神禳灾的，而且全本里一定要有一个坏人，在次日近天明的时候，以恶贯满盈的坏人在阎王殿受到公正的惩罚而告终。

在民众对"公正""公理"简朴反思的基础上，鲁迅将自己对中国文化和社会的理性思索融于其间，创造了"鬼而人，理而情，可怖而可爱"的鬼魂形象——无常。在鲁迅少年时代所观看的"目连戏"中，无常的出场虽然凝聚着人们对惩恶赏善的美好愿望，但无论如何无常并不是人们"清官"情结的寄予对象。他在"目连戏"中的位置更主要的是作为逗笑的丑角而设置，这从无常出场的动作和化妆中可看出，"他出来了，服饰比画上还简单，不拿铁索，也不带算盘，就是雪白的一条莽汉，粉面朱唇，眉黑如漆，蹙着，不知道是在笑还是在哭"③。脸上涂白、蹙眉、哭笑不得的表情是中国传统戏剧中滑稽小丑造型的显在标志，更何况无常虽贵为"勾魂使者"出场却并不阴森、庄重，"一出台就须打一百零八个嚏，同时也放一百零八个屁"④，这种独特的出场分明就是奔着滑稽搞笑的目的而来的嘛。可是，经过鲁迅文学话语的转述加工，作为文学形象的无常已经转身为"公平""公正"的化身，这也正是鲁迅见其"可爱""可亲"之处。

① 《鲁迅全集》第二卷，人民文学出版社 2005 年版，第 279 页。
② 同上。
③ 同上书，第 280 页。
④ 同上。

鲁迅在回忆的转述过程中，将无常在"目连戏"中滑稽搞笑的功能轻描淡写，而有意凸显其"大公无私""不畏权贵"的性情品格。"当还未做鬼之前，有时先不欺心的人们，遥想着将来，就又不能不想在整块的公理中，来寻一点情面的末屑，这时候，我们的活无常先生便见得可亲爱了。"① 因此他决定："难是弗放者个！那怕你，铜墙铁壁！那怕你，皇亲国戚！"② 当叙述者在叙述世界的时候，他也在叙述自己。鲁迅这种有选择性的叙述和强化描写，是在以自己的启蒙理性改造民间鬼文化意识形态，虽然出现在文本中的还是民众所熟识的"活无常"，但其精神实质和文化内涵已充分启蒙化，由原本的滑稽小丑转身为"平等""公正"等启蒙话语的代言人。

"暗"是鲁迅利用鬼文化意象，在文学话语世界中试图向下沟通的又一次努力。当鲁迅站在理性启蒙的高度看到中国社会和文化的黑暗，他希望将这种对"暗"的个体认知和体验还原为一种公共的心理感觉，让更多的人感知中国的"暗"，从而启动改革中国的动力。在民间鬼文化的接收心理中，"鬼"这一事物饱含着对"黑暗""恐惧"最为丰富、普遍的具象隐射和意义传导。

民众对"鬼"的这种公共心理感应，源于鬼文化初期先民对"幽都"的想象，最早对幽都的描述见于《山海经》。"北海之内，有山，名曰幽都之山，黑水出焉。——有大幽之国。有赤径之民。""海内昆仑之虚，在西北，帝之下都。昆仑之虚，方八百里，高万仞。上有木乔，长五寻，大五围。面有九井，以玉为槛。"《楚辞·天问》认为幽都是日光照不到的地方："日安不到，烛龙何照？"王逸注曰："天之西北，有幽冥无日之国，有龙衔烛而照之也。"之后《博物志》又曰："昆仑山北，地转下三千六百里，又八玄幽都，二十万里，地有四柱，

---

① 《鲁迅全集》第二卷，人民文学出版社 2005 年版，第 279 页。
② 同上书，第 281 页。

地柱广十万里，地有三千六百轴，犬牙相奉。"可见在先民的观念中，作为幽冥世界的幽都地处昆仑山极北、极阴之地，被九井之水所围。先民之所以这样描绘幽都源于中国地理方位观中的五方四象学，五方为东方青色、西方白色、南方红色、北方玄色、中央黄色，四象为左青龙、右白虎、南朱雀、北玄武。北方代表黑色，属水，而水为阴，象征恐怖、黑暗、沉默，所以幽都地处极阴之地，以北方为主方向。幽冥世界对先民来说是个神秘不可言说的地方，聚集着遥控生人世界的神秘力量，而鬼则是连接这个神秘、幽森世界和现实人类世界的中介，幽都象征的恐怖、黑暗、阴冷成为鬼文化意象的构成之意和情感基调。鬼魂世界的恐怖、黑暗、阴冷在民间经常借以庙宇的构建得以现实的再现和传播。"城隍庙或东岳庙中，大殿后面就有一间暗室，叫作'阴司间'，在才可辨色的昏暗中，塑着各种鬼……"①"我虽然也曾瞻仰过一回这'阴司间'，但那时胆子小，没有看明白。"② 胆大如鲁迅者，进了"阴司间"也害怕得不敢细看，可见民间鬼文化对浸淫其间个体的心理暗示有多强大。

"鬼"所唤起的对灰暗、乖戾、恐怖等情绪和极度压抑下中国文化和社会的生命底色相吻合，鲁迅是深味人世苦难和生之苦闷的，他运用文学的语言将鬼意象对人共同的灰色心理暗示和精神压抑，融进对中国社会和文化的审视和思量中，构筑起一个庞大的地狱鬼意象世界。翻开《鲁迅全集》，放眼望去，鬼话连篇，鬼影重重，中国社会文化的侧影于其中隐约可见。鲁迅在文学世界中利用人们对"鬼"的普遍认知，将自己的理性反思以一个公共意象的隐秘心理暗示传达出来，使看者在人鬼同构的意义理解中深味当下社会的黑暗和混乱。"华夏大概并非地狱，然而'境由心造'，我眼前总充塞着重迭的黑

---

① 《鲁迅全集》第二卷，人民文学出版社 2005 年版，第 277 页。
② 同上。

云，其中有故鬼，新鬼，游魂，牛首阿旁，畜生，化生，大叫唤，无叫唤，使我不堪闻见。我装作无所闻见模样，以图欺骗自己，总算已从地狱中出离。"① 鲁迅感应到的华夏大地并非人世间的景象，在否定之否定的叙述中强化了华夏大地与鬼怪地狱的同构性。他在叙述语言中用"大概""并非"等表示推测和怀疑的词语，抵制将华夏与地狱在文学话语体系中对接。可是真相却在"我不堪闻见""我装作无所闻见"的极力否认中步步紧逼：华夏大地就是人间地狱！狂人则在"吃人"意象辐射范围由大哥—周围的人—狂人自己的不断扩大中，彻底否认"真的人"的存在，"有了四千年吃人履历的我，当初虽然不知道，现在明白，难见真的人"②。既然周围的人包括狂人自己都不是"真的人"，"我翻开历史一查"，又发现这个社会的文明"满本都写着两个字'吃人'"，鬼魂世界的隐喻意义不言自明。

二

康德在《纯粹理性批判》中认为，人的意识首先表现为"时间意识"。个人对文化、生命的价值体验是以实践的历史过程——时间为前提的，人的文化认同也是在寻找历史的脉络感中实现的。在人与文化的关系中，时间的纬度是证明一切文化存在的要素，也是人借以判断文化质量和生命质量的重要尺度。"鬼"对鲁迅来说，不仅是达成沟通意愿的民俗事项，更是借以透视中国历史和文化的"时间标尺"，借助它鲁迅穿梭在过去与现在、逝去与存在、生与死的时间转换中，完成对中国文化与历史悖论性存在的描述。就鲁迅个人而言，这种描述暗含着一个"反抗绝望"的哲学命题，它指向主动的改变而非绝望的认同。在此意义上，鲁迅的文学鬼话语便脱离了启蒙话语体系，向

---

① 《鲁迅全集》第三卷，人民文学出版社 2005 年版，第 72 页。

② 《鲁迅全集》第一卷，人民文学出版社 2005 年版，第 454 页。

上超越到哲学层面，构建出自身独特的历史观和生命观。

在人类的生命哲学中，"鬼"最基础的语义是死亡的代表，在时空的位置描述中，它应该标示在当下世界的时空之前，"鬼"及所生存的"鬼蜮"在历史时间语态上应该表述为过去时；"人"是对当下鲜活生命的指涉，它的历史时间语态表述为正在进行时。在时间和空间中，"鬼""鬼蜮"和"人""人间"在生命发展的历史规定中永远都不可能共享历史时空的某一点。可是，在鲁迅的文学世界中他们相遇了，在悖论生存模式的描述中，鲁迅所要传达的是建立在理性认知基础上关于中国历史发展的哲学思考。已死的灵魂和已死的历史仍然盘踞在活着的人和当下的历史现场中，生命的流失、转移、进化全然没有在这个"人鬼"混杂的社会留下活动过的痕迹，让人怀疑历史本身是否存在过。这种对历史停滞的生命体验，普遍存在于20世纪20、30年代的乡土作家中，沈从文和师陀都曾对乡土社会这种停滞的生存状态展开哀怨的发声，但也仅限于个人的文学感慨和某个小乡村而已，他们并未由此产生深探中国文化历史形态的冲动。

鲁迅是一个文学家，在文笔深处他更倾向于思想家和哲学家。以鬼看世界，并设法向大众传达自己看到了什么，只能是鲁迅文本写作的浅层意义，而不是终极目的。"鬼"是死去的生命，"人"是活着的生命，从人到鬼，从鬼到人，这种起点和终点反复替换的生命运动，在鬼文化中叫作"轮回"，在社会历史观中称为"循环"。在"人鬼"混杂的隐喻中，鲁迅将中国几千年的社会发展以循环往复的形态表现出来，中国社会的历史并不具有"进步"的意味，历史对中国来说只具有活动空间，而不具有任何上升或下降的时差性，过去和现在没有任何的区别。"这样的历史本身仍然是毫无历史的，因为它不过是同样一个人伟大没落之重复（die Woderholungdes-sellenmajesta-tischen Untergangs）。为了要取代昔日的光辉，那用勇气、力量、豪迈的牺牲所换取回来的新局面同样要经历解体和没落之循环——此中没有任何进步可言，所有这些风波都不过是一种'非历史的历史'（ei-neungeschichtlicheGeschichte）。"①

　　鲁迅的历史观建立在"黑格尔种族发生学"的历史观之上，对中国历史的最终认知却与其有根本的不同：中国社会在黑格尔的历史哲学中没有前途，逃脱不了历史循环的宿命，中国历史的全部意义在于"自我毁灭的专横性"；鲁迅的历史批判是揭示被"忘却"的"黑暗"历史现实，目的在于终结这个混沌的时代。"鬼"对鲁迅来说，是一个自相矛盾的哲学载体，它承担着鲁迅对中国历史认知的绝望和希望，在对于绝望的自觉中仍可见"某种怪异的光芒"，这种光芒让我们"在他的虚无主义的情绪之外看到了一个丰富多彩的人类学世界"②。

　　女吊这一文学形象是鲁迅自黑暗的鬼蜮中透射出的最耀眼的一束光芒，在这个复仇的女鬼身上，鲁迅"显露出他瑰奇的梦想和赤热的献身精神"③。女吊原是绍兴目连戏中的一个鬼角儿，她在人间历尽折磨，被迫上吊，便化身为厉鬼，自鬼界返回人间复仇。在众多的鬼角儿中，鲁迅独偏爱于她，是因为在她身上看到了"对生存意念爆发的期待和生命强力的确信"④。女吊爱着曾经活在人间的日子，不愿意隐没在那阴暗的幽冥世界，所以在临死之前，她有意穿上鲜红的长袖（在民间鬼魂信仰中，人们相信，一个身着红衣半夜上吊的女子，会聚集鬼界的怨气，成为复仇性最强的厉鬼），以获取最黑暗的诅咒，向毁灭自己的人间之恶复仇。女吊属于鬼界，她却爱着活在人间的日

　　①　李荣添：《历史的理性：黑格尔历史哲学导论分析》，台湾学生书局1993年版，第245页。
　　②　汪晖：《反抗绝望——鲁迅及其文学世界》，生活·读书·新知三联书店2007年版，第456—457页。
　　③　翟业军：《恶魔的哀怒》，《鲁迅研究月刊》2007年第10期，第82页。
　　④　陈浩：《思想对话的形象——从绍兴民间文化解读鲁迅的思想风格》，《鲁迅研究月刊》2004年第10期，第63页。

子，这种以爱为动力的复仇，本质上与鲁迅对中国的批判在精神深层是完全呼应的。在鲁迅的生命理念中，复仇的女吊与自我是同构的，两者都是徘徊于光明与黑暗两个世界之间，因为爱而勇于反抗的"游魂"。

何为真正的反抗者？加谬认为反抗者是一个说"不"的人。但是如果说他拒绝的话，他却并不放弃，因此，从他的第一个动作起，他也是一个说"是"的人。① 在此意义上，鲁迅是中国社会和文化真正的批判者和反抗者，他否认中国的同时也在肯定中国。当柳原白莲女士问鲁迅："您认为生在中国是不幸吗？"鲁迅满含眼泪地说："不！我感觉生在中国比任何其他国家都好。"② 增田涉认为鲁迅对中国所说的尖刻的坏话，那是从内心里真正爱自己的国家，是出于一种非常痛切的心情。面对挚爱的家园，深爱的人们沉沦苦海，"我不堪闻见"。"装作无所闻见"是怎样一种悲中带痛、恨中带伤的情绪对抗！所以，狂人虽然知道"难见真的人"，却还相信"没有吃过人的孩子，或者还有"，发出"救救孩子"的呼唤，决心要"掮住了黑暗的闸门，放他们到宽阔光明的地方去"③；过客明知道前面是坟，却还要怀揣着小女孩的布片毅然前行；猛士尽管"洞见一切已改和现有的废墟和荒坟""看透了造化的把戏"，仍然没有"灭尽人类的勇气"，还"将要起来使人类苏生""使一切也欲生"④；"我"依然爱着那些"流血和隐痛的魂灵"⑤，祈祷阿长妈妈的鬼魂，在大地之母的胸怀中永安；鬼怪世界纵然阴暗却偏要再造出无常和女吊两个美丽的灵魂，"让他们从此过着一种迷人的生活"。"死和旧中国一样都有其魅惑的一面，所

① 参见祝勇编《重读大师》（外国卷），人民文学出版社1999年版，第346页。
② 子通编：《鲁迅评说八十年》，中国华侨出版社2005年版，第214页。
③ 《鲁迅全集》第一卷，人民文学出版社2005年版，第135页。
④ 《鲁迅全集》第二卷，人民文学出版社2005年版，第226—227页。
⑤ 同上书，第229页。

以鲁迅从不曾对这两种可憎恶的对象采取决绝的态度。"① 我想这就是为什么有人要冠之鲁迅的批判以"僵尸的乐观主义"，因为他的批判立足于虚无，但不是否定人生，反而是要肯定人生；他肯定人生，但不是立足于人生，反而是立足于虚无。人生唯其本质是虚无的，个体才会无牵无挂，有设计自己独特存在的自由，可以从非真正的存在向真正的存在超越。

1927 年，胡适访问巴黎后，曾有人问他为什么花了十六天去研究敦煌资料而对路易·波斯德学院不感兴趣，他回答说："我披肝沥胆地奉告人们，只为我十分相信'烂纸堆'里有无数无数的老鬼，能吃人，能迷人，害人的厉害胜过柏斯德发现的种种病菌，只为我自己自信虽然不能杀菌却颇能'捉妖'，'打鬼'。"② 胡适的高谈阔论再一次印证了其高喊口号的新文化倡导者的形象，让人"怀疑他是否真的相信这'老鬼能吃人，能迷人'"③。显然，对中国社会和文化的批判反思上，鲁迅情感的投入要比胡适真诚。胡适的"打鬼捉妖"带着戳痛他人伤疤的沾沾自喜，鲁迅则是忍着伤痛揭示自家伤疤的苦楚。这种伤痛和苦楚源于"无穷的远方，无数的人们，都和我有关"④ 的担当意识。他对所批判的中国社会和文化怀抱着复杂的情感，理性的怒斥中藏着"隐秘的爱恋"⑤，而这种爱恋注定将鲁迅的批判推向"僵尸的乐观主义"⑥ 和终末论，两者都是"在必死中求生"⑦ 的人生哲学。

① 乐黛云编：《国外鲁迅研究论集（1960—1980）》，北京大学出版社 1981 年版，第377、382 页。

② 胡适：《胡适文存》第三卷，北京大学出版社 1998 年版，第 211 页。

③ 乐黛云编：《国外鲁迅研究论集（1960—1980）》，北京大学出版社 1981 年版，第379 页。

④ 《鲁迅全集》第六卷，人民文学出版社 2005 年版，第 624 页。

⑤ 乐黛云编：《国外鲁迅研究论集（1960—1980）》，北京大学出版社 1981 年版，第374 页。

⑥ 同上书，第 369 页。

⑦ 同上书，第 477 页。

三

"我的确时时解剖别人，然而更多的是更无情面地解剖我自己。"① 大多数人总是对自己最心软，鲁迅却对自己最无情，将菩提之心留给别人——无穷的别人。"有一游魂，化为长蛇，口有毒牙。不以啮人，自啮其身，终以殒颠。"② 这是鲁迅与周作人品质最本质之别，也是他与大多数知识分子的区别。所以有人说鲁迅是"现代中国最痛苦的灵魂"③，因为他在批判中国社会和文化"古老阴魂"的时候也总不肯放过自己，狠心将自己推入一场场思想的龙卷风中，常使"自己却正苦于背了这些古老的鬼魂，摆脱不开，时常感到一种使人气闷的沉重"④。

鲁迅喜欢夜，喜欢在夜的庇护中坦露自己，审视自己，剖析自己。鲁迅对夜的偏爱由来已久，早在1927年，知道射冷箭的高长虹背后称他为"黑夜"后，他不但不生气，还毫不客气地照单全收，"长虹的拼命攻击我是为了一个女性，《狂飙》上有一首诗，太阳是自比，我是夜，月是她。——我是夜，则当然要有月亮的，还要做什么诗，也低能得很"⑤。语气满不在乎，大有理所当然之意。是年的中秋节，鲁迅对夜的话题意犹未尽，校完了《唐宋传奇集》，在"序例"后，他又提笔豪迈而含蓄地写道："时大夜弥天，璧月澄照，饕蚊遥叹，余在广州。"⑥ 夜是颇有力度的"大夜"，还怀抱着一弯"璧月"，短短几字，景之赏心悦目、爱之柔情蜜意、情之不能自禁尽显在这片

---

① 《鲁迅全集》第一卷，人民文学出版社2005年版，第300页。
② 《鲁迅全集》第二卷，人民文学出版社2005年版，第207页。
③ 王晓明：《潜流与漩涡——论二十世纪中国小说家的创作心理障碍》，中国社会科学出版社1991年版，第1页。
④ 《鲁迅全集》第一卷，人民文学出版社2005年版，第301页。
⑤ 《鲁迅全集》第十一卷，人民文学出版社2005年版，第280页。
⑥ 《鲁迅全集》第十卷，人民文学出版社2005年版，第90页。

夜的情怀之中。1933 年，鲁迅又写了《夜颂》："夜是造化所织的幽玄的天衣，普覆一切人，使他们温暖，安心，不知不觉地自己渐渐脱去人造的面具和衣裳，赤条条地裹在这无边际的黑絮似的大块里。"他还给自己取了个笔名——游光，据许广平讲，"游光"含有"听夜的耳朵和看夜的眼睛"[①] 之意。鲁迅爱夜是因为，"夜的降临，抹杀了一切文人学士们当光天化日之下，写在耀眼的白纸上的超然，混然，恍然，勃然，粲然的文章，只剩下乞怜，讨好，撒谎，骗人，吹牛，捣鬼的夜气"，能够让爱夜的人"自在暗中，看一切暗"[②]。鲁迅喜欢在暗夜中写作，这是众所周知的，他的惊世奇思大都是在人们的睡梦中自心底缓缓地流出，他不仅看到了夜的暗，也看到了中国的暗，更看到了自我的暗。暗夜里，他卸下留在身上的几片盔甲，释放自己的灵魂，在夜的怀抱中敞开心灵的后花园，因为"只有夜还算是诚实的"[③]。

鲁迅将暗夜中与自己灵魂的对话记录下来，便成了《野草》集。在《野草》中他常以做梦的形式和自己对话，剖析自己深藏的心灵，袒露强压于心底暮色沉沉的古老鬼魂。众多研究者，常常将这种心理剖析形式认定为西方"意识流"或"弗洛伊德理论"的借鉴运用。对此，笔者认为鲁迅愿意在暗夜中以梦的形式和自己对话，剖析自己，是中国鬼文化惯性思维的结果。

原始人对梦幻、影子等一系列生理或心理现象持有误解，便把梦中的自我视为"第二自我"，即住在肉体中的鬼魂。早期的鬼魂信仰认为人有三种灵魂，一种是生魂魄，一种是游魂，一种是转生魂。[④]后来，随着鬼魂观念的发展，三魂凝聚为一魂，总称魂魄，具备生

① 《鲁迅全集》第五卷，人民文学出版社 2005 年版，第 203 页。
② 同上。
③ 同上书，第 204 页。
④．参见汪玢玲《鬼狐风情》，黑龙江人民出版社 2003 年版，第 125 页。

魂、游魂和转生魂的功能。人的魂魄在某一特殊时刻"如"梦境或惊吓则变成特殊精神现象——游魂，暂时离开肉体而去，然后再回附肉体。人们认为鬼魂是属阴的，所以它只能在夜半人们深睡的时候游离于肉体，鲁迅的《野草》中经常在睡梦之中出现的"我"，其实就是三魂中的思想之魂，它代表人类最本真的自我。

《野草》集共收录1924—1926年所作的23篇散文，近1/2都在写梦境："人睡到不知道时候的时候，就会有影来告别，说出那些话——"（《影的告别》）；"我在朦胧中，看到一个好的故事"（《好的故事》）；"我梦见自己在冰山间奔驰"（《死火》）；"我梦见自己在隘巷中行走，衣履破碎，像乞食者"（《狗的驳诘》）；"我梦见自己躺在床上，在荒寒的野外，地狱的旁边"（《失掉的好地狱》）；"我梦见自己正和墓碣对立，读着上面的刻辞"（《墓碣文》）；"我梦见我在做梦"（《颓败线的颤动》）；"我梦见自己正在小学校的讲堂上预备作文"（《立论》）；"我梦见自己死在道路上"（《死后》）。在这些梦里，鲁迅将灵魂中的毒气、鬼气完全释放，在那些咒语一样的梦呓中，或绝望，或怨恨，或孤寂，或愤怒，或狂妄的鬼魂扭曲着自文字中喷涌而出，与现实中鲁迅刚毅而心怀大爱的战士形象产生鲜明的对比。深夜，梦中的"我"悄无声息地出没于充斥着鲜血、坟墓、死亡、杀戮等意象的场景中，面无表情亦无动于衷地看着、叙述着眼前人间的凄惨和荒凉，叙述语调的冷漠和身上散发出的绝望、幽怨的情绪让人嗅到地狱的气息，无形中带给读者阴冷、恐惧的精神压抑。

在自爱的《野草》中，鲁迅看到了自己深藏的灵魂，看到了灵魂中遮掩不住的暮气，更看到了自己"历史中间物"的尴尬身份。虽然身为新文化的战士，身处现代社会，却身不由己地被"古老的鬼魂"牵引着走旧路，生命的当下存在却是已逝亡魂的在场显现：他不得不依宗族仪式办理祖母的葬礼；不得不遵从母命，娶了素未谋面、始终未曾爱过的朱安，婚礼仪式，一切照旧；他对"孔教会中人举行丁祭"极为不满，说"其举止颇荒谬可悼叹"①，但是身在教育部供职的他，不得不在每年的仲春或仲秋"赴孔庙演礼"或"往孔庙为丁祭执事"②；他不愿留在旧营垒，热爱进步青年，却被骂作"封建余孽"，旧营垒之人又视其为叛徒、异己，要灭之而后快。这种无所存身的绝境体验，使鲁迅发现自己根本不属于光明的新时代，在推翻他所憎恶的旧时代之日，也是其自身消亡的时刻！

　　呜乎呜乎，我不愿意，我不如彷徨于无地。

　　我不过一个影，要别你而沉没在黑暗里了。然而黑暗又会吞并我，然而光明又会使我消失。

　　然而我不愿彷徨于明暗之间，我不如在黑暗里沉没。

　　然而我终于彷徨于明暗之间，我不知道是黄昏还是黎明。我姑且举灰黑的手装作喝干一杯酒，我将在不知道时候的时候独自远行。

　　呜乎呜乎，倘若黄昏，黑夜自然会来沉没我，否则我要被白天消失，如果现是黎明。

　　朋友，时候近了。

　　我将向黑暗里彷徨于无地。③

　　"彷徨于无地"几个字道尽了鲁迅作为"历史中间物"的绝望心境，为自身的生存达成一个苦涩的隐喻，一如汪晖所言："如果革命者是一个在过去与现在之间、人与物之间、死者与生者之间、对象与自身之间徘徊反抗的幽灵，他不就是'鬼'吗?"④

---

　　① 《鲁迅全集》第十五卷，人民文学出版社2005年版，第108页。

　　② 同上书，第163、362页。

　　③ 《鲁迅全集》第二卷，人民文学出版社2005年版，第169—170页。

　　④ 汪晖：《反抗绝望——鲁迅及其文学世界》，生活·读书·新知三联书店2007年版，第456页。

四

韦勒克认为："一个'意象'可以被转换成一个隐喻一次，但如果它作为现与再现不断重复，那就变成了一个象征，甚至是一个象征（或是神话）系统一部分。"① 将某一民俗文化所辐射出的意象集中在同一文本中，"作为现与再现不断重复"，那就会使文本构成对这种民俗文化的整个隐喻体系。小说《药》故事文本中浅层讲的是用人血馒头治病的民间风俗，深层却是运用鬼文化意象营构出中国社会和文化的整体隐喻体系。这篇小说的文本叙述几乎集中了鲁迅围绕着鬼文化创造出的所有文学意象，整个文本可以说是建构在中国社会和文化现状之上以中国鬼魂思维为骨架来展示鬼文化意象的民俗博物馆。

华小栓为什么要吃蘸着人血的馒头治病，而不吃药？多年求学至现在的境地，研究的需要，儿时的不意之思，又旧事重提，只是现在必须要自己解答这个问题。华小栓为什么要吃蘸着人血的馒头治病，而不吃药？这个问题的答案，是解密《药》对鬼文化的整体隐喻意义空间的总阀。

用人血馒头治痨病的风俗在鲁迅的家乡浙东一带自古流行，至于某某孝男孝女割股疗亲之类的新闻也不时地见诸报章。鲁迅对此风俗甚为了解，他所收藏的 1928 年 9 月 17 日的《新闻报·快活林》剪报中，有一组《二郎庙前杀头记》的综合新闻，报道 1928 年 9 月 15 日南京卫戍司令部处决犯人的消息，文中一则标题为《怪哉血馒头》的文章，就是对有人用馒头蘸犯人血吃的记述。据说女革命家秋瑾被砍头时，她的血就被人用来制了人血馒头，鲁迅有感而发写下小说《药》。

人血治病的风俗是早期鬼文化中巫术思维对现实生活的渗透。原

---

① ［美］勒内·韦勒克、奥斯汀·沃伦：《文学理论》，刘象愚等译，生活·读书·新知三联书店 1984 年版，第 240 页。

始人发现人死后，尸体干扁，人体里的血液都消失了，所以他们就将血和生命联系在一起，视血液为人生命精气之所在。在北京山顶洞人遗址中，发掘者们发现山顶洞人在尸体旁边都洒上赤铁矿粉。"在人骨四周撒上赤铁粉，把尸体旁边的土石染上红色，一方面有驱除野兽的作用，即实用的目的；另一方面，这种红色的物质，可能被认为是血的象征。人死血枯，加上同色的物质，希望他（或她）们到另外的世界得到永生。"① 人们将红色看作生命的颜色，就源于这种巫鬼思想。随着鬼文化的发展，在民间村坊逐渐形成一种共同观念：当一个人的生命开始衰弱，给他输入另一个人的鲜活的生命之血，就能够使衰弱、僵死的生命焕发出新的生机。民间习俗里，给身染重病的男人娶亲"冲喜"、家有新生命的降生要发放红皮鸡蛋和吃蘸着人血的馒头治痨病都是这种巫术思想在现实生活中的变异运用。有了这种前文化理解，我们就不难回答"华小栓为什么要吃蘸着人血的馒头治病，而不吃药"的问题，明白了华老栓拿到人血馒头后满怀希冀的心情。"他的精神，现在只在一个包上，仿佛抱着一个十世单传的婴儿，别的事情，都已置之度外了。他现在要将这包里的新的生命，移植到他家里，收获许多幸福。"②《药》中华老栓的这些行为和心理刻画都是巫鬼思想对人们行为和心理潜移默化的结果。

　　"人血馒头"是关于民间鬼文化的民俗事象，在没有进入文学作品之前，它只是容纳了鬼文化思维的民俗符号。当它被写入文学作品，融入特定的文学语境中，表现作品内在的文化观念和态度，就具有了超越客观物象的属性，成为承载文本喻义的文学意象。"人血馒头"是文本整体隐喻体系中的核心意象，集中凝合了中国巫鬼思维，其他文学意象都由此生发。上文已经提到，《药》是鲁迅得知秋瑾被

---

① 马昌仪：《中国灵魂信仰》，上海文艺出版社 1998 年版，第 12 页。
② 《鲁迅全集》第一卷，人民文学出版社 2005 年版，第 465 页。

杀后的有感而发，是他对中国社会革命中革命者和民众关系的反思，"人血馒头"上蘸染的是革命者夏瑜的鲜血，而吃的人则是夏瑜所要拯救的民众华小栓！革命者被民众吃了，这是怎样的一种悲哀？"吃人"意象是鲁迅对中国传统文化深刻反思后所创作的重要意象，通过"人血馒头"这一意象又浮现在革命者和民众的关系之中。而且这种"吃人"意象随着周围民众对华小栓吃人血馒头一事的谈论和态度，扩展为整个民众对革命者分肉而食的景象。

华老栓在去买人血馒头的路上，看到的人都"很像久饿的人见了食物一般，眼里闪出一种攫取的光"[1]。这些人都是去围观夏瑜被杀抑或和华老栓一样去买人血馒头的！驼背五少爷走进茶馆，嗅到人血馒头的香味时，说道："好香！你们吃什么点心呀？"从康大叔口中知道华小栓吃了人血馒头，花白胡子说："原来你家小栓碰到了这样的好运气了。这病自然一定全好；怪不得老栓整天的笑着呢。"[2] 夏三爷告发夏瑜，由此得到了二十五两的赏银；红眼阿义拿走了夏瑜身上剥下的衣服；康大叔靠卖人血馒头，挣了一大笔，却还抱怨什么都没得到！所有的人都急于置夏瑜于死地，以从他的死中分一些好处，吃几片肉。然而，革命者、战士为民请愿、为社会的光明四处奔波，大量地消耗了自身的生命，却从不愿喝任何人的"血"，拖着衰弱的身体继续前行。"可恨的是我的脚早已经走破了，有许多伤，流了许多血。（举起一足给老人看，）因此，我的血不够了；我要喝些血。但血在哪里呢？可是我不愿意喝无论谁的血。我只得喝些水，来补充我的血。一路上总有水，我倒也并不感到什么不足。只是我的力气太稀薄了，血里面太多了水的缘故罢。"[3] 两相比较，中国民众精神和心灵的冷漠、麻木、愚昧让人只觉寒气逼人，革命者孤军奋战不得理解的现状

① 《鲁迅全集》第一卷，人民文学出版社 2005 年版，第 464 页。
② 同上书，第 468 页。
③ 《鲁迅全集》第二卷，人民文学出版社 2005 年版，第 196 页。

让人苦闷得透不过气来。

透过"人血馒头"鲁迅不光看到了群众与革命者吃与被吃的关系，也看到了整个中国文化中"旧鬼"吃掉新人的现状。中国封建社会几千年的奴性教化盘固在中国人的思想中，被新文化知识分子喻为"古老的鬼魂"，驼背五少爷、花白胡子、华小栓等人的不觉悟、麻木愚昧都在于其灵魂被这"古老的鬼魂"操纵着，他们是活在现实生活中的"旧鬼"。新文化启蒙者的重要任务就在于针对民众身上的旧鬼魂展开"驱鬼""打妖"的精神启蒙，但现实往往是启蒙者被这些"古老的鬼魂"吃掉。狂人最后意识到："我未必无意之中，不吃了我妹子的几片肉，现在也轮到我自己……"① 到城隍庙拔神像胡须的吕纬甫最后只得教《四书五经》《女儿经》等来糊口；魏连殳在众人的不理解和冷漠中孤独地死去。而作为社会革命者的夏瑜当然也难逃被吃的命运，他希望推翻大清王朝，带领民众在光明的所在，幸福地做人。可是当他把这个信息传达给红眼阿义时，却得到了两个大嘴巴。驼背五少爷、花白胡子、华小栓等听说，夏瑜感叹红眼阿义可怜，都认为夏瑜疯了，可笑至极！作为革命者的夏瑜，成为周围人眼中的异类和疯子，这种四处压来的冷眼和嘲讽，无疑是对革命者身心最大的虐杀。"我们可以看出野蛮思想怎样根深蒂固地隐伏在现代生活里……海面的波浪是在走动，海底的水却千年如故。"②

鲁迅站在文化启蒙的角度，在"人血馒头"的悲剧中，沉痛体味到现代新文化思想是怎样在"古老鬼魂"所布的"无物之阵"中逐渐地被同化、蚕食，感叹"我们一举一动，虽似自主，其实多受死鬼的牵制"③。揭开文本话语的表层，我们看到的是鲁迅借助鬼文化意象对传统文化无形封杀新思想、新意识的文化隐喻。那么，帮助"古老

---

① 《鲁迅全集》第一卷，人民文学出版社2005年版，第454页。
② 周作人：《自己的园地》，河北教育出版社2002年版，第172页。
③ 《鲁迅全集》第一卷，人民文学出版社2005年版，第329页。

鬼魂"吃人的民众，能够坐稳奴隶的位子吗？非也！鲁迅在小说的第四章，用"馒头"的意象，揭示了"吃人"的人同样会被别人吃掉的结局。"人血馒头"最终也没有挽救回华小栓暮色的青春，吃"馒头"的人也变成了千万个被吃的"馒头"中的一个。"路的左边，都埋着死刑和瘐毙的人，右边是穷人的丛冢。两面都已埋到层层叠叠，宛然阔人家里祝寿时候的馒头。"①

但是，在近现代社会灾难频仍、急剧动荡的情势之下，乡村始终是这份灾难的最大承受者。鬼魂崇拜等民俗信仰在不同程度、不同范围内起了安抚人心、维护民间价值秩序的作用。鲁迅并未将民间信仰的这些积极因素排除在他的文化反思之外，在新文化建设中，他对民间信仰的态度是"伪士当去，迷信尚存"。鲁迅乡土小说中所表现出来的对故乡下等人所信奉的鬼神世界充满深情而又态度不无矛盾地描写，不自觉地对乡村民间文化保留着一份尊重和敬畏，这是五四从事国民性改造的启蒙者中难见的。② 这种不符合鲁迅新文化战士身份的"隐秘爱恋"丰满了其民间文化内涵，使作品更富有人文主义关怀，在复杂辩证的哲学观中将鲁迅提升为"人的灵魂的伟大审问者"。他的审问不是单方面的话语霸权，自己发言的同时，公平地给予被审问者申辩的权利。"审问者在堂上举劾着他的恶，犯人在阶下陈述他自己的善；审问者在灵魂中揭发污秽，犯人在所揭发的污秽中阐明那埋藏的光耀。"③

鲁迅在审视乡村生活，展开国民性批判的文化反思中，仍然不忘抱以同情的态度揭示普通人生活中的美丽和庄严。正因为如此，《故乡》里，"我"对闰土在旧东家不用的物品中除了拣择一些生活必需品外还选择了香炉和烛台，也曾一度"暗地里笑他"，但随即便"感

① 《鲁迅全集》第一卷，人民文学出版社 2005 年版，第 470 页。
② 参见范家进《现代乡土小说三家论》，上海三联书店 2002 年版，第 75—76 页。
③ 《鲁迅全集》第七卷，人民文学出版社 2005 年版，第 106 页。

到了一种不无苦涩的理解、尊重以至某种同情性的'敬畏'，甚至感到了乡村人物的'偶像崇拜'与他的'希望'之间的某种同构性：'我所谓希望，不也是我自己手制的偶像么？只是他的愿望切近，我的愿望茫远罢了。'①《祝福》中，"我"面对祥林嫂临死之前，追问有无灵魂的问题，踌躇犹豫了，不知道怎样回答才能够带给这个受尽世间疾苦的老女人一点来自虚无世界的温暖和安慰。《阿长与山海经》中，我祈愿给予我关怀和爱怜的保姆长妈妈，能够在仁厚黑暗的地母怀里，永安她的灵魂！

　　同样，在《药》中，面对不理解夏瑜的夏妈妈，鲁迅仍然不忍心展开决然地报复。他还是在夏瑜的坟头放置了花圈，以慰藉那些在寂寞中依然奋战的孤独的灵魂，也带给独留人间的母亲一丝来自冥界的安慰。华大妈看到夏瑜坟头上一圈红白分明的花，"忙看他儿子和别人的坟，却只有不怕冷的几点青白小花，零星开着；便觉得心里忽然感到一种不足和空虚"②。夏妈妈看到夏瑜坟头的花圈，却认为是夏瑜鬼魂的含冤显灵，哭道："瑜儿，他们都冤枉了你，你还是忘不了，伤心不过，今天特意显点灵，要让我知道么？"③ 她看到一只乌鸦站在一株没有叶子的树上，便道："你如果真在这里，听到我的话，——便教这乌鸦飞上你的坟顶，给我看罢。"④ 乌鸦最终没有如夏妈妈所言，飞到夏瑜的坟头，而是选择在夏妈妈和华大妈身后，"'哑——'的一声大叫"，"直向着远处的天空，箭也似的飞去了。"⑤ 乌鸦在中国鬼文化中经常被看作冤魂的化身，夏妈妈和华大妈听到乌鸦叫，惊悚地回头，已预示了她们已经相信乌鸦就是夏瑜鬼魂的化身。乌鸦虽

① 范家进：《现代乡土小说三家论》，上海三联书店 2002 年版，第 75 页。
② 《鲁迅全集》第一卷，人民文学出版社 2005 年版，第 471 页。
③ 同上。
④ 同上。
⑤ 同上书，第 472 页。

然没飞上坟顶，但它的出现终会给夏瑜母亲今后的生活带来无尽的精神宽慰。鲁迅又一次在文学意象的运用中，展现了鬼文化对民众精神和生活的影响，只是这次并非出自严厉地审视，而是为了宽慰一个烈士孤母的心灵。

第二节　宗谱文化意象

宗谱是一个家族人生理想和社会价值取向的世代积累，它通过对家族先人重要成就和语录的记载，将特定的行为规范、人生价值取向和社会认识流传下来，对后世子孙的人生观、价值观和做人行事都有一定的示范意义。鲁迅作为一个出身于封建士大夫家族的世家子弟，并且为长房长孙，融化在宗谱中的家族理念和信仰会在他的为人处世和文学创作中产生怎样的影响？在他的文化品格和自我定位中打上怎样的家族烙印？这一切，我们将在中国宗谱文化意象的形成和鲁迅家世的追溯中，结合鲁迅的文化人格和文字创作来一一解答。

一

1920 年，鲁迅在北京大学和北京师范大学教中国小说史，谈到中国的神鬼信仰时，他指出中国信仰的神是个不断更新的体系，人们经常把死去的人打造为新的神灵。"人神淆杂，则原始信仰无由蜕尽；原始信仰存则类于传说之言日出而不已，而旧有者于是僵死，新出者亦更无光焰也。如下例，前二为随时可生新神，后三位旧神有转换而无演进。"① 鲁迅在写下这些文字的时候，一定没想到自己身后也会被

---

① 《鲁迅全集》第九卷，人民文学出版社 2005 年版，第 24 页。

打造成一尊无产阶级信仰的红色战神。

《新民主主义论》中，毛泽东将鲁迅在文化战线上的成绩和自己在军事战线上的作用相提并论，推鲁迅为中华民族的民族魂。这是对鲁迅在文化战线上所作的革命贡献的承认，却主导了此后三十多年的鲁迅文学研究。评论者毛泽东特殊的政治身份和巩固新政权的历史需要，使新中国成立以来对鲁迅的研究一直沿着毛泽东"鲁迅论"的调子走。翻开新中国成立至20世纪80年代的鲁迅研究史，一路高歌猛进，鲁迅"横眉冷对千夫指，俯首甘为孺子牛"的战斗形象被无限地放大，而"怜子未必不丈夫"的人间情怀却被有意抹去。鲁迅的一切性格都是革命性格，一切的行为也都被解释为革命行为，所以鲁迅"时大夜弥天，璧月澄照，饕蚊遥叹，余在广州"的爱情感叹要被解释为"独立于险恶环境中的凛然之气"和"对凶残的敌人极度的蔑视"的战斗风姿①；鲁迅独自出去喝茶的日常消遣行为，要被解释为等待革命工作者接头的掩饰。在那个狂热的社会主义理想红潮泛滥的年代，鲁迅无疑被创造为一尊不食人间烟火的革命之神。

20世纪80年代，随着大陆思想控制的解禁，开国领袖毛泽东走下了神坛，人们开始反思新中国成立以来意识形态控制下鲁迅研究的"过左"趋势。"活鲁迅""人间鲁迅"等研究方向的提出，矫正了立足于政治立场从事学术研究的思路，为鲁迅研究寻找一个真实的鲁迅打开了出口。在具体的研究实践中，人们逐步打破鲁迅研究"说者被说"的盲目状态，注重在"说者自说""同时代人之说"和客观史料中展示"人间鲁迅""学术鲁迅""士大夫鲁迅""大众鲁迅"等多面化的鲁迅。有人准确地把这个过程概括为："从专门研究者的解读，到知识界的认同，再到一般大众的接受，这些形象符号从被压抑的学术权威，变成有独立意志的逃离者，再变成有叛逆精神的反抗者，完

---

① 参见子通编《鲁迅评说八十年》，中国华侨出版社2005年版，第153页。

的声音如此微不足道，不曾被人们关注。1935 年，即鲁迅逝世前一年，增田涉翻译的《中国小说史略》的日文版取名为《支那小说史》，由东京赛棱社出版。对于日译本，鲁迅曾高兴地写信给增田涉说："《中国小说史》豪华的装帧，是我有生以来，著作第一次穿上漂亮服装。我喜欢豪华版，也许毕竟是小资的缘故罢。"① 鲁迅公开声明自己是"从旧垒中来""正苦于背了这些古老的鬼魂，摆脱不开"②。甚至说自己"灵魂里有'毒气'和'鬼气'"，"想除去他，而不能"③。"就是思想上，也何尝不中些庄周韩非的毒，时而很随便，时而很峻急。"④ 从而产生"两种矛盾思想，一是要给社会上做点事，一是要自己玩玩。所以议论即如此灰色。"⑤ 在日常生活习性上，鲁迅则更多地表现出知识分子的"小情调""会生活"，"鲁迅爱吃点心，爱吸烟，爱看电影，爱坐汽车兜风。他很看重钱，天天在日记里记账，听说发薪水了就赶快去领，书局剥削了他的稿费就跟人打官司。他溺爱儿子，他劝青年多积几文钱，他告诉萧红穿红上衣要配黑裙子"⑥。由此可见，鲁迅无论在精神特质层面还是在生活情趣层面都表现出"有余阶层"的文化蕴积和浪漫追求。

加斯东认为任何成年人的精神原型都孕育在他童年时代的经历中，"犹如火、水、光的原型一样，童年既是一种水，又是一种火，又成为一种决定众生的基本原型的光明的童年。童年呈现出来，按照深层心理学的风格本身，它像一个真正的原型，单纯幸福的原型"⑦。20 世纪末的鲁迅研究界，作为研究对象，鲁迅的声音越来越受到人们

---

① 《鲁迅全集》第十四卷，人民文学出版社 2005 年版，第 359 页。
② 《鲁迅全集》第一卷，人民文学出版社 2005 年版，第 301 页。
③ 《鲁迅全集》第十一卷，人民文学出版社 2005 年版，第 453 页。
④ 《鲁迅全集》第一卷，人民文学出版社 2005 年版，第 301 页。
⑤ 王得后编：《两地书研究》，天津人民出版社 1982 年版，第 104 页。
⑥ 孔庆东：《四十不坏》，华文出版社 2006 年版，第 2 页。
⑦ ［法］加斯东·巴什拉：《梦想的诗学》，刘自强译，生活·读书·新知三联书店1996 年版，第 156—157 页。

的重视，在倚重其本人文化定位的基础上，"鲁迅与士大夫文化"的课题应运而生。研究者希望通过对鲁迅身世背景的挖掘，寻找传统士大夫文化精神和人格理念对鲁迅文化品格及文字生涯的潜在影响和规范，这种研究思路无疑是中国宗谱意识在学术研究领域的投影。虽然，我们不能够采取"出身决定论"的态度，但不可否认一个人的出身和童年时代所处的文化环境对孩子未来的人性品格和人生理念具有潜移默化的重要作用。下面我们就从中国家族制度入手，在绍兴覆盆桥周氏家族族谱的追溯中，探讨家族观念和宗族理念怎样通过宗谱意象深烙于鲁迅童年的生命里，并对其后来一生的文学创作和人生定位产生了怎样的影响。

二

"家庭为中国之基本"，家族制度对每个中国人来说，是一张不可逃脱的生活网，一旦出生于一定的家族内，其复杂的人伦关系和家族理念都将萦绕一个人的一生。林语堂曾就中国人根深蒂固的家族观念做出解释："在巩固民族持续力的文化力量中，最有价值者，当首推中国之家族制度，盖其组织既已十分完密，原则又阐明至为详细，故任何人均不能忘却本人祖系之所属。此种绵赓万世而不绝之社会制度，中国人视为超越现世一切之珍宝，这样的心理，实含有宗教意味加以祖先崇拜之仪式，益增宗教之色彩，故其意识已深入人心。"① 他在反话正说的戏谑语调中，寥寥几句，道尽了家族意识对个人生命意识不可抗拒的掌控和影响。

中国家族制度作为一个抽象的概念，在民间现实生活中最大的彰显者则为宗谱。宗谱又称族谱、祖谱、世谱、家谱等，是中国特有的文化遗产，是以表谱形式，记载一个以血缘关系为主体的家族世系繁

---

① 林语堂：《吾国吾民》，华龄出版社1995年版，第35页。

衍和重要人物事迹的特殊图书体裁，承担着尊祖、敬宗、睦族等家族伦理功能。官宦人家一般都采用装订成册的家谱，而平民百姓、经商士绅、豪门则多为悬挂供后人供奉的图表式家谱。拥有同一宗谱的族人不光有血缘关系，同时具有"神缘"关系。宗谱以家训和表彰功德的形式将同一宗族的人收拢于同一精神谱系中，使分享同一祖先的子孙不光在肉体上分享同一血脉缘亲，在精神上也都分享着同一价值源体。

中国的宗谱文化至少可以追溯至先秦，周代已有史官修谱制度并撰有《世本·帝系篇》。《世本》会集了中国自黄帝到春秋各代天子、诸侯、卿大夫的世族谱系，是一部对前代和当代各血缘集团系谱进行综合的总谱。上古时期的家谱，仅为君王诸侯和贵族所独有，家谱的作用仅为血统世系的证明，是为袭爵和继承财产服务的。自魏晋以后，谱牒之学大盛，乃与士族门阀制度有关。魏晋之人通过宗谱，在社会上建构了一个"士庶之际，殆若天隔"的等级世界，宗谱成为选举应官、个人政治地位的通行证和证明书。南宋张即之景定三年（1262）《蓝溪族谱》序载：

> 汉有姓氏官谱……迨至魏朝，置州郡中正，立品设状，以求人才，第士族以为方司格。晋宋因之。为谱局，有司撰举，必稽谱牒，而谱官备矣。挚虞首撰昭穆十卷，贾弼、刘湛、王僧孺、何承天辈，著书多至数百篇，少累数万言，而谱学盛矣。江表桥姓则右王萧谢袁、东南吴越则尚朱张顾陆、关中则推阳杜柳裴、山东则先崔庐忘郑、代北则贵元于宇文长孙，而谱姓分矣。世有三公为膏粱、令朴为华腴，尚书令护甲而方伯乙、散骑常侍丙、而都郎丁，官有世胄、谱又世官，而谱品精矣。[①]

---

① 国学文献馆编：《中国族谱序列选刊》，台湾联经出版事业股份有限公司1983年版，第97页。

借助于谱牒的力量，地方世家大族逐步将全国的政治格局转变为一个国有世族、族有世官、贵有常尊、贱有等威的闭锁式阶层化体系。本来，天子在地方"置州郡中正，立品设状，以求人才"是为了加强中央统治，可是九品中正和谱牒制度运转下的官吏任命却出现了"士大夫固非天子所命"的局面。为了消弭地方和中央政治权力的紧张关系，唐朝推行科举制度，打破士族门阀的官宦世袭制，瓦解地方士阀的政治势力。贞观、显庆年间，几度重修《氏族志》，欲崇今朝冠冕，令士大夫"贵我官爵"，以政治权威压倒血统权威。《旧唐书》卷六五《高士廉传》：

> 太宗曰：我平定四海，天下一家，凡在朝士，皆功效显著，或忠孝可称，或学艺通博，所以擢用。……我今特定族姓者，欲崇今朝冠冕。……卿等不贵我官爵耶？不须论数世以前，只取今日官爵高下作等级。

贞观年间《氏族志》以皇族为第一等、显庆年间《姓氏录》以官阶五品为入谱条件，而柳冲《姓族系录》抬高大唐冠冕之家等都表明了以官品论贵贱的等级观念。[1] 中国的宗谱制度经过唐朝的改革，改变以血统论贵贱的原则，是否为官、官阶的高低成为区分封建士庶等级贵贱的主要标准。是故，《史通·书志篇》曰："谱学……用之于官，可以品藻士庶。"而"官阶尽，得五品，身绯衣，带银鱼。"[2] 成为下层寒士学子寒窗苦读跻身于士大夫阶层以光宗耀祖的理想。

到了宋代，只有官方才能修谱的传统禁例被打破，民间编撰宗谱的风气兴盛起来。这时宗谱在政治生活中基本上不再发挥作用，其作用转移到对家族内部成员精神、伦理、价值观的规范和整合上。但唐

---

① 参见龚鹏程《近代思潮与人物》，中华书局 2007 年版，第 270—271 页。
② 《太平广记》引颜真卿《戎幕闲志》。

朝的谱牒改革所确立的"贵我官爵"的价值取向在民间宗谱的编修中流传开来，特别是对士大夫宗族的人有巨大的精神感召作用。在清代所存的宗谱序例中，我们都可以看到"官爵封典，允宜备载。宜并国朝宠命敬弁谱首，以为家乘之光"① 之类的话，博取功名，入朝为官是表彰祖业祖德的重要内容，也为后世子孙树立楷模，确立人生奋斗目标，以此来保障整个家族的社会门第常青不衰。林语堂对中国人祖先崇拜的总结，点中了宗谱荣耀观对个体价值取向的重大影响："祖先崇拜，在中国人看来，是对过去崇拜与联系，是源远流长的家庭系统的具体表现，而因此更是中国人生存的动机。它是一切要做好人，求光荣，求上进，求在社会上成功的准则……这是中国人要做一个中国人的理由。"②

鲁迅出身于一个庞大的封建士大夫家族，是绍兴覆盆桥周氏的第十四世长孙。其家族正式跻身于士大夫阶层始于六世煌的中举，煌兄弟六人，其间四人为国子监生，煌的第五个儿子绍鹏亦为国子监生。绍鹏和儿子渭在覆盆桥北侧定居，经营当铺，勤俭持家，家运开始兴隆，周家在覆盆桥逐成大族。周氏家族生员辈出，其中十一世慎房俱为举人，十二世兴房的福清以进士及第选任翰林院庶吉士，同辈的义房庆蕃亦为举人。鲁迅便是十三世周福清的长孙。祖父周福清在科举考试中的成功给周氏家族带来了无限的荣耀，族中子弟都纷纷树其为人生楷模，"介浮公点了翰林的时候，族中从兄弟有的改名用'清'字作排行"③。这是中国家族特别是士大夫家族发展过程中的重要现象，是宗谱以表彰功德的仪式将家族观念以成功典范的形式对宗族子弟所做的价值传导。"改名用'清'字作排行"，一方面是以朝廷秩

① 国学文献馆编：《中国族谱序列选刊》，台湾联经出版事业股份有限公司 1983 年版，第 149 页。
② 林语堂：《林语堂名著全集》第十卷，东北师范大学出版社 1994 年版，第 59 页。
③ 周遐寿：《鲁迅的故家》，人民文学出版社 1981 年版，第 73 页。

爵为价值取向的士大夫家族对实现者的表彰，另一方面则是通过这一方式鼓励其他成员努力博取功名，使家族价值观获取最大实现。介浮公点中翰林进一步促进了封建士大夫家族内部的价值观认同，并将宗族的价值追求放置在每一位成员的心中，从而促使其不断追求并最终实现。

宗谱对内表现为一种价值引导，对外则表现为严格的门第等级观，它是确立一个家族社会交往、社会地位的重要凭证，表现在婚姻上就是门当户对。《礼记·昏义》说："婚姻者合二姓之好，上以事宗庙，下以继后世。"可见，中国的婚姻完全是以家族为中心的。民间的结婚仪式中亦凝聚着浓郁的宗族意念，新郎迎亲的花轿一到，新娘必须要在同父母作别之前面对自家家族祖先叩头拜别。结婚的第二天，夫妇一起去参拜"土地庙"（上庙），然后去夫家祠堂给祖先叩头拜见，以此来确认她作为异姓女子成为夫家宗族的一员。所以在中国，娶亲是一个家族的事，一定要讲究"门当户对"。对此，族谱中都有详细的规定，并以家训的形式流传下来，成为民间婚姻的一种规范。娶妇例重世家，"夫妇人之大伦，故配须名族"，"凡娶世家之女，则书娶某地某氏、非世家则书娶某氏、仕宦之女则书娶某处某官之女"（《江阴刘氏宗谱》条例、《寿昌李世宗谱》凡例，见《中国族谱序列选刊》）。在封建社会中，"士庶之别"是非常严格的，许多士大夫宗谱明文规定禁止将女子嫁给佃户、将婢女收为妻室。① 覆盆桥周氏是当地的名门望族，鲁迅的祖父中了翰林，父亲伯宜中了秀才，能和周家结亲的自然是门第相当的家族。鲁迅的外婆家是当地的大户，举人出身。鲁迅的外祖父鲁希曾是举人，外祖母是进士及第翰林院编修出身的何元街之女。鲁迅母亲的两个兄弟、两个姐夫也都是秀才出

---

① 参见欧阳宗书《合二姓之好，传祖宗血脉——从家谱透视中国古代宗族婚姻》，《中国民间文化》1992 年第 7 集。

身。鲁迅的外祖父曾在信中骄傲地说："弟有三娇，从此无白衣之客。"① 可见鲁希曾是很注重功名的。鲁家和周家结亲，可以说是门当户对了。鲁迅的小姑母，夫家在东关，姓金，姑父名雨辰，是个秀才。

通过对鲁迅身世的梳理，我们清楚地看到鲁迅童年所处的人文环境是典型的中国士大夫文化圈，所接触的家族成员也大多是地方上层贵族，这一切都注定其在文化品性、个人性情、价值取向不可避免地打上中国士大夫阶层的精神印记。虽然，在 1893 年，鲁迅 12 岁的时候，因为祖父周福清的科场舞弊案，周氏家族开始走向衰落，但传统士大夫的精神原型已经深深地扎根于少年鲁迅的心灵中。寿洙邻是鲁迅少年时代的学友，在他的记忆中，就读三味书屋的鲁迅，"自视甚高，风度矜贵，从不违反学规，对于同学，从无嬉戏谑浪的事，同学皆敬而畏之。镜吾公执教虽严，对鲁迅从未加以呵责，每称其聪颖过人，品格高贵，自是读书世家子弟"②。可见，少年时代的鲁迅在行为品性上，已经给人"少年老成""行事持重"的"小士大夫"印象。

身为世家子弟的鲁迅，读书是其承接宗族价值观和接受士大夫文化熏陶的重要途径。作为新文化战将的鲁迅，一直都不提倡青年读古书，认为"中国书虽有劝人入世的话，也多是僵尸的乐观"③。但他自己却是现代知识分子中读古书最多的一个，并深受影响。对此，他从不曾否认。"别人我不论，若是自己，则曾经看过许多旧书，是的确的，为了教书。至今也还在看。因此耳濡目染，影响到所做的白话上，常不免流露出它的字句，体格来。""孔孟的书我读得最早，最熟，然而倒似乎和我不相干。"④ 有时候，他很为自己读过的古书引以为傲，"余少喜披览古说，或见讹敚，则取证类书，偶会逸文，辄亦

---

① 朱忞：《鲁迅在绍兴》，浙江人民出版社 1981 年版，第 104 页。
② 《鲁迅回忆录》（散篇）上册，北京出版社 1999 年版，第 3 页。
③ 《鲁迅全集》第三卷，人民文学出版社 2005 年版，第 12 页。
④ 《鲁迅全集》第一卷，人民文学出版社 2005 年版，第 301 页。

写出"①。"菲薄古书者，惟读过古书者最有力，这是的确的。因为他洞知弊病，能'以子之矛攻子之盾'。"② 直至晚年，鲁迅还难以摆脱自小养成的古书情结，感叹："一个人处在沉闷的时代，是容易喜欢看古书的。"③ 鲁迅一生对古书的态度矛盾不一，其间因缘，唯其弟周作人的洞察颇为中肯，"鲁迅反对读古书的主张是对于复古运动的反抗，并不足证明他的不读古书，而且他的反对青年读古书的缘故正由于他自己读透了古书，了解它的害处，所以才能那么坚决的主张。现在对于这个问题，我们客观的看来，鲁迅多读古书，得到好处，乃是事实"④。

鲁迅所读古书多来源于家族的私人藏书。在封建社会的中国，读书的权利是被垄断的，"主要因为封建社会知识是私有的。对知识占有的多寡关乎一个人的命运前程"⑤，同时购买书籍需要一定的经济能力和文化鉴赏力。因此只有一定经济实力和社会地位的人才有能力买书、收藏，"中国古代著名藏书家多为学者、官宦、藩王、豪绅"⑥。中国古书渺若瀚海，藏书家所收之书一方面固然是为了科举应试，另一方面则是收集与自己的文化气息相投的书籍。私人藏书具有很强的个人文化品性特征，所收之书凝聚着藏书者独特的文化修养、价值取向和人生追求。藏书者这种有意识地书籍收藏行为，使具有同一文化特质的图书在收藏者那里汇集，并从这里流向其他后来读书者的心间，从而将后来读书者的心灵置放于私人图书所构造的特定精神境域之中。封建文化具有垄断性，私人藏书具有严格的封闭性，只对同一宗族的成员开放。很多藏书者藏书的目的就在于供阅家族的后继之

① 《鲁迅全集》第十卷，人民文学出版社2005年版，第3页。
② 《鲁迅全集》第三卷，人民文学出版社2005年版，第228页。
③ 《鲁迅全集》第十三卷，人民文学出版社2005年版，第270页。
④ 周作人：《鲁迅回忆录》（专著）中册，北京出版社1999年版，第832页。
⑤ 李雪梅：《中国近代藏书文化》，现代出版社1999年版，第22页。
⑥ 同上书，第3页。

人，"书固自如也，未尝少损，将以遗来者，供其无穷之求，而各足其才分之所当得"①，"吾家业儒，辛勤置书以遗子孙，其志何如！"②"吾聚书多，虽不能读，必有好学者为吾子孙矣"③。为了保障这份家族精神遗产的私密性，一些大家族对私人藏书配有严谨的家族式管理，违者将受到严厉的处罚。"天一阁"藏书的管理就是如此，"凡阁厨锁钥，分房掌之，禁以书下阁梯。非各房子孙齐至，不开锁。子孙无故开门入阁者，罚不与祭三次。私领亲友入阁及擅开厨者，罚不与祭一年。擅将书借出者，罚不与祭三年。因而典鬻者，永摈逐不与祭。"④ 本质上，私人藏书具有强烈的宗族意识，隐含着藏书者对宗族子孙及宗族未来发展与兴盛的期待。通过私人书籍，收藏者能够和宗族后嗣展开隔时空的精神交流，把自己的人生观和价值追求传达给后者，期望家族后来者能够加以传承发展而超越之。对同一宗族的子孙来说，私人藏书就是一个小型的宗谱意念传导库。

鲁迅儿童时代的发蒙之书都是来自家族内部的私人藏书：一是祖父和父亲的藏书，二是叔祖周玉田的藏书，三是友舅舅秦少渔的藏书。

鲁迅是周福清的长孙，一家人把家族未来的兴旺都寄托在这个小小的人身上，鲁迅从祖父和父亲的藏书中主要阅读传统文化经典，陶冶世家品性。祖父和父亲的藏书虽不如玉田叔祖家多，但也不算少。"可能有些是毁于太平天国之战，有些是在介孚公的京寓吧，总之家里只有两只书箱，其一是伯宜公所制的，上面两个抽屉，下面两层的书橱，其他是四脚的大橱，放在地上比人还高，内中只分两格，一堆书要叠得三尺高，不便拿出，当作堆房而已。"⑤ 1887 年，7 岁的时

① 利希泌、张淑华编：《中国古代藏书与近代图书馆史料》（春秋至五四前后），中华书局 1982 年版，第 21 页。

② 同上书，第 42 页。

③ 同上书，第 392 页。

④ 同上书，第 40 页。

⑤ 周作人：《关于鲁迅》，新疆人民出版社 1997 年版，第 64 页。

候，小鲁迅就进私塾学习，在读《鉴略》的同时，"开始看《西游记》等小说"，第二年又"增加了古典诗词的阅读"，在祖父的引导下，"先后选读了白居易、陆游、李白等人的诗词"。^① 至 1897 年赴南京求学之前，鲁迅"已读完了《十三经》中的九部，又开始学《尔雅》等三部'经书'"^②，进入了传统文化的核心地带。中国私塾的开蒙书一般为《千字文》《百家姓》，鲁迅私塾主攻的却是封建文人编写的简明中国历史教材《鉴略》。"我最初读书的地方是私塾，第一本读的是《鉴略》，桌上除了这一本书和习字的描红格，对字（这是作诗的准备）的课本之外，不许有别的书。"^③ 此时，鲁迅的私塾老师是远房叔祖周玉田，曾考中过秀才，他在新台门自己的家中，设立了私塾教育自己的儿女和几位侄孙。可见，鲁迅读的《鉴略》为发蒙书，是家族教育模式的结果。士大夫家族成员共享同一精神源体，在家族长期的知识传承和积累中逐渐形成统一的人才培养模式，从而更有利于培养符合宗族人生价值观的接班人。

对于与众不同的开蒙书，鲁迅这样解释，"记得那时听人说，读《鉴略》比读《千字文》《百家姓》有用得多，因为可以知道从古到今的大概"^④，这"人"自然指的是周氏家族的族人。《鉴略》的阅读使鲁迅在发蒙之际就接受了封建士大夫文化以史为鉴的理性思维，其绍兴师爷"见事太明"的品性概源于此。白居易、陆游、李白等人的创作是中国古典诗词的经典，集中体现了中国士大夫阶级的精神好尚和审美趣味，祖父要求鲁迅阅读他们的诗词，意在熏陶其作为世家子弟"风度矜贵"的大家胸襟。鲁迅的古体诗写得很好，这是众所周知的，寿洙邻先生赞佩鲁迅诗作，就曾说："我独喜其'我以我血荐轩

---

① 鲍昌、邱文志编：《鲁迅年谱》，天津人民出版社 1979 年版，第 5—6 页。
② 同上书，第 18 页。
③ 《鲁迅全集》第六卷，人民文学出版社 2005 年版，第 140 页。
④ 《鲁迅全集》第二卷，人民文学出版社 2005 年版，第 272 页。

辕'一篇，何等芳洁，何等血性，纯从《离骚》得来。"① 而对于作诗的境界，鲁迅也颇有心得，"穷措大想做富贵诗，多用些'金''玉''锦''绮'字面，自以为豪华，而不知适见其寒蠢。真会写富贵景象的，有道：'笙歌归院落，灯火下楼台'，全不用那些字"②。这种写古体诗的大家气象，自当归于昔日寝馈古贤诗文之功。

　　叔祖周玉田的藏书和友舅舅秦少渔的藏书则使鲁迅的知识结构呈现出涉猎广泛，学识之杂家的特点，为其从事传统学术的研究铺垫了基础。刚开始在私塾读书的小鲁迅，也许是受祖父和父亲读书氛围的熏陶，小小年龄就喜欢在自家的藏书中翻找图书看，这个习惯直至晚年也不曾改变。"但后来竟也慢慢的认识字了，一认识字，对于书就发生了兴趣，家里原有两三箱破烂书，于是翻来翻去，目的是找图画看，后来也看看文字。这样就成了习惯，书在手头，不管它是什么，总要拿来翻一下，或者看一遍序目，或者读几页内容，到得现在，还是如此。"③ 翻完自家的书，小鲁迅还喜欢到私塾老师周玉田的家里去翻书看，因为"在我们聚族而居的宅子里，只有他书多，而且特别"。周玉田也非常喜欢这个灵慧的孩子，经常讲书给他听，鲁迅自己的第一本藏书就源于周玉田的介绍。"他说给我听，曾经有过一部绘图的《山海经》，画着人面的兽，九头的蛇，三角的鸟，生着翅膀的人，没有头而以两乳当作眼睛的怪物……可惜现在不知道那里了。"鲁迅很愿意看看这本神奇的书，对此念念不忘，竟向阿长妈妈询问，阿长妈妈想办法从亲戚那里为鲁迅取来了《山海经》，自此，神话便和鲁迅结下了不解之缘。周作人认为："鲁迅与《山海经》的关系很是不浅……使他了解了神话传说，扎下了创作的根。"④ 20 世纪 20 年代，

---

①　鲁迅博物馆编：《鲁迅回忆录》（散篇）上册，北京出版社 1999 年版，第 7 页。
②　《鲁迅全集》第三卷，人民文学出版社 2005 年版，第 568 页。
③　《鲁迅全集》第六卷，人民文学出版社 2005 年版，第 140 页。
④　周作人：《关于鲁迅》，新疆人民出版社 1997 年版，第 60 页。

鲁迅编写《中国小说史略》提到神话的时候，认为《山海经》是中国神话的重要典籍，在中国神话发展史中具有重要意义。虽然，这些结论都是一种客观的学术事实，但期间仍可窥见鲁迅对《山海经》的钟爱。晚年，鲁迅以中国神话为题材创作了一系列小说收入《故事新编》，可以说是对自发蒙时代神话思维发展的一个总结。

1893 年，祖父科场舞弊案案发，鲁迅和弟弟到乡下外婆家避难。在小皋埠寄居的日子里，他又从秦少渔的私人藏书中阅读了大量的小说，为后来的小说创作和研究奠定了基础。鲁迅所寄居的秦家是当地的大族，门阶森严，和当地贫苦农民很少交往，所以农村子弟很少在秦家周围出入。而鲁迅初来小皋埠，环境陌生，也很少出门，自然孤独无玩伴。在那段寂寞的时光里，鲁迅只能整日待在"娱园"里。这时，秦少渔的私人藏书为他打开了另一个丰富的世界。秦少渔爱好看小说，所以藏书中古典小说占绝大部分。"凡当时通行的小说他都买来看，书多是一些木刻或石印本，看完后就堆放在楼上一间小房里的书架和地板上，书上蒙着厚厚一层灰尘。"① 鲁迅的兴趣很快就转移到小说的阅读上，常常跑到楼上的小房子里，翻找他爱看的小说。鲁迅从秦少渔的私人藏书中阅读了大量的古典小说，打发寂寞时光和安抚受伤心灵的同时开拓了知识面，为其以后编写《古小说钩沉》和《中国小说史略》，作了最初的资料积累和学术兴趣引导。②

三

周家到鲁迅这一代，已经是拥有四百多年历史的世家大族，在绍兴当地也曾显赫一时。家族在社会上显赫的地位和受到的尊崇，对于周家的子孙来说，是一生都不能磨灭的荣光。周建人在《鲁迅故家的

---

① 朱忞:《鲁迅在绍兴》，浙江人民出版社 1981 年版，第 117 页。
② 参见朱忞《鲁迅在绍兴》，浙江人民出版社 1981 年版，第 117 页。

败落》中，依然对扫墓归来的"汝南周"大灯笼记忆深刻：

> 船越进越近，到城门脚下了。
>
> 船老大放大喉咙喊："开城门来！"
>
> "来啰！"管城门的在里面回答。这喊话声就在水面上荡漾。
>
> 管城门的在里面用长竹竿拉开门闩，用铁钩把城门拉开，我们的船便驶进城门里面来了。
>
> 管城门的拦住我们的船问："船头还是船梢？"
>
> 船老大便高高举起写着"汝南周"的大灯笼。
>
> "好，好！请开船吧！"
>
> 船又飞速前进，回到家里来了。
>
> ……
>
> 这高举的灯笼，这"开城门来"和"来啰"浑厚的音调，一直在我的眼前晃动和在耳际回响。①

船老大高高举起的"汝南周"大灯笼，正是周氏宗族古老历史、显赫身份的象征。尽管写下这段文字时，周建人已经人入暮年，身处社会主义新中国，心灵上经受了现代化民主洗礼，但这并不妨碍他对家族曾有尊耀的依恋，逻辑上说不通，情理中却是极自然而符合人性的。这个大家庭曾有的体面、风光、仪范一直环绕在周氏三兄弟的心头笔尖，他们对人生、社会、文化的认识、反思和批判都时不时泛起大家世族意识。鲁迅对"子见南子"事件与众不同的反思和评论，足可依稀望见那灼灼燃烧在其心灵深处的"汝南周"大灯笼。

1927年宁汉合流后，为了巩固政权统治，南京中央政府掀起了宣扬孔教的运动。为了抵制这股思想逆流，林语堂根据《论语》及《史记·孔子世家》的相关记载，创造了独幕喜剧《子见南子》。通过对

---

① 周建人：《鲁迅故家的败落》，湖南人民出版社1984年版，第61—62页。

孔子在卫国见到身为卫灵公夫人南子情景的想象，林语堂将孔子从圣人的神座上拉到现实人生中来，把孔子塑造成一个有情有欲、活泼的人。在南子大胆言行的冲击下，孔子说："如果我不相信周公，我就要相信南子。"① 剧末，孔子在内心激烈的冲击下，毅然决定离开卫国，不是为了拯救天下百姓，而是为了解救自己——抵御南子所带来的诱惑。林语堂希望通过创作《子见南子》，将中国历史上的偶像孔子转换为一个活人孔子，给南京中央政府的孔教运动来一个釜底抽薪。1928 年 11 月，独幕剧《子见南子》在《奔流》第一卷第六期上发表，引起青年的热烈反应。有趣味的是，本来是针对政府的孔教运动所发起的一个文化行为，并没有引起南京政府的猛烈反击，却触怒了孔氏家族的神经。1929 年 6 月 8 日，山东省立第二师范学校师生在游艺会上演出了《子见南子》。以孔传培等为首的曲阜六十户孔氏族人，以该剧"侮辱孔子"的罪名，联名向教育部控告第二师范学校校长宋还吾，要求将其严加查办。结果是，"南京政府教育部长蒋梦麟、监察院长蔡元培表示，排演新剧，并无侮辱孔子情事，孔氏族人，不应小题大做"②。虽然，教育部做出了演出《子见南子》一剧"尚无侮辱孔子"的事实，但是第二师范学校的校长宋还吾还是被山东省教育厅"调厅另有任用"。一切都尘埃落定之后，点火人林语堂感叹道："卫道先生偏偏这么多，卫道之心又那么切，叫我们怎么办呢?"③ 鲁迅却道，另有任用"其实就是'撤差'也矣。这即所为'息事宁人'之举，也还是'强宗大姓'的完全胜利也"④。

《子见南子》1928 年发表后，引起了各地学生的强烈反应，纷纷排列演出。山东省立第二师范学校于 1929 年 6 月才排演，不是最初

---

① 林语堂：《林语堂名著全集》第十三卷，东北师范大学出版社 1994 年版，第 12 页。
② 同上书，第 301 页。
③ 同上书，第 312 页。
④ 同上书，第 311 页。

的排演者，其排演规模也不是最大的，为什么偏偏处分山东省立第二师范学校的校长？

中国境内最显赫、最受历代国朝恩宠的家族，自当首推孔氏家族。自从孔子被各代统治者政治化、美化、神化，孔氏家族自然也沐浴在这一片神性的光芒之中。几千年来，借助孔子特殊的政治文化地位，孔氏家族一直享受着历代王朝的特别恩泽和保护，直至 1928 年 8 月 8 日，南京政府还通过了工商部部长孔祥熙提出的，保护山东孔林及各省孔庙的议案。山东是孔子的故乡，作为高门大族，孔氏家族在当地具有不可撼动的社会地位和文化身份。对孔氏族人来说，孔子的威严就是整个家族的威严，牵动着整个家族的利益，孔子在中国历史上的偶像地位是孔氏家族一切荣耀的发源地，神圣而不可侵犯。捍卫孔子的偶像地位，是孔氏家族历代子孙的神圣职责。因此，当山东省立第二师范学校排演《子见南子》时，才会引起孔氏家族六十口族人的联名上访。虽然宋还吾针对孔氏族人的指控，写了答辩书并给山东省教育厅写了呈文，学生们亦发通电声称"对此腐恶封建势力绝不低首降伏"。一切在孔氏强宗大姓的压力下，显得那么渺小而可笑。教育部虽做出"尚无侮辱孔子"的议定，还是调停了校长宋还吾，以息事宁人。鲁迅作为世家子弟深知先祖的名望对一个家族的重大意义，所以他没有从社会卫道的角度评判这件事，而是将事情的根源拍在"'强宗大姓'的完全胜利"上，一下点中事情的要害，又见其绍兴师爷深谙世故的本色。

四

"汝南周"的大灯笼不光指引着鲁迅对现实人事的判断，也照耀着其小说创作的意象思维。这种宗族意象思维集中表现在对宗族大户精神威慑力的深度描写上。家族制度在民间最大的彰显者为宗谱观念，在宗法制度风行的民间，宗谱是遥控整个中国乡土社会秩序的潜在规则，每个人的心目中都隐藏着一本家宗谱，中国人由此确定自己和他人的社会地位和身份。在交通封闭、知识匮乏的中国乡土社会，宗族大户优越的社会地位和对知识的绝对占有，使其在乡土秩序的维护中拥有绝对的发言权，某种程度上，宗族大户操纵着一定乡土区域中人们的社会价值取向。宗族大户对乡村社会的绝对操纵权，使下层民众对其普遍存有敬畏和攀附之情。

下层民众对宗族大户的敬畏和攀附之情，作为世家子弟，鲁迅在乡下外婆家居住的日子，就已经深深地体味到了。

> 六一公公看见我，便停了楫，笑道，"请客？——这是应该的。"于是对我说，"迅哥儿，昨天的戏可好么？"
>
> 我点一点头，说道，"好。"
>
> "豆可中吃呢？"
>
> 我又点一点头，说道，"很好。"
>
> 不料六一公公竟非常感激起来，将大拇指一翘，得意的说道："这真是大市镇里出来的读过书的人才识货！我的豆种是粒粒挑选过的，乡下人不识好歹，还说我的豆比不上别人的呢。"
>
> ……
>
> 听说他还对母亲极口夸奖我，说"小小年纪便有见识，将来一定要中状元。姑奶奶，你的福气是可以写包票的了。"但我吃了豆，却并没有昨夜的豆那么好。①

六一公公不但没有责怪我们吃了他的豆子，还送了一大碗煮熟的罗汉豆给母亲和"我"吃。一方面固然出于淳朴、好客的农民本性，更重要的一面恐怕在于"我"背后强大的宗族势力。六一公公卖豆回来，看见双喜等一班小人，便叫道，"双喜，你们这班小鬼"，而看到

---

① 《鲁迅全集》第一卷，人民文学出版社 2005 年版，第 596—597 页。

"我"在场，他的动作是，先"停了楫"，又"笑道"，并称呼"我""迅哥儿"。"我"对于六一公公的热情问话表现得淡然，用"好""很好"三个字打发了，"不料六一公公竟非常激动起来"。这一连串的动作和对话，放在一位老人和一位十一二岁少年之间，怎么看都不合情理，不符合中国尊老的文化传统和习俗。可是，六一公公下面的话却将谜底豁然揭开，"这真是大市镇里出来的读过书的人才识货！我的豆种是粒粒挑选过的，乡下人不识好歹，还说我的豆比不上别人的呢"。在中国，社会首先讲究的是尊卑，然后才是老幼。"我"年纪虽小，但出身尊贵，六一公公虽长"我"许多，却出身低微。在中国森严的等级制度下，"我"和六一公公之间所发生的一切动作和对话就顺理成章了。所以，当"我"说他的豆子很好时，六一公公感到无上的荣耀，竟非常激动起来，卖豆的受挫在一个世家子弟的无心夸奖中，找到了心理平衡。其间可见，在宗法制度弥漫的乡土中国，下层民众精神深层埋藏着对宗族大户怎样的敬畏之情！然而，对于"我"来说，是不喜欢六一公公这些通脱世故的行为，甚至是厌弃的。所以听说六一公公在母亲面前又极口夸奖"我"，"我"却不曾高兴，强调"但我吃了豆，却并没有昨夜的豆那么好"。结尾处的冷漠淡然与和小伙伴结伴看戏的喜悦情调形成强烈的反差，为快乐的童年回忆添了不为人知的灰色。

当一个乡村社会成员对宗族大户的敬畏、攀附心理以集体无意识的形式作用于一个人的生活中，便会产生提高或降低个体在乡村社会中地位的巨大驱动力。阿Q一生所经历的兴衰史，便是在这种集体无意识力量中不由自主地上下起伏。阿Q本是未庄的一个无产游民，素不得庄中人的尊重，拿他来取笑消遣，可是他卑贱的一生中，却因为与赵太爷、白举人两次"莫须有"的关系，迎来了生命中两次辉煌的时刻。一次是不意某天，他喝醉了酒说自己也姓赵，是赵太爷的本家。为此他得了赵太爷一巴掌，因为赵太爷认为他这样一个下等人是不配与自己做本家的。然而，阿Q在这一巴掌中却迎来了自己短暂的骄傲，在未庄中成了名人，受人尊重。原因是阿Q是被赵太爷打的，而不是被张三李四、阿七阿八打的，"打的既有名，被打的也就托庇有了名"；阿Q说是赵太爷的本家，在大家看来虽有些穿凿，但还真怕有些真，"如孔庙里的太牢一般，虽然与猪羊一样，同是畜生，但既经圣人下箸，先儒们便不敢妄动了"。第二次是因为恋爱失败，得罪了赵太爷，阿Q在未庄没了活路，便进城打食去了。等他回来未庄的人又对他另眼相看了，阿Q"在未庄人眼睛里的地位，虽不敢说超过赵太爷，但谓之差不多"，"据阿Q说，他是在举人老爷家里帮忙。这一节，听的人都肃然了"。听到阿Q不在举人老爷家帮忙了，"听的人都叹息而且快意，因为阿Q本不配在举人老爷家里帮忙，而不帮忙是可惜的"。①

在以文化批判为宗旨的小说创作中，鲁迅特别善于揭示乡村宗法大族在精神层面对下层民众的震慑。在中国，乡村宗法大族的构成是复杂的，大体可分给三类：一是取得朝廷功名的读书之家，二是人口众多的大姓之家，三是多年经商的财阀之家。鲁迅对乡村宗法大族的认识和理解只偏重于其中一类——读书之家，带有其自身家族体验的特征。赵太爷、钱太爷、白举人（《阿Q正传》）、鲁四老爷（《祝福》）、赵七爷（《风波》）、丁举人（《孔乙己》）、七大人（《离婚》）等知识分子组成了鲁迅笔下乡村的宗法大族。这些人物上场后的一举手一投足都会影响乡村民众对社会事物和日常生活的价值取向和判断。

赵七爷对"辫子"的一番议论，便引得在村中"颇有飞黄腾达"之意的七斤，顿感"事情自然非常重大，无可挽回，便仿佛受了死刑宣告似的"②，一家人惶惶不可终日，在村子中掀起了一场不大不小的

---

① 《鲁迅全集》第一卷，人民文学出版社2005年版，第519—534页。
② 同上书，第495页。

风波。祥林嫂到土地庙捐了门槛后，"神气很舒畅，眼光也分外有神"，她感觉自己已经洗清了身上的罪孽，冬至祭祖时，她很坦然地拿祭祀用的酒杯和筷子，却不意被四婶喝止了。捐槛后重获的精神希望和安慰顿时轰塌，"她像是受了炮烙似的缩手，脸色同时变作灰黑"，从此精神一直萎靡不振，不到半年，"头发也花白了"，直至变成一个老乞丐，在鲁四老爷年终的"祝福"声中惨然离世。① "泼妇"爱姑本来立意要和"老畜生""小畜生"闹到底，在七大人面前给自己讨一个说法。不料在七大人虚张声势的威严下，"她打了一个寒噤，连忙住口"。随着七大人"来——兮！"一声"高大摇曳"的喊声，爱姑"觉得心脏一停，接着便突突地乱跳，似乎大势已去，局面都变了；仿佛失足掉在水里一般，但又知道这实在是自己错"，"她这时才又知道七大人实在威严，先前都是自己的误解，所以太放肆，太粗卤了"，不由自主地说："我本来是专听七大人吩咐……"② 在七大人装腔作势的精神威慑中，糊里糊涂地输掉了自己的原则。乡村士绅之所以能够在精神上构成对下层民众的威慑，根本原因在于，中国乡村民众的伦理观是强权的"他律伦理观"。这种伦理观纯粹依靠外在力量来实现，对是非对错的判断完全源于前辈或上级的教训、制度、习惯、经验等，它能在民众服从的心理惯性中产生巨大意志的威压性。③

中国封建社会知识权力的垄断性和政治地位的密切关联，必然造成下层民众对文字的崇拜心理，在现实生活中便转变为对文化人的盲目顺从。在闭塞的乡村社会中，文化人的意志就代表社会上层的意志，这个简单的逻辑思维赋予了乡村士绅话语无穷的社会力量。中国乡村文化上的贫乏和封闭，为伦理价值观的他律性提供了丰厚的土壤，对此，鲁迅有深刻的认识：

---

① 《鲁迅全集》第二卷，人民文学出版社 2005 年版，第 20—21 页。
② 同上书，第 156 页。
③ 参见〔日〕西田几多郎《善的研究》，何倩译，商务印书馆 1983 年版，第 97 页。

我们的古人又造出了一种难到可怕的一块一块的文字；但我还并不十分怨恨，因为我觉得他们倒并不是故意的。然而，许多人却不能借此说话了，加以古训所筑成的高墙，更使他们连想也不敢想。现在我们所能听到的，不过是几个圣人之徒的意见和道理，为了他们自己；至于百姓，却就默默的生长，萎黄，枯死了，像压在大石底下的草一样，已经有四千年！①

第三节　水文化意象

一

儒家和道家是中国传统文化土生土长的两大构成板块，儒学作为官方意识形态通行于上层士大夫阶层，而道家则具有强大的亲民性，它控制着广大农村基层的意识动向。文化研究者一般将儒家文化看作一种入世的文化，因为它讲求"齐家、治国、平天下"的精进人生，又名，在朝文化；将道家看作一种出世的文化，因为它讲求回归自然、无为而治的人生状态，又名，在野文化。正是这两种文化的优缺互补，使中国传统文化在维系、调整内在体系的平衡过程中渐渐形成儒道相济的文化发展模式。这样看来，儒家和道家两种文化虽然在文化研究者的话语定义中，常常呈现出对抗、对立的意义取向；在中国文化发展特征的合力描述中，却又无处不在地向我们暗示，这两种文化在精神本色上存在某种不可忽略的同质性。正是这种精神底色的同

---

① 《鲁迅全集》第七卷，人民文学出版社 2005 年版，第 83—84 页。

质性，才使儒家和道家这两种文化在现实发展形态中表现出彼此排斥、打击、各色、不容，在中国文化体系内部又共同构成历史合力驱动整个传统文化的行进。要理解儒家和道家两种文化矛盾统一的存在形态，抓住中国文化的优势和劣势，就必须于文化的起源处照见儒、道两家精神原胎。

　　任何一个国家或民族传统文化的发起者，在文化的初创时期都无法逃避设定一个"文化本体"来承纳自己的终极关怀意志，而这个"本体"将成为一个民族文化传统在信仰与意志上安身立命的终极。①这个文化本体在荣格的原型理论中被阐释为民族文化的"原型"，在中国的文化意象体系中则变身为"意象"。中国传统文化同样需要一个"文化本体"或"文化原型"来支撑起自己的文化天空。作为传统文化的两大支柱，儒家和道家最初是作为一种哲学感悟被创始者所提倡的，是对他们所体验到的生命观和宇宙观的抽象化总结。先秦儒家和道家的学说论述中，都不约而同地反复出现同一文化意象——水，他们的言论均对水有深切的直观体悟，并从不同的角度形成了各自的价值取向和思维特征。面对奔流不息的江水，孔子发出"逝者如斯夫，不舍昼夜"的人生感叹；水穿石烁金和至柔处下的秉性，启迪了老子"上善若水，水善利万物而不争，故几于道"的哲学思辨；从水的流动变化中，孟子找到了"性善"论的哲学基础；江水的浩瀚汪洋恣肆，则滋养了庄子逍遥的人生境界。由此可见，中国的文化哲学和生命哲学均发源于水，在智者圣人对水的抽象思考中安身立命，水的特质凝结着中华民族的文化特质，也决定了儒、道两家的文化本色。

　　自古至今，柔顺性和包容性是水众所认同的特质。以水为文化原

---

　　① 参见杨乃乔《悖论与整合——东西方比较诗学》，文化艺术出版社2006年版，第19页。

型意象的儒家和道家在具体的历史情境中怎样的水火不容，在生命观和处世观的精神本色上却身不由己地共同趋向柔顺和包容。从不同程度、不同角度出发，儒家和道家的先哲们由水的柔顺性和包容性为引发点，来阐释自己的生命哲学，主要集中于两点：对理想生命形态和理想人性的阐释。

水是万物的起源，在人类还是胚胎的时候，就被母亲温暖而富泽的羊水包围，这种舒适而安稳的生命体验，成为人类共同的深层精神记忆，这种相同的生命记忆使水常常成为唤起人类对生命理想状态描述的公共意象。孔子与庄子分属两种不同的思想体系，他们对生命理想形态的想象却都建于水文化意象之上。孔子一直以精进自律的儒家圣人身份被供奉于文化的神殿之上，然而，他在《论语》中，借助水的柔和自然，所表达出的对理想生命形态的体认，却并不符合其精进圣人的身份，反而有乡间野叟之味。《论语·先进》记载，一次孔子让众弟子谈论一下各人的理想，他对子路、冉有的治国理想，对公西华的道德理想都不以为然，唯独对曾皙"暮春多雨时浴乎沂"的志向情有独钟，符合他对理想生命形态的追寻。朱子注曰："曾点，狂者也，未必能为圣人之事，而能知夫子之志。故曰浴乎沂，风乎舞兮，咏而归，言乐而得其所也。孔子之志，在于老者安之，朋友信之，少者怀之，使万物莫不遂其性。曾点知之，故孔子喟然叹曰：'吾与点也。'"[1] 在孔子看来，他所提倡的道是一种使万物顺其自然的生命形态，"小相""小国""千乘之国"不足以载其道，是故，子曰："饭蔬食，饮水，曲肱而枕之，乐亦在其中矣。不义而富且贵，于我如浮云。"[2] 庄子的理想生命形态则长于水而安于水，《庄子》是庄子对人生自由境界追求的极致表现，书中涉及水的词语甚多，有"观水"

① （宋）朱熹：《四书章句集注》，徐德明校点，上海古籍出版社 2001 年版，第153 页。

② 同上书，第112 页。

"涉水""水生""秋水""江湖""大海""渊泉"等，触目全是。在由水所构成的理想世界中，"游"是庄子所展现的自由无拘的生命形态。所谓"逍遥游"，所谓"乘物以游心"，所谓"游夫遥荡恣唯之涂"，"游"既形象地描摹出身体在水中的无拘无束，又寓意心灵空间的无限广大，两者都指向对自由人生境界的体验。对于庄子来说，只有像鱼在水中一样无所牵绊的生命状态才是理想的生命形态，故曰，"泉涸，鱼相与处于陆，相呴以湿，相濡以沫，不如相忘于江湖"①。

以水喻人性，是儒家和道家文化建立之初的又一相通之处，他们从水的柔顺特质中生发出对理想人性的哲学思考。君子是儒家文化的理想人格形式，孔子以"智者乐水，仁者乐山"的思考，初次建立了水与儒家理想人格之间的象征和联系，"亚圣"孟子则将这一思考在哲学的阐释中走得更远。从水的柔顺性中，孟子看到了水有善、仁之德，并将其推为君子之德的根本。在《孟子·告子章句下》中，孟子站在"仁"的高度对大禹与白圭二人治水的得失做出判断，并由此认为"智者若禹之行水也，则无恶于智矣。禹之行水也，行其所无事也。如智者亦行其所无事，则智亦大矣"②。由大禹治水引出对君子德性培养的论述，认为真正智慧的人对"德"的追求，应该像大禹治水一样完全顺物之自然，"行其所无事"，君子之于德，就像水之于柔一样都是天性的自然显现。因为水具有善、仁之德，而善、仁之德是君子理想人格的根本，所以，孟子曰："原泉混混，不舍昼夜，盈科而后进，放乎四海。有本者如是，是之取尔。苟为无本，七八月之间雨集，沟浍皆盈；其涸也，可立而待也。故声闻过情，君子耻之"③。大江大河滚滚东流，日夜不停，之所以永不枯竭是因为"有本"，人也

① 《庄子·大宗师》。
② 《孟子·离娄下》。
③ （宋）朱熹：《四书章句集注》，徐德明校点，上海古籍出版社 2001 年版，第345 页。

要"有本"才能够成为君子。人如果没有本，仅靠侥幸得到的高官厚禄是不能长久的，就像夏秋之际的暴雨，顷刻间沟渠皆满，但转眼就会干涸。孟子认为对儒家理想人性——君子的追求，应该像水一样顺应人的天性，通过教育将善、仁之德自然而然地疏导出来，"流水之为物也，不盈科不行；君子之志于道也，不成章不达"①。《老子》第八章曰："上善若水。水善利万物而不争，处众人之所恶，故几于道。居善地，心善渊，与善仁，言善信，正善治，事善能，动善时。夫唯不争，故无尤。"② 老子通过对水特性的观察，在所总结的七种特性中突出水"柔顺"和"包容"的品性，并在哲学阐释中将水性与道家理想的人性结合起来：水无所不包，它滋润万物却甘于处在卑下，它无私地付出不求回报，它所体现出来的善性正是圣人最高品德之所在。老子以水性来比喻人性，认为人的最高品德就如同水的所有善性一样，要求人要像水一样善于甘居下位，摆正自己的位置；要像水一样善纳百川而心平气和；要像水一样助长万物而不求回报；要像水一样准确有信；要像水一样保持平正；要像水一样善于融合；要像水一样善于把握时机，随机而动。一个人如果能够做到如同水一样，就会成为圣人，达到人性的最高境界。

从儒家、道家文化先哲关于理想生命状态和理想人性的哲学阐释中，我们看到，以水为文化原型建立起来的儒家和道家文化虽然在人生社会实践中走着不同的道路，但精神底色中的"尚水"特质却是一致的，使它们在中华民族社会文化心理的建构上达成共谋，中国人在潜意识中对自然和柔顺两种品格表现出异乎寻常的亲近和热情。这种亲近和热情控制在恰当的程度内，则表现为对自然、融洽、柔美、和谐生命形态和人性境界的审美显现，如东方女子的娴静之美、君子温

---

① （宋）朱熹：《四书章句集注》，徐德明校点，上海古籍出版社2001年版，第421页。

② 《老子·道德经》。

润如玉的气质、田园茅舍的清新自然、世家宅院的典雅大方、乡村民情的质朴敦厚等；当这种亲近和热情失去控制，走向偏执，则会呈现为麻木、封闭、保守、懦弱的生命畸形和人性弱点，成为五四文化人笔下批判的劣根性和所要打破的被动人生状态。

20 世纪 20、30 年代兴起的现代乡土小说写作中，水文化意象是不可忽略的重要审美构成，特别是周作人一派的乡土小说写作群体，将水文化所代表的柔美、和谐的生命形态和人性境界发挥到至幻至美，成为治疗侨寓都市里绅士们怀乡病的最好仙丹。周作人曾借水的轻灵来表述他心目中理想的文章之美，"好像一道流水，大约总是向东去朝宗于海，他流过的地方，凡有什么汉港湾曲，总得灌注潆洄一番，有什么岩石水草，总要披拂抚弄一下子再往前去"①。这种行文的风格和美学追求展示了周氏一派乡土创作的群体印象。过于注重对水文化诗意性的追求，使他们对乡土中国的写作和文化审视飘浮在文学的理想世界中，落不到现实的尘埃中来，缺乏深刻的文化自省意识和现实批判的力度。现代乡土小说的开创者——鲁迅对中国水文化的理性审视，在一定程度上弥补了周作人一派写意乡土小说创作的不足。

鲁迅不是一个盲目的水文化崇拜者或批判者，他既看到了水文化所构的世界中生命形态和人性境界的东方文化之美，也看到了水文化所带给中国文化的"尚柔"特质，造成中国人生命能量的萎缩和人性"无特操"的懦弱。在乡土小说的创作中，鲁迅站在水文化原型意象之上，回望它曾经带给这个民族和自己美丽的生命体验，哀叹理想的梦幻被现实的阳光打碎，但作为现代知识分子，鲁迅知道自己不能在美丽的哀伤中沉沦，他注定要漂泊在故乡和中国古老田园迷梦之外，寻找生命中理想的精神家园。

---

① 止庵编：《周作人集》，花城出版社 2004 年版，第 323 页。

二

鲁迅与水有着亲密而割不断的地缘关系。他的故乡绍兴是一座水城，水道贯通整个小城，供洗濯、饮用、灌溉、出行之便，水无处不在地融入人们的日常生活和生产劳动中，也融入绍兴的历史文化中。水赋予了绍兴城旖旎的风光，历代名人文士游经于此，俱题诗文加以赞叹。晋代大书法家王羲之曾留下"山阴道上行，如在镜中游"的名句；明代袁宏道也赞道："钱塘艳若花，山阴县芊如草。六朝以上人，不闻西湖好。平生王献之，酷爱山阴道。彼此俱清奇，输他得名早。"① 作为绍兴人，鲁迅自然以此为傲，他所编录的《会稽郡故书杂集》里对绍兴的山水有这样的记载："会稽境特多名山水。峰崿隆峻，吐纳云雾，松栝枫柏，擢干竦条，潭壑镜澈，清流泻注。王子敬见之曰：山水之美，使人应接不暇。"简短几个字，便将绍兴的山水气象烘托出来。自小生长在水城中的鲁迅，水伴随着他童年的欢乐时光，成为他记忆中永不可抹去的美丽画面。虽然流过鲁迅作品的水，多凝结着他沉郁、深邃的文化思考，但在涉及私人情感后花园的文字中，鲁迅亦压抑不住自身对水文化所构造的自然、柔美、和谐生命形态和人性境界的亲近和热情。

安桥村是鲁迅的外婆家，也是一个被水环绕的小村庄，每年的农历八月初一，安桥村都会举行热闹的迎神赛会，演戏一天。这期间，外婆和小舅父就会派船接鲁迅和他的母亲去安桥村参加迎神赛会，观看社戏。也许，在安桥村看社戏，是鲁迅生命中最快乐的一段时光。1922 年，鲁迅所隶属的《新青年》团体彻底分化解散，正值此时，他写下了《社戏》，坠入了对儿时快乐时光的追忆中。"时间的长河总是悄无声息地淹没一切，但记忆却常常将那早已深入河底的碎片浮出

---

① 朱忞：《鲁迅在绍兴》，浙江人民出版社 1981 年版，第 1 页。

睡眠。"① 鲁迅是一个战士，更是一个有血有肉的人，当容身于志同道合的人群中，他会感到温暖而充满力量；当游离了一定的精神团体，他会感到寂寞、孤独，要从生命的记忆中取一点亮光温暖自己。《社戏》收在《呐喊》集中，却不见如其他 13 篇小说的战斗气息和文化思辨性，委实带有《朝花夕拾》的稚气和童趣，整篇文章所弥漫出的关于人与自然之间、人与人之间和谐、活泼的美好氛围和《呐喊》的文风格格不入。由此可见，《社戏》是鲁迅写给自己的，通过对童年欢乐时光的回忆，安抚现实生活中"呐喊"的失意。

《社戏》里的人和景都和水密切相关。人是生于水边、长于水边的水乡孩子，和小鲁迅同去看戏的十几个少年中，"委实没有一个不会凫水的，而且两三个还是弄潮的好手"②。他们拥有好客、热情、真诚的自然人性，置身这群水乡孩子中间，鲁迅就像融入柔和的水中，舒适而安全。所以当双喜提议由他们十几个孩子陪同"我"在夜间去赵庄看戏，"我"毫无意见，外祖母和母亲有点不放心，但最后还是"相信了""微笑了"。人与人之间的信任、依赖、热情等情感自然而然地流动于他们彼此之间的言谈举止中，仿若毫无杂质的水在彼此的心间流动。处于这样的人际关系中，一向颇有主张的小鲁迅彻底放松了，他完全听从小伙伴的安排，几乎不发表任何意见。双喜提议去看戏便上船去看戏，提议回家便开船回家，提议偷豆子便偷豆子吃，提议钓虾便去钓虾。整篇文章叙述下来，没有任何的波澜起伏或突兀，叙述者也没有打算躲在文字底下，在某个阅读瞬间跳出来揭示些深奥的道理。叙述者的声音和人物的意志、故事情节完全合拍，仿佛水消失在水中，默契而不各色。

《社戏》中夜色下的水乡景色，在最大程度上极尽体现了传统中

---

① 格非：《塞壬的歌声》，上海文艺出版社 2001 年版，第 13 页。
② 《鲁迅全集》第一卷，人民文学出版社 2005 年版，第 591—592 页。

国乡土文化对融洽、柔美、和谐的生命形态和人性境界的审美追求，在此，我们可以真实地触摸鲁迅那些未被现实阳光照碎的理想幻境。"两岸的豆麦和河底的水草所发散出来的清香，夹杂在水气中扑面的吹来；月色便朦胧在这水气里。淡黑的起伏的连山，仿佛是踊跃的铁的兽脊似的，都远远的向船尾跑去了……渐望见依稀的赵庄，而且似乎听到歌吹了，还有几点火，料想便是戏台，但或者也许是渔火。""这一次船头的激水声更其响亮了，那航船，就像一条大白鱼背着一群孩子在浪花里蹿，连夜渔的几个老渔父，也停了艇子看着喝采起来。"鲁迅调动了所有的神经来感受这夜色里的水乡，它有水草和豆麦混杂的香味，有横笛婉转、悠扬的歌声，在朦胧的月色中缀着点点的渔火。这里的水乡，仿佛色香味俱全的视觉大餐，将"秀色可餐"的丰满意味拥挤在狭小的文字空间中，使人应接不暇。面对这样的乡间水墨山水画，"我"仅有的意识也要被吸进去了，"我的很重的心忽而轻松了，身体也似乎舒展到说不出的大"。"那声音大概是横笛，宛转，悠扬，使我的心也沉静，然而又自失起来，觉得要和他弥散在含着豆麦蕴藻之香的夜气里"。①

　　鲁迅对童年是眷恋的，他时时回顾是因为水边的人和水边的故事以他们的清亮、爽朗挥去现实的阴霾，所以当生命中出现美的人物和美的事，鲁迅就会以水为媒将心情和记忆描绘下来。

　　1925 年，鲁迅写下了《好的故事》，这是《野草》集中最美丽最玄奥难懂的散文诗。《好的故事》以梦境的形式，写了诗人坐在小船中看到的一幅水天相接的江南山水画，通篇由水贯连而成，水乡里种种美好的事物都纷至沓来，倒映在清澈纯净的水中，构成"美丽，幽雅，有趣"的意境。《野草》是鲁迅的精神后花园，其间的每一篇章都记录着 1924—1926 年的心情故事，"因为那时难于直说，所以有时

―――――――――

① 《鲁迅全集》第一卷，人民文学出版社 2005 年版，第 592—595 页。

措辞就很含糊了"①。要探讨《好的故事》文字下面所潜伏的真正意味，我们必须了解鲁迅文中对水文化内涵的隐喻。

在绍兴的文化历史中，水总是和越女形象紧密相连，杜甫的《壮游》："越女天下白，鉴湖五月凉。"王维的《洛阳女儿行》："谁怜越女颜如玉，贫贱江头自浣纱。"水不但滋润了越女明艳、柔丽的体貌，也塑造了她们柔婉多情的性格。水和越女形象的密切关联，造就了水的"柔美"气质和女性形象的对称隐喻，并成为一种集体无意识随着历史遗传下来。在《好的故事》中，鲁迅一方面展现着江南水乡特有的清透明艳，一方面反复地强调，其间有许多"美的人"和"美的事"，正是"美的人"和"美的事"使"我"流连忘返。然而，读者翻开文章从第一个字查到最后一个字，笔者却对"美的人"和"美的事"只字未提，整篇文章都是对江南水乡优美风光的描写，不见任何故事情节的叙述，最后还要冠以"好的故事"的题名。又央认为，"好""美的人"和"美的事"是解读《好的故事》深层寓意的关键词。

鲁迅是深通训诂学的，善于将本真的寓意寄托在文字的拆解中，又央认为这次鲁迅是故技重演。"关于'好'，许慎《说文》云：'好，美也，从女、子。'徐错《说文系统》云：'好……子者，男子之美称也，会意。'男女相悦，是为美事，《诗经·卫风·木瓜》的'投我以桃李，报之以琼瑶，匪报也，用以为好也'中的'好'即用此意。另，朱熹《楚辞辨证·离骚经》云'美人，直谓美好之人，以男悦女之号也。'"② 这样《好的故事》就可以解释为一名男子对一个女子的爱慕故事。上文已提到《野草》散文集中的每一篇都是鲁迅对自己心情故事的记录，而1925年恰好是鲁迅与许广平爱情的初发期，由此我们可以推测，《好的故事》是鲁迅为自己的爱情写下的"难以

---

① 《鲁迅全集》第四卷，人民文学出版社2005年版，第365页。
② 又央：《〈野草〉：一个特殊序列》，《鲁迅研究月刊》1993年第5期，第21页。

直说"的"小感想","好的人""美的人"都是指许广平,"好的故事""美的事"是指与许广平的恋爱。

1925 年 1 月 28 日夜,鲁迅写下了《好的故事》;同年,3 月 11 日,鲁迅收到许广平的第一封近 2000 字的信,当天,鲁迅亦回复将近 2000 字的信,并以"广平兄"称之(称异性、学生为兄,《鲁迅全集》中仅此一例),为他们之间朦朦胧胧的爱情戳开了最后一层窗户纸。从鲁迅复信的急切中,我们不难猜出在其为许广平上课的两年间,爱情早已在彼此的心田中发芽,所以当许广平发出试探性的氢气球时,才会得到鲁迅如此强烈的回应。《好的故事》作于鲁迅收到许广平第一封信的前一个月,是他对自己在爱情已发但未明之前的矛盾心情的隐讳记录:鲁迅深深地恋着许广平,但现实却让他在这份爱恋前徘徊不定。"我先前偶一想到爱,总立刻自己惭愧,怕不配,因而也不敢爱某一个人"。①

《好的故事》可以分为三段,首尾两段是对现实情景的描写,格调灰暗,中段对水天相映水景的描写,是散文的主体部分,由 5 节文字组成,格调清丽,"宛如一首妙曼的华尔兹舞曲,是《野草》中最华美、最幽雅、最绚丽、最灵动、最富于光和色,也最富于音乐感和诗意的散文诗篇"②。

首段为"好的故事"的序幕,是对鲁迅现实情感婚姻困境的隐喻。写下《好的故事》的这一夜正是 1925 年 1 月 28 日,正值阴历正月初五,按照中国的传统,此时还没有出年关,年味正浓,应该是和家人团聚的时刻,而鲁迅却守着一盏枯灯,孤寂地坐在昏沉的夜里,听着窗外"鞭炮的繁响",此情此景显现出他情感婚姻生活的黯淡。在现实无边的寂寥中,鲁迅想起了自己爱恋的女子,"在蒙胧中,看

———————————
① 《鲁迅全集》第十一卷,人民文学出版社 2005 年版,第 280 页。
② 胡尹强:《野草:为爱情作证——破解〈野草〉世纪之谜》,生活·读书·新知三联书店 2004 年版,第 140 页。

见一个好的故事"。

整个"好的故事"都是由水意象串联而成的。中段文字表面上是鲁迅对水乡优美风景的回忆，实质是借水喻人，用隐喻的语言书写自己爱慕女子的美好形象，和她所带给自己美好的情感体验。这个女子的形象如此清丽自然，以致使鲁迅将水乡中所有美好的东西都统统纳入对她的描写中。她的一颦一笑，轻灵跃动，"错综起来像一天云锦，而且万颗奔星似的飞动着，同时又展开去，以至于无穷"；她的气质，清丽脱俗，仿佛山阴道，"两岸边的乌桕，新禾，野花，鸡，狗，丛树和枯树，茅屋，塔，伽蓝，农夫和村妇，村女，晒着的衣裳，和尚，蓑笠，天，云，竹……""都倒影在澄碧的小河中"；她娇艳的容颜，如"大红花和斑红花，都在水里面浮动，忽而碎散，拉长了，如缕缕的胭脂水，然而没有晕"，羞怯的时候，"大红花一朵朵全被拉长了，这时是泼剌奔进的红锦带"。水的柔美、清脱和女性的容姿、心灵完美地融合在一起，描景的同时也在绘人。"我"作为船中人，是"好的故事"的观赏者和叙述者，"故事"叙述的过程也是叙述者当下情感体验的表露，"故事"叙述得越完美，景色描绘得越迷人，越显现出"好的故事"所带给"我"的美好情感体验，显现出许广平的出现带给了鲁迅情感世界怎样无法压制的欢悦！所以，一向以简洁凝练的笔法著称的鲁迅，在写这篇短短的小随感的过程中，总是控制不住自己，喃喃自语，多次不断重复，他是多么爱恋着这个"好的故事"。"我在蒙眬中，看见一个好的故事。""这故事很美丽，幽雅，有趣。许多美的人和美的事。""我所见的故事清楚起来了，美丽，幽雅，有趣，而且分明。青天上面，有无数美的人和美的事。""我真爱这一篇好的故事。""但我总记得见过这一篇好的故事，在昏沉的夜……"

爱恋的对象是如此美好的一位女性，任何男子都会奋起直追，抱得美人归，然而，鲁迅却不敢、不能。现实很快打碎了他的"爱情美梦"，"我正要凝视他们时，骤然一惊，睁开眼，云锦也已经皱蹙，凌乱，仿佛有谁掷一块大石下河水中，水波陡然起立，将整篇的影子撕成片片了"。在鲁迅看来，他对许广平的爱恋隔着重重不可逾越的障碍：他名义上已有一名旧式婚姻的结发妻子，不能给许广平一个名分；年龄上，和许广平相差17岁，而且自己身体又很不健康；社会身份上，他是老师，许广平是学生。于是，当我要"追回他，完成他，留下他"的瞬间，现实又使我清醒了，"何尝有一丝碎影"，我终要逃避这份爱恋，将这份感情深埋于心底，在暗夜中悄悄翻出，温暖孤独的心灵。"但我总记得见过这一篇好的故事，在昏沉的夜……"①

此后不久，许广平的勇敢使鲁迅的这份爱恋在现实中有了一个归宿，"好的故事"终于有了一个好的结局，我想这是鲁迅当时写《好的故事》始料未及的吧。

三

鲁迅是现代知识分子中对中国传统文化和社会心理，理性剖析最为中肯、深刻的一位文化审视者，他更多地看到水文化的"柔弱"性，带来中国国民性的柔弱。对于中国文化的本质特征，他曾这样总结："老，是尚柔的；'儒者，柔也，'孔也尚柔，但孔以柔进取，而老却以柔退走。这关键，即在孔子为'知其不可为而为之'的事无大小，均不放松的实行者，老则是'无为而无不为'的一事不做，徒作大言的空谈家。"②

作为中国传统文化的两大主体，儒家"以柔进取"和道家"以柔退走"，两者在现实中所走的道路不同，文化本质却都是"尚柔"的，所以在中国历史的发展中，儒家和道家这两种文化在较量着，却不会彼此消解，反而形成"儒道互补"的文化格局。共同的"尚柔"文

---

① 《鲁迅全集》第二卷，人民文学出版社2005年版，第190—191页。
② 《鲁迅全集》第六卷，人民文学出版社2005年版，第539—540页。

化取向，使两者在中国国民性格和社会文化心理的塑造中达成共谋。在儒道两种文化的共同驱动下，生活于传统农业社会的中国人形成了顺乎自然、行乎自然的人生观，他们把自然界与人世界的种种安排都视为天经地义，很少想去改变世界。这种以顺为主的人生观，是儒道"尚柔"文化取向在现实生活中的具体表现，它在潜移默化中塑造出了中国国民性的两大突出特点：一是生活态度上的封闭固执，懒于改变生活，不易接受新事物；二是精神品格上的"无特操"，没有自律意识的是非善恶观。

水乡是鲁迅乡土小说的"御用"外在环境设置，《阿Q正传》《长明灯》《离婚》《故乡》《风波》等故事都发生在被水环绕的小村庄里。这些被水环绕的小村庄在文本中设定了一个封闭自守的生活环境，为故事的发生提供了合理的叙述空间。生活在水乡的人们很少走出村庄，他们谨慎地奉行祖祖辈辈传下来的生活经验，"这屯上的居民是不大出行的，动一动就须查黄历，看那上面是否写着'不宜出行'；倘没有写，出去也须先走喜神方，迎吉利。不拘禁忌地坐在茶馆里的不过几个以豁达自居的青年人，但在蛰居人的意中却以为个个都是败家子"①。即使偶尔进城，他们也盲目尊崇小村落里的生活准则，因此，阿Q"很鄙薄城里人，譬如用三尺长三寸宽的木板做成的凳子，未庄叫'长凳'，他也叫'长凳'，城里人却叫'条凳'，他想：这是错的，可笑！油煎大头鱼，未庄都加上半寸长的葱叶，城里却加上切细的葱丝，他想：这也是错的，可笑！"② 阿Q的想法如他的人般滑稽可笑，但他的思想观念却是活生生存于民间的，鲁迅并没有夸张，只是形象地再现了中国乡土社会荒谬却真实的文化心态。

水乡的环境是封闭的，不管村庄之外发生怎样翻天覆地的变化，

---

① 《鲁迅全集》第二卷，人民文学出版社2005年版，第58页。
② 《鲁迅全集》第一卷，人民文学出版社2005年版，第516页。

都不会使小村中一成不变的生活发生任何波澜。辛亥革命在未庄的人看来，只是小人物阿Q上演的一部闹剧，"未庄的人心日见其安静了。据传来的消息，知道革命党虽然进了城，倒还没有什么大异样。知县大老爷还是原官，不过改称了什么，而且举人老爷也做了什么——这些名目，未庄人都说不明白——官，带兵的也还是先前的老把总"①；对土场里的人们来说，只是一场关于辫子去留问题的争论，看过闹剧、争论过了，人们就又恢复了各自的生活轨迹，"现在的七斤，是七斤嫂和村人又都早给他相当的尊敬，相当的待遇了。到夏天，他们仍旧在自家门口的土场上吃饭；大家见了，都笑嘻嘻的招呼。九斤老太早已做过八十大寿，仍然不平而且健康"②。鲁迅的叙述和水乡中的生活一样平静，但"也""还""仍旧""仍然"的出现还是泄漏了笔者愤懑绝望的心情。

乡土中国的这种封闭自守的生存状态和文化心理使中国人的心也成了一座被水隔绝的"孤岛"，缺乏"感染性"。人们的思想中充满惰性的因子，再好的思想信念碰到这群麻木自闭的人，也碰撞不出一丝理想的火焰，甚至在传统习惯势力的引导下，常常无意识地联合起来扼杀、扑灭可能引起生活变动的新思想、新事物。狂人、夏瑜、魏连殳、要熄灭长明灯的改革者无一不遭受周围民众的精神虐杀，把他们当作有精神病的疯子。同为改革者，鲁迅深味其间的苦涩和无助，于是他感叹道："新主义宣传者是放火人么，也须别人有精神的燃料，才会着火；是弹琴人么，别人的心上也须有弦索，才会出声；是发声器么，别人也必须是发声器，才会共鸣。中国人都有些不很像，所以不会相干。"③

面对中国社会故步自封、难于改革的现实，闻一多曾恨恨道：

---

① 《鲁迅全集》第一卷，人民文学出版社2005年版，第542页。
② 同上书，第499页。
③ 同上书，第371页。

"这是一沟绝望的死水，清风吹不起半点漪沦。""一沟绝望的死水"同样也是鲁迅乡土小说要传达的深层文化意象。"死水"意象妥帖地展现中国人固执保守的生存状态的同时，反衬出面对无声的中国，改革者呐喊的寂寥。多年之后，"我"回到阔别已久的故乡，却没有归乡者的喜悦和激动，心反而禁不住悲凉起来了。在现代文化改革者"我"的眼中，故乡就是"一沟绝望的死水"，"从蓬隙向外一望，苍黄的天底下，远近横着几个萧索的荒村，没有一些活气"。① 故乡不能带给漂泊在外的"我"任何的精神依托和心灵抚慰，反而使归乡者感受到更多的苦闷和寂寥，回乡之旅成为漂泊者真正的精神离乡。当"我"坐上离乡的班船，没有一点留恋的乡愁，听着"船底潺潺的水声，知道我在走我的路"，并决心让孩子们"有新的生活，为我们所未经生活过的"②，在价值取向上，彻底否定了故乡的生命存在状态。

四

操守是指一个人持有的品德和气节，在现实生活中就是拥有坚定的信仰，是一个人为人处世的根本。一个人具有了特定的操守，自身就会产生巨大的精神力量，有一往无前的勇气。《明史·刘宗周传》曰："未有操守不谨，而遇事敢前，军士畏威者。"说的正是具有特定操守的人，在现实实践中有一往无前的勇气，以及这种勇气所带给他人的心灵震慑力。在鲁迅看来，中国文化的"尚柔"特性，带给中国的社会人群最大的精神硬伤就是"无特操"。正是中国人"无特操"的精神愚弱沉痛地刺伤了正在日本学医的鲁迅，使他决定弃医从文，以文艺拯救中国人的灵魂为要，因为"凡是愚弱的国民，即使体格如何健全，如何茁壮，也只能做毫无意义的示众的材料和看客"③。

---

① 《鲁迅全集》第一卷，人民文学出版社 2005 年版，第 501 页。
② 同上书，第 510 页。
③ 同上书，第 439 页。

"无特操"在中国人的精神信仰上表现得尤为突出。乡土中国是一个多神共存的信仰世界，孔教、道教和佛教里的人到仙、鬼到怪、人格神到自然神都统统包笼在多神主义的信仰中。在民间的传统理念中，没事多烧香、多拜佛、多供神总是没错的，因为他们总是抱着这庙不灵那庙灵的投机心理，一支香换来某个神灵的护佑。要说他们真是在精神领域中接受了某个神灵的洗礼，对其彻头彻尾地信服，却是不可能的，乡土中国的这种多神主义信仰本质上是世俗的功利主义信仰，真正起主导作用的是个人的现实利益。

中国乡村的庙中所供奉的神灵大多是与人民生活密切相关的，小农经济靠天吃饭，管雨水的龙王和城隍爷是每村必拜的。此外还有管土地的，管灾病的，管丰收的，管生育的，凡是生活中所衍生的需求都有对应的神灵来监管，供祈祷。当贿赂和祈祷得不到相应的实利，恭敬的态度就会转变为威胁或惩治性的行为。在民间有"砍橘神"的习俗，以惩罚性的方式迫使橘神多结果实。王西彦的《悲凉的乡土》、吴组缃的《一千八百担——七月十五日宋氏大宗祠速写》都写到村民由于求雨不得转而"晒龙王"的习俗，"如果仍然不下雨，那可不客气了：选几个粗壮汉子，跑到斗南山西风庙里由神座上把癞痢头孩子绑押到这里来，叫猛毒的太阳把他一头癞痢晒得出汗冒油"①。

鲁迅对中国人的这种三心二意、半信半疑的文化心态看得十分透彻，说到中国人的迷信，他指出："中国人自然有迷信，也有'信'，但好像很少'坚信'。我们先前最尊皇帝，但一面想玩弄他，也尊后妃，但一面又有些想吊她的膀子；畏神明，而又烧纸钱作贿赂，佩服豪杰，却不肯为他作牺牲。崇孔的名儒，一面拜佛，信甲的战士，明天信丁。"②

---

① 吴组缃:《一千八百担》，华夏出版社2009年版，第79页。
② 《鲁迅全集》第六卷，人民文学出版社2005年版，第135页。

流传于绍兴民间"红嘴绿鹦哥"的小笑话，常被研究者引为鲁迅热爱民间文学的例证，乡夫村妇狡黠的小聪明被称为民间智慧的结晶。"红嘴绿鹦哥"是菠菜流行于江南地区的民间称谓，源于乾隆下江南的一段趣闻。乾隆独自下江南，一天，不觉走到一个非常偏僻的小村落，他又累、又饥、又渴，于是走进一家田舍讨口饭吃。农妇将家中的菠菜和豆腐一起炖给乾隆皇帝吃，皇帝食后颇觉鲜美、极是称赞，问其菜名。农妇见来人衣着华贵、谈吐风雅，便急中生智为菠菜炖豆腐取了很是雅趣的名字：金镶白玉板，红嘴绿鹦哥。故事本身是通过乾隆皇帝下江南的一段趣闻彰显下层民众的善良和小聪明，但是在后来的民间传播中却变了味道。后来，在农村就有老妇人谈如何把皇帝练成"傻子"，终年叫他吃菠菜，并起一个好听名字的说法，就说他终年耐心专吃的叫"红嘴绿鹦哥"，充满了对皇权的戏谑和不敬。鲁迅在不同的场合重复着这个小笑话，我想不仅只为博众一笑了事，就像他写作中的戏谑不只是为了突出人物、事情的滑稽一样。鲁迅对民众的感情是既爱又恨的，因为他们的简单纯朴，曾带给他快乐的童年生活，同样，也因为他们简单纯朴中的狡黠，使他深味呐喊于荒原的寂寞。"红嘴绿鹦哥"笑话所显现的乡村民妇的小聪明，微妙地反射出中国人精神品格的"无特操"。"对于神，宗教，传统的权威，是'信'和'从'呢，还是'怕'和'利用'？只要看他们的善于变化，毫无特操，是什么也不信从的。"① 皇权在现实生活中对中国老百姓具有绝对的权威，民间对皇权在希望中又含有忧惧，在崇拜之中又含有谑弄。对于皇权，中国老百姓自然有"信"，但很少"坚信"，缺乏真诚而坚定的信仰。民众的"不信"，促成他们在生活中采用一种游戏策略，对付皇帝也采用"愚君政策"。这一点在阿Q的革命和七斤们对皇帝坐不坐龙庭的态度可窥一斑。

――――――――――

① 《鲁迅全集》第三卷，人民文学出版社2005年版，第346页。

信而不坚信的"无特操"性使中国人看待任何事物都没有发自灵魂深处的虔敬与诚实，带有很大的投机性、功利性和盲目性。当辛亥革命的洪流晃动到封闭的水乡时，未庄、土场中的阿Q、七斤们支持革命的行动，并不是因为他们了解革命或有什么革命信仰，而是民间存在的"皇帝轮流做，明年到我家"的投机观念，以及"舍得一身剐，敢把皇帝拉下马"的造反意识的蛊惑。阿Q一开始是反对革命的，"以为革命党便是造反，造反便是与他为难，所以一向是'深恶而痛绝之'的"。但看到造反使他"敬畏"的举人老爷也惶惶然，便"神往"革命了，并梦想革命能够给他带来女人、财宝、地位的实利，于是更坚定了革命的信念。七斤和他的女人平时也是对皇权愚忠的顺民，可是当皇帝坐不坐龙庭关系到自己的身家性命时，他们还是企望皇帝不要坐龙庭。

　　七斤从城内回家，看见他的女人非常高兴，问他说，"你在城里可听到些什么？"

　　"没有听到些什么。"

　　"皇帝坐了龙庭没有？"

　　"他们没有说。"

　　"咸亨酒店里也没有人说么？"

　　"也没人说。"

　　"我想皇帝一定是不坐龙庭了。我今天走过赵七爷的店前，看见他又坐着念书了，辫子又盘在顶上了，也没有穿长衫。"

　　"……"

　　"你想，不坐龙庭了罢？"

　　"我想，不坐了罢。"①

① 《鲁迅全集》第一卷，人民文学出版社2005年版，第498—499页。

这些生活在水乡的人们，其生活状态、行事风格、性格品质都无处不带着水文化的某种特性，鲁迅将对中国的文化反思设置在自己所熟悉的水乡，一方面固然源于他对故乡生活环境和行事规范的熟悉、了解，另一方面，更在于水乡的环境和人事能够形象地达成对中国传统文化"尚柔"特质的熨帖隐喻，将对"水"这一物质的直观描写和对文化的抽象反思并置在同一文本中，使具象的水和抽象的文化在笔者的叙述中发生对接，完成以水意象对中国文化的立体显现。

水哺育了鲁迅的童年，也哺育了他深沉的文化思想。在乡土小说的写作中，鲁迅喜欢用水来浮清自己的情绪和思考，将水的阴柔莫测的气质，贯穿于小说的写作中。通过水文化意象，将自己郁郁难于诉诸笔端的思想交付于水，形成其作品深层的思想流动，作品叙述的表层平静如水地在我们眼前流过，如果没有回望的耐心，我们永远都不会看到水流之后带不走的那些沉沉的忧郁和思考。表层是一种悠悠的乡愁，深层是一曲为故乡荡起的哀婉而忧伤的挽歌。

第四章 民俗文化视域下的女性

女性是透视中国社会和民俗社会的恰当透视点，更是研究鲁迅文化思想很好的注脚。女性在中国社会一直被当成文化符号来塑造，和"她"有关的一切都是中国传统文化烙在其身上的文化标识，女性生活在社会的最底层，也成为了解中国深层文化理念的基层文化符号。所以对女性命运的关注和描写是进入中国繁复民俗文化的有效入口，探讨鲁迅的女性形象世界和女性观世界是我们深层了解鲁迅的必经之路。

第一节 乡村寡妇——建构于女性语态之上的文化之镜

提到同代人在新文化运动中的实绩，胡适承认，他本人及陈独秀、钱玄同等极力鼓吹新文化的几个人，都是"提倡有心，创造无力"，真正为新文化启蒙奠定不拔之基的，乃是鲁迅先生。对女性文学的倡导和创作，构成了鲁迅五四文学实绩的重要一翼。鲁迅一生创作了32篇小说，近2/3都涉及了女性问题，其中7篇以女性为主要人物：《明天》《祝福》《风波》《伤逝》《补天》《离婚》《阿金》。

五四新文化运动是中国文化对自身实施的一次清查运动，以期给陷于内外交困状态的社会开辟一条通向现代文明的更生之路，而妇女解放则是这次传统文化清查的焦点。在几千年男权话语的规约下，和女性集体对这种文化规约自律甚至是自虐方式的自觉维护中，女性所形成的文化属性和社会功能强烈地和中国现代化文明的进程发生抵牾。于是，通过文学话语否定旧式文化挟制下的女性，创造符合现代社会需求的"新女性"，以指示现代文明中的女性新生，便构成了五四女性启蒙写作的重要动机。具有叛逆、独立、知性等现代品格的女性形象成为五四女性文学书写和想象的目标，在这场重构女性生存史的合唱中，鲁迅的女性写作却伸向与"新女性"遥遥相望的乡土彼岸，以其理性、冷峻之笔揭开"女性黄金时代"话语遮蔽下，匍匐于乡土世界里农村底层妇女的生存现状。在鲁迅所书写的女性中，如子君那样的"新女性"是存在的异数，众多的农村底层妇女构成鲁迅关注女性命运、思考女性解放的形象主体。多数研究者将现代女性的这种缺席视为鲁迅女性书写的一个硬伤，认为鲁迅受婚姻状况和年龄等因素的限制，苦于对"新女性"知之甚少，所以创作中对"新女性"的书写几近空白。此种解释过于牵强，众所周知，在北京女子师范学校等大学代课期间，鲁迅是颇受学生欢迎的，总能够吸引一群进步青年围绕周边，其间不乏具有现代品格的新女性，正缘于此，他才得以与许广平从相识到相知，成就一段佳话。

鲁迅将乡土女性作为女性文学书写的主体，在我以为缘于两点。

第一，追求国民性批判实效性的文化策略。鲁迅一生都致力于对中国国民性的分析、批判和改造，他对任何社会现象的叙写，从来都不是一个孤本，所有的思考和透析都要万流归一，成为他探索中国文化和社会现代化进程的一个注脚。鲁迅曾声明他的作品都是"听将令"的遵命文学，"说到'为什么'做小说罢，我仍抱着十多年前的'启蒙主义'，以为必须是'为人生'，而且要改良这人生。……我的取材，多采自病态社会的不幸的人们中，意思是在揭出病苦，引起疗救的注意"①。鲁迅对封建宗法制下中国的社会结构有着透彻的观察和了解。"但是'台'没有臣，不是太苦了么？无须担心的，有比他更卑的妻，更弱的子在。而且其子也很有希望，他日长大，升而为'台'，便又有更卑更弱的妻子，供他驱使了。"② 在他看来，农村妇女处于中国等级社会的最底层，是中国土地上生活着的人们中最受压迫与奴役的群体，她们沉默而灾难重重的生存承纳着几近全备的中国文化之劣和人性之恶，这是鲁迅开展文化批判和国民性反思的有效文化之镜。

第二，难以割舍的乡土情结。鲁迅是中国现代乡土小说的创始人，他这样定义乡土文学，"凡在北京用笔写出他的胸臆来的人们，无论他自称为用主观或客观，其实往往是乡土文学，从北京这方面说，则是侨寓文学的作者。但这又非如勃兰兑斯所说的'侨民文学'，侨寓的只是作者自己，却不是这作者所写的文章，因此也只见隐现着乡愁，很难有异域情调来开拓读者的心胸，或者眩耀他的眼界"③。鲁迅对乡土小说定义的关键词在于"用笔写出他的胸臆"，后文中又将这种"胸臆"明确为"隐现的乡愁"。由此可见，鲁迅认为知识分子是乡土小说的主体所在，乡土文学是其文化乡愁的诗意表达。20 世纪二三十年代出现的知识分子乡土文学中的乡村和农民通常只是一种寓体，是"被看"。目的在于表现知识分子对封建文化的彻底反叛，对传统知识分子自身的审视和对先觉的知识分子文化尴尬的深情反观。如蹇先艾的《水葬》，通过对贵州一小乡村对一个有偷窃行为的年轻人处以极刑——水葬的故事的叙述，揭示了村民"天经地义"的伦理观念背后中国乡村传统文化中泯灭人性的冷酷和残忍。鲁迅在《孔乙己》中批判的锋芒不仅指向毒害孔乙己的封建文化和科举制度，更指

---

① 《鲁迅全集》第四卷，人民文学出版社 2005 年版，第 526 页。
② 《鲁迅全集》第一卷，人民文学出版社 2005 年版，第 227—228 页。
③ 《鲁迅全集》第六卷，人民文学出版社 2005 年版，第 255 页。

向传统知识分子自身，生活上四体不勤，混沌度日；精神上迂腐不堪，麻木不仁。叶绍钧的《隔膜》则通过"我"回乡的经历，展现了现代知识分子与出身的乡村文化之间无处不在的疏离和隔膜。现代乡土小说写作群体大都是出身于中国乡土世界而侨寓于都市的知识分子，为了摆脱乡村社会故步自封的文化环境，他们走入城市，却被极度洋化的现代节奏冲击得头晕目眩。传统和现代构成这些乡土作家人生和社会价值取向的两极，却不能成为他们寻求的最终理想之境。这种无从抉择的文化焦虑，需要现代知识分子以启蒙话语虚构一个文学场域予以容纳，作为众多知识分子出身之地的乡土，是他们文化和生命的最初发源地，自然成为承担这种文化焦虑的不二之选。

一

高彦颐在《从五四妇女史观再出发》一文中指出：

从晚清到五四新文化时期（1915—1927），有着落后和依从身份的女性，一直是一个与民族存亡息息相关的紧迫问题。当帝国主义侵略加剧时，受害女性成了中华民族本身的象征——被男性外国强权"强奸"和征服。对作为整体的中华民族的政治解放，也对中国进入现代世界来说，女性启蒙成了一个先决条件。总之，受夫权压迫的女性，成了旧中国落后的一个缩影，成了当时遭受屈辱的根源。①

这段对五四时期女性启蒙话语产生的心理追溯颇有意味。基于对女性在中国社会和文化中被奴役地位的共识，现代知识分子在民族被欺辱的历史境遇中感同身受地转身为备受西方强势文化虐待下的"女

---

① ［美］高彦颐：《闺塾师——明末清初江南的才女文化》，李志生译，江苏人民出版社2005年版，第1—2页。

性"。他们从深受夫权压制的女性处境中，看到了国家落后挨打的身影，体验到作为弱国子民命运无从把握的悲哀。知识分子对女性受难主题的书写本质上是通过文学话语在作家与女性形象之间完成的一次身份的转喻，并在这种身份转喻中建构起自身与女性文化历史境遇的影像写真。"（女性）受压迫的封建形象，被赋予了如此强烈的民族主义情绪，以至最终变成了一种无可置疑的历史真理。"[①] 因此，五四知识分子对女性的话语言说是建构在女性语态之上的文化之镜，其间知识分子照见了整个中华民族和自我在世界文明中的屈从、尴尬处境。

五四文化人中，鲁迅是对这种"性别转移"话语较为驾轻就熟的一位，他在自己的文学世界中常常借助女性形象来倾吐一下自己的愤懑，借对女性生存形态的描述完成对自身生命困境的隐喻性传达。在兄弟决裂后，他借助被涓生抛弃的子君的形象，来隐晦地表达自己幽怨而悲凉的心境；在被自己所挚爱的青年背叛后，他写下了《颓败线的颤动》，借一个为孩子付出青春而终被驱出家门的老妇的形象，倾吐自己明白真相后无言的愤怒；在生命即将消失的一个月前，他创作了《女吊》，用这个充裕着复仇精神的女鬼，为自己一生的奋战作出了最为形象生动的诠释。

在与西方强势文化的对比中，鲁迅作为五四时期的文化猛士，与同代人一样感受到来自文化强国的压制和欺侮。某种程度上，鲁迅敏感的秉性可能使他对被压制、欺侮境遇的体验更为强烈。这种情绪反照于乡村女性形象身上，便是鲁迅对寡妇这一群体悲凉而惨淡的命运的书写。

"要了解一件艺术品，一个艺术家，一群艺术家，必须正确地设想他们所属的时代精神和风俗概况。这是艺术品最后的解释，也是决定一

---

① ［美］高彦颐：《闺塾师——明末清初江南的才女文化》，李志生译，江苏人民出版社 2005 年版，第 1—2 页。

切的基本原因。"① 鲁迅对寡妇命运的体验和关注，源于少年时代孤儿寡母的伤痛记忆和江浙地区"逼醮"风俗的耳闻目睹。鲁迅在绍兴生活了十几年，少年时代由于家庭危机，还曾在乡下待了几年，对"逼醮"之风还是认知较深的。20 世纪初，当他以文化启蒙者的身份关注妇女解放问题，家乡守寡的妇女处于"守节"与"再嫁"的两难处境，深深触痛鲁迅少年时代孤儿寡母身遭欺凌的记忆，时代的焦虑和记忆的痛楚，使鲁迅在乡土小说的写作中将寡妇作为自己的文化透视焦点。

自清初以来，江浙地区兴起了一种野蛮的习俗"逼醮"。"逼醮"又名争醮、抢醮、扛孀。醮者，妇女再嫁之谓也，所谓逼醮，即逼迫丧夫的妇女（寡妇）再嫁。在浙江省的地方县志中，经常看到关于"逼醮"问题的记载。民国《南浔志》卷 35 "义举"："浙省嘉、湖地方，更有孀妇自愿守节而就地豪恶及不肖亲族，图财逼嫁，纠众抢孀，力弱不支，每多失节，实为风俗人心之大害。"同治《湖州府志》卷 29 "舆地略·风俗"记长兴县事："长俗之至甚者，曰赌博，曰假命，曰抢寡……至若抢寡赘孀，尤为敝俗。"同治《嘉定县志》卷 8 "风俗"中有如下说明："女子贞信自守，土风固然，蓬户荜门，亦多节妇。咸丰末，妇女殉难者十八九，乡民无室者多，遂有棍徒乘机抄醮。"② 从以上史料记载可知，虽然各县志对"逼醮"这种风俗的命名不同，但它们本质上是共通的，都是采取暴力手段强迫寡妇再嫁，以获取经济利益的恶风陋俗。在"逼醮"之风猖狂的江浙地区，甚至出现了专事"逼醮"的社会团伙，名曰"白蚂蚁"。浙江嘉兴府桐乡县乌镇便专门有人干此勾当，"昔有抢孀、逼寡，专恃二婚为生者"③。

---

① ［法］丹纳：《艺术哲学》，傅雷译，天津社会科学院出版社 2004 年版，第 67 页。

② 王卫平：《清代江南地区社会问题研究：以逼醮、抢寡为例》，《史林》2003 年第 3 期，第 106 页；宋立中：《婚嫁论财与婚娶离轨——以清代江南为中心》，《社会科学战线》2003 年第 6 期，第 135 页。

③ 梁其姿：《施善与教化——明清的慈善组织》，台湾联经出版事业股份有限公司 1997 年版，第 163 页。

就该地区的城乡对比来说,"逼醮"之风于乡间更甚于城市,处于社会中下层的乡村寡妇经常在丧期内就被迫带着丧夫之痛再嫁他人。

"逼醮"风气在江浙地区的兴起,有两个原因。

其一,江浙由于明清之际的战乱和普遍的溺杀女婴习俗,导致江浙地区的男女人口比例严重失调,寡妇成为婚姻市场的抢手货。据统计,1776—1850年,江苏省男女比例从128.1∶100增至135.1∶100;浙江省的一些地区,比例竟高达194.7∶100。这使很多适龄男子在婚姻市场中,因难以找到与之匹配的女性而不能及时完婚。以25岁为晚婚的界限,在对18世纪后期中国各地晚婚男子的抽样调查中(表4-1),全国将近1/6的男性在25岁之前不能完婚,而浙江则超过1/3,居全国第一。浙江男性各阶段未婚比例都远远高出全国平均值,除了30岁的未婚者比例低于福建的26.53%,其他三项比例都居全国21个地区中榜首位置,江浙地区5省市都在全国平均水平之上,这些地区都是男性晚婚重灾区。

浙江男子晚婚比例和全国平均水平比较(表4-1):[①]

表4-1　　　浙江男子晚婚比例和全国平均水平比较　单位:人,%

地区	15 岁以上已婚、未婚合计(人)	25 岁以上未婚者合计及在总数所占比例		30 岁以上未婚者合计及在总数所占比例		35 岁以上未婚者合计及在总数所占比例		45 岁以上未婚者合计及在总数所占比例	
		数量	比例	数量	比例	数量	比例	数量	比例
全国	1926	296	15.37	199	10.33	63	3.27	24	1.25
浙江	81	23	28.40	19	23.46	11	13.58	6	7.41

---

① 王跃生:《十八世纪后期中国男性晚婚及不婚群体的考察》,《中国社会经济史研究》2001 年第 2 期,第 22 页。

其二，寡妇的再嫁将带给各色人等相当的经济利益。于夫族，他们可以瓜分寡妇所继承的财产，并收回部分初婚时所付出的昂贵财礼和婚礼花费（见表4－2①）；于媒人，他们可以从中收取高额的中介费，在讲究媒妁之言的旧中国，媒人是一个合法的职业，媒钱是一项合法的收入（见表4－3②）；于娶者，他们可以以较低的费用娶上一个为他无偿劳动、传宗接代的女仆役（见表4－4③）。

表4－2　　　　　　　　　　　寡妇再嫁财礼

地区	主婚人	财礼数	折合（千）
浙江天台县	婆婆	8.8千	8.8
浙江秀水县	自嫁	2千	2
浙江淳安县	夫兄	24.5千	24.5
浙江淳安县	夫叔	20两	16

表4－3　　　　　媒钱在寡妇再婚财礼钱中所占份额

地区	财礼数	其中媒钱	另算媒钱	所占比例（％）
山东淄川县	11.5千	2千		17.39
安徽合肥县	14千	媒钱2千		14.29

---

① 王跃生：《18世纪中国婚姻论财中的买卖性质及其对婚姻的作用》，《中国经济史研究》2001年第1期，第67页。

② 同上书，第74页。

③ 同上书，第65页。

地区	财礼数	其中媒钱	另算媒钱	所占比例（%）
安徽颍上县	25 千		媒钱 3.5 千	12.28
江苏元和县	20 两		5 两	20
浙江秀水县	2 千		媒钱各 500/人	33.33
湖南桃源县	48 千文		3 千文/人	5.88
湖北竹溪县	14 两		1 两/人	12.5
广东新宜县	14 千	500 钱/人		7.14

表 4 - 4　　　　　　　　　　　初婚财礼状况

地区	婚姻类型	主婚	财礼数	折钱（千）
浙江余杭县	嫁女	母	20 千	20
浙江金华县	娶妻	父	40 两	32

从表 4 -3 我们明显地看出，在各地媒钱的收取中，所采的浙江秀水县案例，其媒钱竟占寡妇再婚财礼的 33.33%，高额的经济利益，使地方地痞、恶霸和媒人在民间编织起通达四方的婚姻网络，在卖嫁、骗嫁、强嫁妇女中扮演着不光彩的角色。

由此可见，这两个原因构成了江浙地区"逼醮"之风的两股推拉之力：出于经济利益的考虑，丧偶妇女的公婆、父母、族长等具有家长地位的人设法将她们嫁出去，形成一股推的力量，而社会上存在数量可观的男性待婚群体，他们囿于自身条件和经济的限制愿意娶寡妇为妻，形成一股拉的力量。① 在这两种力量的推动下，寡妇"再醮"成为江浙地区特别是农村地区的常见风俗。

然而，就寡妇自身而言，大多数人是不愿意再嫁的。在几千年传统贞节观念的禁锢下，女性自身的价值和人格早已消失在历史的地平线下，"为夫守节"做贞节烈女成为众多寡妇丧夫后的终极生命理想。而现实却又往往使她们无力坚守这一生命理想。在一场场以金钱交易为目的的"再醮"行为中，寡妇成为最终的受害者。一方面是清政府对贞女、节妇和烈妇事迹的公开标榜，大加颂扬，对殉节的再嫁寡妇却公然实施歧视政策：再嫁的寡妇遭遇他人猥亵、强奸而不甘受辱自缢后，不能够享受政府所设定的旌表待遇。乾隆五十五年，福建诏安县郭妈复继妻被邻居林巩调戏，气愤不过，自缢而死。中央会审意见：郭沈氏守正不污虽属可嘉，但系再醮之妇，毋庸请旌（闽浙督伍拉纳乾隆五十五年十二月十六日）。河南沈丘县崔氏夫故再嫁纪建忠，后遭人调戏，投河自尽，会审意见：崔氏系再醮之妇，毋庸声明旌表（河南抚穆和兰乾隆五十六年七月十八日）。政策的鼓动和历史的惯性使民间对再嫁女性极度鄙视。另一方面，逼迫寡妇"再醮"之风在民间又极为盛行。两种异质的、互相排拒的习俗风尚，共聚于文化的同一空间内，这对于生活其间的女性来说，实在是一场空前的历史悲剧。有人曾对雍正朝鲁、粤、浙三省女性自杀动因作过调查，浙江地区因为"逼醮"而自杀的女性占女性自杀总数的近1/3，殉节者则多达1/2以上（见表4-5②）。

---

① 参见王跃生《清代中期妇女再婚的个案分析》，《中国社会经济史研究》1999年第1期，第69页。

② 刘正刚、唐伟华：《明清鲁浙粤女性自杀探讨》，《妇女与社会》2001年第23卷，第76页。

表4-5   雍正朝三省女性自杀动因状况   单位：人

原因 省份	殉节	夺志	受辱	逼娶、 奸情	其他	合计
鲁	74	9	7		11	101
浙	133	58	12	11	20	234
粤	60	8	3	3	7	81

注：以雍正朝修纂的鲁、粤、浙三省通志《列女传》为据。

从社会发展的角度看，寡妇"再醮"是打破女性"贞节观"枷锁的历史契机，它能够许诺给女性和男性一样再次选择婚姻的平等权利，可是这种行为和文化的错位相遇，使女性本已狭小的生存空间几乎被取缔，在历史的夹缝中，女性成为飘零在现实与理想之间无所归依的祭奠物。

二

乡村寡妇在现实与理想中无所容身的艰难处境，让鲁迅看到自身在现实和理想之间"彷徨于无地"的生命形态，这种"心有戚戚焉"的生命相怜，使鲁迅对身为寡妇的祥林嫂饱含复杂而又难以言说的情感，身为启蒙者身份的"我"，在被启蒙者祥林嫂面前，突然失去了所有的优势，甚至话语权，无力反驳、痛斥被知识阶级视为封建迷信糟粕的地狱问题，时代所赋予"我"的话语力量显得那么苍白无力，因为同样是时代造就了祥林嫂的悲惨和恐惧。再嫁是造成祥林嫂对地狱充满恐惧的根源，于其自身，祥林嫂是不愿再嫁的，她曾尽自己所有的力量加以反抗：从婆婆家逃出来，独身一人在陌生的鲁镇做工养活自己，却不意被卫老婆子出卖，被绑了回去；再嫁的日子，她奋力反抗，三个男人都按不住，拜堂时脑门上磕了个大窟窿。可是婆家、

媒人、卫老婆子、娶家这些人群出于利益，共同逼迫祥林嫂再嫁，在
这些因利益而纠结于一处的暴力面前，一位女性的反抗是那样的微弱
而无济于事；社会和无利可取的人又大肆鼓吹妇女贞节，民间和政府
对寡妇的"再醮"持批判态度，使再嫁的寡妇承受着无形的精神虐
压。被迫再嫁的祥林嫂得不到任何人的同情和怜悯，在鄙夷的眼神中
祥林嫂的再嫁和伤疤只是打发无聊的笑资，他们面带讥讽地听着祥林
嫂的悲惨诉说，和善女人柳妈一样在想："这总是你自己愿意了，不
然……"① 在人间，再嫁的寡妇——祥林嫂无以容身，可是那些善女
人们还没有鉴赏够她的悲哀呢，于是"柳妈诡秘的说：'再一强，或
者索性撞一个死，就好了。现在呢，你和你的第二个男人过活不到两
年，倒落了一件大罪名。你想，你将来到阴司去，那两个死鬼的男人
还要争，你给了谁好呢？阎罗大王只好把你锯开来，分给他们。'"②
"我"知道，面对祥林嫂恐怖的神色，善女人柳妈的脸一定又满意地
蹙缩成了一个核桃。终于，堕落为乞丐的祥林嫂，在鲁镇祝福的鞭炮
声中怀着对地狱的恐惧凄凉地死了，这实在是"不合时宜"，就此，
鲁四老爷终于得到机会显示他的明见："不早不迟，偏偏要在这时
候，——这就可见是一个谬种！"③ 在卫道士鲁四老爷的心目中，本已
守寡却又再嫁的祥林嫂是一个不祥的谬种，只因女工难找，对于四婶
收下祥林嫂，他只是皱眉。而祥林嫂却又在祝福的喜庆日子死了，给
祈望幸福、美满的鲁镇人带来了晦气，这足可见鲁四老爷的远见，难
怪他要"且走而且高声的说"，"这就可见是一个谬种"了。鲁迅
认为：

　　　责别人的自杀者，一面责人，一面正也应该向驱人于自杀之

---

① 《鲁迅全集》第二卷，人民文学出版社 2005 年版，第 19 页。
② 同上。
③ 同上书，第 8 页。

途的环境挑战，进攻。倘使对于黑暗的主力，不置一辞，不发一矢，而但向"弱者"唠叨不已，则纵使他如何义形于色，我也不能不说——我真也忍不住了——他其实乃是杀人者的帮凶而已。①

祥林嫂的一生都处在无从选择的生命困境中，她在被肯定的"贞节"价值和被否认的"再醮"处境中，苦苦挣扎，寻找一条生的路而不能。祥林嫂的命运背后，隐藏的是鲁迅对自身及一代知识分子时代境遇的挽歌。在祥林嫂"嫁"与"不嫁"的无力选择中，看到了自己作为"中间物"文化身份的尴尬处境，虽然身为五四文化启蒙者，但身处历史与文化的错位交锋中，他和祥林嫂一样，都无力跳出历史文化境遇的悖论，社会、文化、家庭、亲族等不同的力量，将他拉向命运不同的方向，而每个方向所指出的路却都不是自己想要的，只能让生命陷入更加困顿的泥潭。鲁迅不想娶朱安，然而深爱自己的母亲为他选择了朱安，他没有勇气拒绝母亲好意馈赠的"礼物"，想抛弃传统文化中的"鬼气""毒气"，但传统文化的暮气已深植于自身的文化品格中，自己就是死去鬼魂的历史在场；想与进步青年走入未来的"黄金时代"，多疑的品性又使他不能坚定地相信未来的"黄金时代"；想彻底遁入黑暗的深渊，却又心怀对光明世界的无限祈望。妇女守寡后，有三种选择：从夫地下做烈女，枯槁以事翁姑做节妇，改嫁他人，每一种选择都是在社会价值的逼迫下泯灭人性走向惨淡的死亡，可是他们说"这总是你自己愿意了"，"不然你有别的选择呀"。现代知识分子致力于社会的改革，希望带领民众平等地度日，然而社会也只给了他们三种选择：或如夏瑜一样，被民众出卖，牺牲性命；或如狂人、吕纬甫一样，投降做幕僚；或如魏连殳一样，孤独地死去。这三条路或指向肉体的消逝或指向精神的灭亡，都是现代知识分

---

① 《鲁迅全集》第五卷，人民文学出版社 2005 年版，第 509 页。

子不愿走的，但是社会和文化的惯性推逼着他们必须选择其间的一条。在历史和文化错位相交处显现的中国社会是一个畸形的存在，置身其间的人，无论是身处底层的农村妇人还是掌握启蒙话语的现代知识分子，都无法逃脱畸形社会施加于他们身上的诅咒。在鲁迅的文学话语中，祥林嫂、"我"、狂人、吕纬甫、魏连殳等人在生命本色上是同质的，都是无力掌控命运的弱者。

三

然而，鲁迅从来都不是一个空头文学家，他对妇女解放的思考不会只停留在社会文化形态的批判和反思上。"有谁从小康人家而坠入困顿的么，我以为在这路途中，大概可以看见世人的真面目。"① 少年时代，孤儿寡母分祖产时所受的欺凌和"再醮"买卖婚姻的实质，使鲁迅对女性解放问题的探究最终落脚在对经济权的思考。

婚姻关系中，女性对男性经济的完全依赖，是中国乡村寡妇陷于无所选择生命夹缝的根源。在旧中国，父母包办的封建婚姻实质上就是一种商品买卖，女方父母必须要得到相当数量的财礼才会将女儿嫁给男方。在女方家长收受财礼的仪式中，女性在婚姻中已经失去了人格，而转变为夫家以金钱换回的商品，成为夫家私产的一部分。在对18 世纪末中国的家庭收入和婚姻财礼的调查对比中，我们发现，以自耕农为例，在中国乡村，对于拥有 15 亩以上土地的自耕农来讲，要娶一房媳妇，必须要花费几年的家庭收入；对于占有 10 亩以下土地的自耕农或半自耕农家庭，子弟及时婚配将有一定困难，需要 5 年以上家庭总收入的积累，除非在土地收成之外，还有额外的收入；对于不占有土地的贫民来说，可能要花费将近大半辈子的积蓄才能换一房

---

① 《鲁迅全集》第一卷，人民文学出版社 2005 年版，第 437 页。

媳妇。① 由此可见，对中国乡村的每个家庭来说，娶媳妇是一项重大的财政支出。夫家在财力方面的支出，几乎相当于现代年轻人买房的财政支出，将耗费大量的家庭成员劳动所得。因此，一旦夫死，夫家经济紧缺，逼寡妇再嫁将是夫家的不二选择。寡妇再嫁，夫家是最大的经济利益受惠者，这在清代是受法律保护的。根据乾隆初年定例，寡妇改嫁由夫家父母主婚，夫家无例应主婚之人，始得由母家主之，同时《大清会典事例》对此作了进一步说明，孀妇自愿改嫁、翁姑等人主婚受财，而母家统众抢夺，杖八十。主婚人即是财礼的收受者，这实质上是以法律的名义公开承认和保护，夫家对寡妇人身的私人占有权。

祥林家在迎娶祥林嫂中定然也付出了大量的家庭经济收入，所以当祥林死后，祥林嫂的小叔子要结婚的时候，婆婆便将逃离家的祥林嫂抓回，补贴家用，卖到了山里，换回了 80 大千。而祥林嫂 80 大千的卖身钱大部分成为购买另一位女性商品的支出，另一个祥林嫂在金钱买卖的交易中又诞生了。鲁迅清楚地看到，经济在中国旧式婚姻中占据主导地位，在这种金钱买卖的婚姻关系中，受难的不光是女性，高额的财礼使下层贫困男性也背上沉重的经济负担。如果不是小叔子娶亲需要高额的财礼，祥林嫂也许就不会被卖。因此，鲁迅对旧式婚姻关系的透视和批判是指向男女双方的，他认为只有双方互相努力，互相尊重，从根本上解除"养"与"被养"的关系，男女在婚姻中才能获得真正的平等。

> 这是因为她们虽然到了社会上，还是靠着别人的"养"；要
> 别人"养"，就得听人的唠叨，甚而至于侮辱。我们看看孔夫子
> 的唠叨，就知道他是为了要"养"而"难"，"近之""远之"都

---

① 参见王跃生《18 世纪中国婚姻论财中的买卖性质及其对婚姻的作用》，《中国经济史研究》2001 年第 1 期，第 78 页。

不十分妥帖的缘故。这也是现在的男子汉大丈夫的一般的叹息。也是女子的一般的苦痛。在没有消灭"养"和"被养"的界限以前，这叹息和苦痛是永远不会消灭的。①

乡村寡妇在鲁迅的笔下，不是都像祥林嫂一样过着被人买卖的生涯，占据一定经济资本的寡妇，在鲁迅的乡土世界中还有生活得别有一番滋味的。在宝儿还活着的时候，单四嫂子"那时候，真是连纺出的棉纱，也仿佛寸寸都有意思，寸寸都活着"②。在赵太爷家做女仆的寡妇吴妈，还看不起帮工的阿Q呢，认为阿Q的求婚给自己带来了奇耻大辱，阿Q还为此丢了生计。经营着小茶馆的灰五婶，在怎样处理疯子的问题上，她不仅能够参与到男人的讨论中，而且拥有话语权。

不考虑社会文化形态和女性的经济基础，而一味空喊女性解放的口号，鼓动女性盲目地投入社会改革的做法，在鲁迅看来是十分危险的。1918年，《新青年》发表罗加伦翻译的《娜拉》（易卜生的《玩偶之家》），被革命激情燃烧的社会改革家们，纷纷鼓动女性走出家庭，参与社会变革。事实上，当时中国的社会文化形态并未发展到与这种妇女解放口号相应和的程度，社会和文化并不准备接纳走出家门的女性，而女性自身也缺乏独立生活的能力，在这样的形势下，女性盲目地走出家门，只会落入命运另一个更大的圈套。1923年，鲁迅到北京女子高等师范学校演讲，提出"娜拉走后怎样"的论题，并指出没有经济来源的娜拉只有两条路：堕落或回来。

梦是好的；否则，钱是要紧的。

所以为娜拉计，钱，——高雅的说罢，就是经济，是最要紧的了。自由固不是钱所能买到的，但能够为钱而卖掉。人类有一

① 《鲁迅全集》第四卷，人民文学出版社 2005 年版，第 615 页。
② 《鲁迅全集》第一卷，人民文学出版社 2005 年版，第 478 页。

个大缺点，就是常常要饥饿。为补救这缺点起见，为准备不做傀儡起见，在目下的社会里，经济权就见得最要紧了。第一，在家应该先获得男女平均的分配；第二，在社会应该获得男女相等的势力。①

鲁迅对妇女解放中经济因素的强调，是其探索民族关系的政治思维在现实问题中的显现，与他对中国与世界关系的认知达成某种同构性。甲午战争失败之后，中国知识分子在向西方学习、探索民族富强的道路上，先后经历了科技改革、政治改革和文化改革。鲁迅虽然只是一名文人，但他对历史和社会却有着独到而深刻的洞见，在他看来，无论是科技改革、政治革命，还是文化革命，这些只是手段而不是目的，强大的经济实力才是一个民族能够在世界立足的资本，也是其科技、政治、文化先进性的标志。20 世纪 30 年代，当中国和日本的知识分子还在做着白日梦，幻想着中日亲善的政治理想时，鲁迅却已预言：亲善，太幼稚。唐弢访问 30 年代就与鲁迅有过交往的日本学者松本先生时有过一段谈话：

> 我问他鲁迅给他最深刻的印象是什么。
>
> "预见性，伟大的预见性。"他"呃"了一声，毫不犹豫地回答。"我那时正致力于日中亲善，到处奔走，为两国人民友好做了一些事情。鲁迅先生批评我，说我天真，白费力气，不会有效果。他说：'中日两国的力量太悬殊，一强一弱，谈不上去亲善。有朝一日，中国赶上日本，或者说相差并不太多的时候，才会有真正的亲善，现在还不是时候。'"②

---

① 《鲁迅全集》第一卷，人民文学出版社 2005 年版，第 167—168 页。
② 《唐弢文集》（诗词·小说·散文卷下），社会科学文献出版社 1995 年版，第504 页。

在鲁迅看来，任何个人、组织、国家要想与他人分享平等、自由的权利，必须以等量的经济实力来支撑，一如马克思所言，经济基础决定上层建筑。近年来，鲁迅与经济的关系成为学者们关注的新课题，他们依据《鲁迅日记》　（1912—1936）和新发现的《鲁迅家用账》（1926.9—1927.12），以及《鲁迅家用收支账》（1926.9—1927.12），参照有关史料，如民国经济史、货币史、出版史、教育史、民俗史等，对鲁迅一生的经济收入加以考证和评估，认为以 1999 年的物价折算，他的全部经济收入至少为 392 万元。[①] 鲁迅说，"为了反对政府，我是准备好了钱才干的，就是受到迫害，什么都做不了也有饭吃。"由此可见，鲁迅对经济权的认识并非书生的纸上谈兵，他为自己所争取、积累的雄厚经济实力是其一生坚持独立人格和自由写作的坚强后盾。

第二节　被匿名的身体——男权话语下的女性生存

身体是人生命存在的本体。"身体——主体被揭示为意义给予行为的前提条件和机体。没有身体——主体，我们就会不再存在，并且也不再有人类的经验、生活、知识和意义。"[②] 马克思认为，人是社会关系的总和，而身体是人得以证明自身存在，建构个人与世界关系的物质基础，它会与政治、文化、权力等因素相纠缠，将自身打造为特定历史文化的符号，在时间的流线上和空间的维度中明确地标示出人的文化属性和社会属性。身体文化学已经成为人们审视自身和人类文化史的一个全新维度，在更多的学者看来，与思想相比，身体的诚实

---

① 参见陈明远《鲁迅一生挣多少钱》，《新华文摘》2000 年第 3 期。
② ［美］普里·莫兹克著：《梅洛—庞蒂》，关群德译，中华书局 2003 年版，第 20 页。

将使我们看到更多的真相。早在19世纪末，尼采就感叹道："身体乃是比陈旧的灵魂更令人惊异的思想。"他认为人类"对身体的信仰始终胜于对精神的信仰成分"，因此，对历史文化的认知要"以身体为准绳"①。身体观念包括物质身体和社会身体两个层次，后者对前者起着主导制约作用。人的一生就是不断地将自然身体转化为社会身体的过程，在整个过程中，身体并非被动承受的客体，它与社会、文化之间彼此矛盾、冲突和离弃，却又相互原谅、吸收和追逐。在社会、文化作用于身体的同时，身体也无时无刻不在积极地建构着对社会、文化的认知。因此，在人与世界的关系中，身体是主动而非被动地诠释着世界的意义。在此意义上，通过对身体的话语叙述，文学能够完成对身体所属群体特定历史下生存状态的全景化再现和本质传达。

一

中国传统文化特别倚重身体诉说对思想的传达，老子说"吾所以有大患者，为吾有身"，孔子说"吾日三省乎吾身"，孟子则主张修道要先修身，认为天降大任于斯人，必须从苦其心志，劳其筋骨的身体考验开始。君子是中国传统文化对男性文化品格的最高称誉，它对身体的规约性体现着儒家"温柔敦厚"的审美理想，"君子之容舒迟，见所尊者齐。足容重，手容恭，目容端，口容止，声容静，头容直，气容肃，立容德，色容庄，坐如尸，燕居告温温"②。"就整个中国思想传统来说，身/心、形/神固有轻重之别，但形躯身体与心神情意的互渗才是本来面目。"③ 在传统诗文中，身体的病痛经常成为文人描写的对象，并形成一套关于身体/理想、个体/家国的话语隐喻体系。如

① ［德］尼采：《权力意志》，张念东、凌素心译，中央编译出版社2000年版，第37、38页。

② 《礼记·玉藻篇》。

③ 周与沉：《身体：思想与修行》，中国社会科学出版社2005年版，第17页。

陶渊明的"身没名亦尽，念兹五情热"，杜甫的"穷年忧黎元，叹息肠内热"，李商隐的"身无彩凤双飞翼，心有灵犀一点通"，王夫之的"六经责我开生面，七尺从头乞活埋"，等等，这些诗句通过对身体的诉说，将自己对生命的感悟、文化的认知、国家的忧虑承载于具象的肉身存在之中。近代晚清，国家面临着重重的危机，身体/国家的话语隐喻成为晚清文人陈述政治观点的重要特征。梁启超以身体与各个器官的关系说明国家和国民之间的关系："国也者，积民而成。国之有民，犹身之有四肢、五脏、筋脉、血轮也。未有四肢已断、五脏已瘵、筋脉已伤、血轮已涸，而身犹能存者。则亦未有其民愚陋怯弱、涣散混浊，而国犹能立者。故欲其身之长生久视，则摄生之术不可不明，欲其国之安富尊荣，则新民之道不可不讲。"① 康有为则以中医人体理论为喻分析政局："夫中国大病，首在壅塞，气郁生疾，咽塞致死；能进补济，宜除噎疾，使血通脉畅，体气自强。"② 这些言论是对中国古代"身心合一"思维的现代衍化与运用，身体突破了肉身存在的定义，成为"国家"这一抽象概念的能指。

　　鲁迅深受中国传统文化熏陶，并接受了中国近代政治思想的洗礼，"身心合一"的思维模式是其遣词用句开展文化批判的主要话语逻辑程序。当他主张作家应该抓住时代"跳动着的脉搏"③ 时，当他称赞杂文"是感应的神经，是攻守的手足"④ 时，当他感叹"凡是愚弱的国民，即使体格如何健全，如何茁壮，也只能做毫无意义的示众的材料和看客"⑤ 时，当他断言汉字是"中国劳苦大众身上的一个结核"⑥ 时，当他敬告亲属"损着别人的牙眼，却反对报复，主张

---

① 梁启超：《饮冰室合集》第六册，中华书局1989年版，第115页。
② 康有为：《康有为政论集》，汤志钧编，中华书局1981年版，第134页。
③ 《鲁迅全集》第六卷，人民文学出版社2005年版，第614页。
④ 同上书，第3页。
⑤ 同上书，第439页。
⑥ 同上书，第165页。

宽容的人，万勿和他接近"① 时，他都在有意识地运用"身心合一"的语言逻辑向外传达自己独特的文学主张和对社会人性的深度透析。

在男尊女卑的中国文化里，女性被剥夺了话语权，一直处于被看的失语状态。女性的身体成为男权文化与文学规约和描述的主体，在此意义上，女性身体即标示整个古代史中女性文化和精神的全部存在，传统文化通过对身体的塑造镂刻出女性的精神文化史。基于对女性身体和女性精神的同构性理解，19 世纪末 20 世纪初，中国社会掀起妇女解放的潮流，破除缠足、束胸等禁锢、戕害女性身体的社会陋习成为解放女性运动的第一站。在女性解放的倡导者看来，要解除封建文化对女性精神的禁锢，必须要先解放女性的身体。身体的自由和精神的自由是相生相伴的，身体束缚的解除必然产生对相对文化隐喻力量的消解。同样主张女性解放的鲁迅曾学过医，博阅野史小说，话语对女性身体描述背后隐秘的心理意味和丰富的文化内蕴，他是心知肚明的：他能够从"正人君子"指责女性装束的奢侈，看穿统治阶级的亡国之境（《南腔北调·关于女人》）；从板起面孔维持风化的行为，看透卫道者隐秘的肮脏心理（《南腔北调·关于女人》）；从上海少女的肢体动作，看到畸形文化导致的精神超龄（《花边文学·上海少女》）；从女性的三寸金莲，推导出以孔子为代表的儒家文化并非真正的中庸（《南腔北调·由中国女人的脚，推定中国人之非中庸，又由此推定孔夫子有胃病》）；从北京辟才胡同女中不许剪发女生报考，看到妇女解放的艰难，"我以为女学生的身体最好是长发，束胸，半放脚"（《而已集·忧"天乳"》）；由卫道文人对现代爱情诗的攻击，看到旧式文人对女性身体变态的偷窥欲（《而已集·小杂感》）。女性的身体构成了鲁迅透视中国文化和社会的一处敏感地。鲁迅是精于人

---

① 《鲁迅全集》第六卷，人民文学出版社 2005 年版，第 635 页。

物白描的，他对乡村女性一言一行和服装修饰的描写，构成其身体话语系统的重要一维，是考察鲁迅文化观、生命观、婚姻观的一个准确切入点。

二

缠足是鲁迅关注最多、批判最甚，也是他最深恶痛绝的残害女性身体的行为：

> 试看中国的社会里，吃人，劫掠，残杀，人身卖买，生殖器崇拜，灵学，一夫多妻，凡有所谓国粹，没一件不与蛮人的文化（？）恰合。拖大辫，吸鸦片，也正与土人的奇形怪状的编发及吃印度麻一样。至于缠足，更要算在土人的装饰法中，第一等的新发明了。他们也喜欢在肉体上做出种种装饰：剜空了耳朵嵌上木塞；下唇剜开一个大孔，插上一支兽骨，像鸟嘴一般；面上雕出兰花；背上刺出燕子；女人胸前做成许多圆的长的疙瘩。可是他们还能走路，还能做事；他们终是未达一间，想不到缠足这好法子。……世上有如此不知肉体上的苦痛的女人，以及如此以残酷为乐，丑恶为美的男子，真是奇事怪事。①

缠足作为中国独有的风俗，起源于五代，宋后渐兴，明清时候达到鼎盛以至疯狂的程度。在男权社会里，男人掌握着社会文化的话语权，文化意识形态本质上是一种男性群体意识在公共空间中的普及与推行。语言习俗源自民间，它由集体创作，是人们思维感情的自然流露，体现并引导着公众对某种价值取向的心理认同。民间俗语、谚语、歌谣中对大脚女子的鄙夷歧视和对小脚的赞美形成鲜明对比，对女性在审美和婚姻观念中看重三寸金莲，起着推波助澜的作用。各地

---

① 《鲁迅全集》第一卷，人民文学出版社 2005 年版，第 343 页。

关于缠足的语言习俗都反映了一种社会现实：在缠足时代，女性的小脚是美满婚姻的前提。浙江余姚歌谣"一个大脚嫂，抬来抬去没人要"；河南彰德（今安阳）歌谣"裹小脚，嫁秀才，吃馍馍，就肉菜；裹大脚，妯娌嫌我大脚板，翁姑嫌我大脚鹅，丈夫嫌我莫奈何，白天不同板凳坐，夜里睡觉各自各，上床就把铺盖裹"；苏州人把容貌美而脚大的女子叫作"半截观音"，福州人称大脚女为平胶嫂，大脚船妓为裸蹄婆，骂大脚女子时说："大脚婆，没人要她做老婆。"在这些语言习俗潜移默化的影响下，娶小脚老婆成为男孩最初的性梦想。一位"莲迷"回忆，小时候有人开玩笑说将来给他娶个大脚媳妇时，他说："我不要大脚媳妇，大脚媳妇上轿，会将轿底踏掉，天天满街跑，我要小脚媳妇，天天在炕上盘腿作活。"而另一位"莲迷"，小小年纪就树立了"娶个小脚的花不楞登的媳妇"的志向。① 可见，小脚已经成为女性身体美的公认标准，女性以拥有一双小脚为骄，"便是无人来称道，自己也要低头看几遭"；男性以娶到小脚女人为荣，"忽看小脚裙边露，夫婿全家喜欲颠"②。难怪，连身为帮工的阿Q在革命的狂想曲中，选择女人的时候，都要嫌弃吴妈的脚大了。

带着鲜明男权色彩的意识形态通过塑造女性身体，达到对女性思想意识的控制。缠足是传统婚姻观、贞节观对女性身体的一种塑造，将女性的天足捆绑成三寸金莲，一方面固然出于"纤纤玉莲"的变态审美心理，更重要的一方面在于身体上的残疾能够带来心理上的自卑、思想上的奴从、行为上的胆怯，使女性从身体到精神完全服从"三从四德"的封建婚姻伦理秩序。霍华德·S. 列维在《缠足：奇特的性风俗的历史》中节录了一篇 1915 年一名中国人以反讽的口吻写的为缠足辩护的讽刺随笔：

---

① 参见高洪兴《缠足史》，上海文艺出版社 2007 年版，第 118 页。
② 《采菲录》续编。

缠足对男人来说是有尊严的生活状态，而对女子来说是知足的状态。让我说得更清楚，我是本阶层的一个典型。从小我被灌输了太多的四书五经，结果眼花背驼，记忆力不强。而对一个古老文明来说，你要学那么多，才谈得上有知识。所以在学者中，我形象不佳，胆小，我的声音在男人中间显得娘娘腔。但是，对我的小脚老婆来说，除非我把她抱到轿子上，否则，她只有幽居在家中。对她来说，我步履英武，声如洪钟，智同圣贤；我就是世界，我就是生活本身。①

"妇女必须缠足，否则强壮如男子，为丈夫者不能制服也。"② 可见，小小缠足的背后隐藏的不仅仅是畸形的审美心理和对情爱的需求，它还掩埋着家庭性战争的真相——男性对婚姻家庭生活控制权的蛮性抢夺。

一个人对小脚的态度能够反映他内心深处的审美观和婚姻观。鲁迅憎恶缠足，赞扬天足，主张放脚，既体现了他建立在平等意识基础上的现代婚姻观念，又展现了他追求身心健康、灵肉一致的性爱审美心理。据许寿裳回忆，鲁迅到日本学医的动机，除了"父亲的病"和"学医救国"外，"还对于一件具体的事实起了宏愿，也可以说是一种痴想，就是：（三）救济中国女子的小脚，要想解放那些所谓'三寸金莲'，使恢复到天足模样。后来，实地经过了人体解剖，悟到已断的筋骨没有法子可想。这样由热望而苦心研究，终至于断念绝望，使他对于缠足女子的同情，比普通人特别来得大，更由绝望而愤怒，痛恨赵宋以后历代摧残女子者的无心肝，所以他的著作里写到小脚都是字中含泪的。"③ 周建人也在回忆文章里说："他一到日本就参加了留

---

① 转引自高洪兴《缠足史》，上海文艺出版社2007年版，第109页。
② 《采菲录》三编。
③ 许寿裳：《我所认识的鲁迅》，《鲁迅回忆录》（专著上册），北京出版社1999年版，第456—457页。

学生组织的天足会。那时秋瑾在日本，提倡天足会，反对妇女缠脚，自己放了脚。"① 当时，在留学生中间盛行着新配偶标准，"一个理想的条件，应该是知书识字的天足女学生。更理想一点，则要懂得革命，或竟是能够实行革命的，像法国玛利侬俄国苏菲亚一流人物才行"②。鲁迅身为日本留学生，当知道结婚的对象是小脚时，并没有产生强烈的嫌弃之心，只是"给母亲写信，要让朱安太太放脚（当时已与朱安太太订婚，尚未结婚）"③。俞芳也证实鲁迅并没有嫌弃小脚的朱安而拒婚，"后来得知对方（朱安女士）是缠脚的，大先生不喜欢小脚女人，但他认为这是旧社会造成的，并不以小脚为辞，拒绝这门婚事，只是从日本写信回来，叫家里通知她放脚"④。鲁迅还是希望通过双方的努力，拉近彼此的距离，对和朱安的结合还是抱着希望的。

可是，朱安并没有放脚。朱安之所以没有放脚，缘于以下两点。①禁锢于缠足的旧观念。明太祖朱元璋曾下令，浙江丐户"男不许读书，女不许缠足"，缠足是社会等级贵贱的标志，这种思想传至清朝尤为甚。清吴震方《岭南杂记》说："岭南妇女，多不缠足，其或大家富室闺阁则缠之，妇婢俱赤脚行市中……下等之家，女子缠足，则皆诟厉之，以为良贱之别。"徐珂《清稗类钞》记粤女："粤女之缠足，在未倡天足以前，富贵人家则必缠之，以示其为巨室。"⑤ 在潮州、汕头一带则有这样的习俗："纳妾必足小者，即得称姨，否则终日赤脚与婢等耳。"⑥ 朱安家是绍兴的大户，在封建意识还非常浓重的

① 周建人：《回忆大哥鲁迅》，上海教育出版社 2001 年版，第 27 页。
② 柳亚子：《五十七年（续五）》，《文学创作》1944 年 3 卷 2 期。
③ 周建人：《回忆大哥鲁迅》，上海教育出版社 2001 年版，第 27 页。
④ 萧红、俞芳等：《我记忆中的鲁迅先生——女性笔下的鲁迅》，孙郁、黄乔生编，河北教育出版社 2001 年版，第 251 页。
⑤ 高洪兴：《缠足史》，上海文艺出版社 2007 年版，第 121 页。
⑥ 《采菲录》续编。

小镇，放足即放弃自己的身份，与贱民同等，这是身为世家大族的朱家所不允的。②朱安自己一个大字不识，没有接受新观念、新意识的能力和机会。① 放足，则意味着颠覆她二十几年来围绕着小脚而建立起来的婚姻观和人生观，这对"思想保守、封建意识浓厚"的朱安来说太难。结婚的当天，当鲁迅亲眼看见朱安"脚小鞋大"，以致绣花鞋"从轿里掉出来"，维系改变婚姻的希望，被朱安掉下来的大鞋踏灭了。在鲁迅看来，以前"缠足"是迫不得已，但有机会改变，却安于现状、怯于尝试，这种安于做奴隶的心态是不可原谅的，他深切而绝望地认识到自己的婚姻理想绝不可能在朱安身上实现。洞房之夜，鲁迅的泪水湿透了枕巾，"第二夜就睡到书房去了"，也不按老例去祠堂拜祖宗。② 鲁迅对杨二嫂、长妈妈、灰五婶等人不雅形态的描写和对萧红穿衣搭配的建议，表明他对女性的身体之美有着敏锐的观察力和较高的鉴赏力。浙东地区缠足纤小，大多小至三寸，但在莲迷看来过于"笨拙"，虽"不过一拳，然而裙底评量，恍若猪蹄之臃肿"③。新婚之夜，朱安的小脚一定使鲁迅的审美心理受到了毁灭性的打击，以致多年之后，他创作《采薇》提到女人的小脚时，直接以"猪蹄"呼之。肢体残损丑陋、精神落后愚顽，这与鲁迅健康而灵肉一致的性爱审美心理针锋相对，故其一生对朱安不能生爱，亦无以起性。

小脚毁灭了自己对美好婚姻的憧憬，在文化批判和审视中，鲁迅对小脚格外地关注，经常由此引发他对社会文化和国民精神的深度反思和精确抨击。在鲁迅的乡土世界中，乡村女人的小脚都是丑陋的。杨二嫂张着两只小脚，让她看来"正像一个画图仪器里细脚伶仃的圆

---

① 参见萧红《我记忆中的鲁迅先生——女性笔下的鲁迅》，河北教育出版社 2001 年版，第 251 页。

② 参见段国超《鲁迅与朱安》，《中国现代文学研究丛刊》1983 年第 3 期。

③ 《采菲录》正编。

规"①。爱姑坐在庄木三的旁边，"将两只钩刀样的脚正对着八三摆成一个'八'字"②。六斤原是一个淘气活泼的小女孩，缠足后所有的生气仿佛忽地被抽空了，只能"捧着十八个铜钉的饭碗，在土场上一瘸一拐的往来"③。甚至，当两个士兵讨论女人的小脚，鲁迅竟这样写道："谁知道呢。我也没有看见她的脚。可是那边的娘儿们却真有许多把脚弄得好像猪蹄子的。"④ 被无数文人赞叹、咏唱过的小脚意象——"三寸金莲"，在鲁迅的描述中置换作"圆规""钩刀""猪蹄"等毫无审美意味的喻体，再配上尖酸刻薄的言行和不雅的肢体语言刻画，这些拥有小脚的女人们活脱脱如一群南方乡落里为生计而奔波的中年劳动妇女，小脚文化所赋予女性身体的奇光异彩被无情地剥落下来，只留下现实的残妆，陈旧而斑驳。当然，鲁迅对小脚的描写并非只是出于简单描写的意图，他经常透过女性身体的残缺透视女性灵魂深处的精神残缺，从女性缠足风俗的遗留，看到社会改革的失败和国民思想的故步自封。《离婚》的前半段，在爱姑天不怕、地不怕的强悍言语中，鲁迅插入了两次对她小脚的描写，禁锢的身体是她深层精神难以摆脱旧思想痼疾的外在显现，所以她一边闹着要离婚，一边又声称："我是三茶六礼定来的，花轿抬来的呵！那么容易吗?"⑤虚张声势的言语总遮不住精神的愚顽，为她在七大人等乡绅威慑下的落荒而逃埋下伏笔。《风波》中，辛亥革命赶走了被赵七爷视为张翼德后代的张大帅，却驱不走根深蒂固深扎于民众生活中的陋习和落后思想，因为刚缠足的六斤依然出现在辛亥革命后的土场上，一瘸一拐地走着她祖母和母亲的老路。

---

① 《鲁迅全集》第一卷，人民文学出版社 2005 年版，第 505 页。
② 《鲁迅全集》第二卷，人民文学出版社 2005 年版，第 148 页。
③ 同上书，第 499 页。
④ 同上书，第 415 页。
⑤ 同上书，第 154 页。

三

女性与服饰之审美关系，清代李渔早有论之，妇人之衣，不贵精而贵洁，不贵丽而贵雅，不贵与家相称而贵与貌相宜。① 莎士比亚则认为服饰与人的精神有着密切关系，如果我们沉默不语，我们的衣裳与体态也会泄露我们过去的经历。服饰，表面上看来只是个人的着装问题，实则，服饰总是一定社会和文化的服饰，它浓缩着社会的既定秩序与政治、文化的意识积淀：

> 在上海生活，穿时髦衣服的比土气的便宜。如果一身旧衣服，公共电车的车掌会不照你的话停车，公园看守会格外认真的检查入门券，大宅子或大客寓的门丁会不许你走正门。所以，有些人宁可居斗室，喂臭虫，一条洋服裤子却每晚必须压在枕头下，使两面裤腿上的折痕天天有棱角。②

鲁迅限于自身对下层民众生活用语了解的深度缺乏，和时代对白话文的倡导，笔下的人物无论身份怎样都说着大体一致的官方白话，但衣服却从来不会穿错。在谈到《戏》周刊给阿Q的几幅画像时，鲁迅重点指出，阿Q是绍兴乡土世界中的一个下层农民形象，头上应该戴着一顶"黑色的，半圆形"的毡帽。如果在阿Q的头上加一顶瓜皮小帽，阿Q就不是阿Q了，而变成了上海的小瘪三。在等级制度严格的旧中国，服饰鲜明地代表着人在社会中的地位，因此孔乙己虽然贫困潦倒，和身为短衣帮的下层劳动人民一起站着喝酒，他却至死都不曾脱下代表读书人身份的长衫。在对女性形象的塑造中，鲁迅对服饰风俗的把握更是谨慎而细微。女性的爱美天性，使她们和服饰的

---

① 参见李渔《闲情偶寄·声容部》。
② 《鲁迅全集》第四卷，人民文学出版社2005年版，第578页。

关系显得更为亲密而粘连不断，服饰不仅展示女性的社会地位、年龄、身份，也显示她们对自身有意无意的认知和塑造。

鲁迅经常在服饰风俗的描写和服饰的前后变化对比中，潜隐着关于女性身份、年龄、心理等状况的暗示。当六斤的羊角丫变为了大辫子，显示六斤已经从女孩进入少女时期；当赵七爷的长衫穿上又脱下，七斤嫂知道皇帝坐不得龙庭了；当描写五四女学生的时候，子君穿着条纹布衫、玄色的裙和洋皮鞋；当塑造农村家庭妇女的时候，祥林嫂穿着"乌裙，蓝夹袄，月白背心"。祥林嫂先后两次来鲁镇，对于她的着装打扮小说中做了大体相同的描写：

> 有一年的冬初，四叔家里要换女工，做中人的卫老婆子带她进来了，头上扎着白头绳，乌裙，蓝夹袄，月白背心，年纪大约二十六七，脸色青黄，但两颊却还是红的。①

> 桌上放着一个荸荠式的圆篮，檐下一个小铺盖。她仍然头上扎着白头绳，乌裙，蓝夹袄，月白背心，脸色青黄，只是两颊上已经消失了血色，顺着眼，眼角上带些泪痕，眼光也没有先前那样精神了。②

以"白""乌""蓝""月白"等冷暗色调修饰祥林嫂的服饰，已经在卫老婆子开口引荐之前，就暗示了祥林嫂的身份是一个守寡的寡妇。穿白挂素是中国传统文化中对孝服的规范，意在用这些伤感的色彩表达对已逝亲人的哀悼和思念之情。以至到现代社会，虽然有的人会喜欢穿白衣服，但决不会以白色为头饰，可见白色的头饰至今都是人们对戴孝文化认同的一个实证。两次相同的衣着描写，并非无意识或偷懒地重复，而在于以人们对习俗的公共理解为前提，隐约地将祥

---

① 《鲁迅全集》第二卷，人民文学出版社 2005 年版，第 10 页。
② 同上书，第 15 页。

林嫂所处的婚姻困境道出：她遭遇了两次嫁人两次守寡的不幸婚姻。"裙""夹袄""背心"三种服饰的搭配是绍兴乡下女性的典型着装特点，由此，读者可以明确地知道祥林嫂是一个出身农村的家庭妇女，她的思想意识逃不出服饰所代表的阶层和环境，再嫁过程中的奋力反抗和对死后鬼域的恐惧，都源于其对"好女不侍二夫"的封建婚恋观和贞节观的依顺和信仰。服饰的重复描写，与祥林嫂保守、顽固的深层精神状态紧密关联，祥林嫂虽然遭受了封建婚姻观带给自己的悲惨命运，但她从来就没有反思过自己不幸的思想根源，更无从立意改变自己的观念，因此她也就无力把握自己的命运。

秋瑾是中国女性解放的先行者，在日本留学期间，她经常着男装，当被问及为什么要做全副男装打扮时，她回答说："男子强，女子一直受压迫，我希望树立男子般的强心，打算先把外形变成男的，再直到心也变成男的。"① 在中国的传统文化中，服饰是纲常伦理制度的外化，最讲究的是男女有别，所以女扮男装往往与女性对传统社会性别规范的冲撞和革命性破坏密切相连。在女性、服饰和传统规范中，存在这样的关系：一个在服饰的审美取向中越多地认同阴柔之美的女性，她对以男权意识为中心的女性化塑造就越有认同感，精神和经济上越难以摆脱对男性的屈从和依附。

女性、服饰和时代文化的这种隐秘的微妙关系，被鲁迅精确地把握到了。在他关于近代妇女解放的跳跃性文化批判和社会透析思考中，服饰起着重要的嫁接功能，在他对有关女性服饰的评述和描写中，常常潜伏着对妇女解放"换汤不换药"的揭露和对畸形社会精神的隐喻。20世纪上半叶，上海是中国现代化程度最高的城市，也是妇女解放搞得最哄哄嚷嚷的城市，一群群衣着时髦的女性踏着尖尖的高跟鞋骄傲而招摇地走在大街上，这对于"大门不出，二门不迈"，围

---

① 郑云山、陈德禾：《秋瑾评传》，河南教育出版社1986年版，第62页。

于家庭的传统女性生活也许是进了一大步，然而鲁迅却在上海女子一场场时髦的追逐风潮中看到了妇女解放运动的时代变调：女性的身体已经招摇过市，成为公共被看的对象，精神却还未迈出家门一步。让－克鲁德·考夫曼在《女人的身体，男人的眼光》中认为女性的身体可以分为三种存在方式：平常的身体、性的身体和美的身体。平常的身体是一种客观的存在，是一种物质属性，也就是通常所说的"肉身"；性的身体和美的身体是以男性眼光所定义的女性存在，它通过对性征的凸显和阴柔之美的强调，使女性更加倾向于在男人的认同中显现女性的存在。在现代化的上海，打着时髦的旗帜被推到妇女解放运动风口浪尖的女性们，虽然高呼着妇女解放的口号，但衣着上对性征和柔美的过分追求，还是泄露了她们保守的本质：

> 然而伎女的装束，是闺秀们的大成至圣先师，这在现在还是如此，常穿利屣，即等于现在之穿高跟皮鞋，可以俨然居炎汉"摩登女郎"之列，于是乎虽是名门淑女，脚尖也就不免尖了起来。先是倡伎尖，后是摩登女郎尖，再后是大家闺秀尖，最后才是"小家碧玉"一齐尖。待到这些"碧玉"们成了祖母时，就入于利屣制度统一脚坛的时代了。①

> 民国初年我就听说，上海的时髦是从长三幺二传到姨太太之流，从姨太太之流再传到太太奶奶小姐。这些"人家人"，多数是不自觉地在和娼妓竞争——自然，她们就要竭力修饰自己的身体，修饰到拉得住男子的心的一切。这修饰的代价是很贵的，而且一天一天的贵起来，不但是物质上的，而且还有精神上的。②

---

① 《鲁迅全集》第四卷，人民文学出版社 2005 年版，第 519 页。
② 同上书，第 532 页。

娼妓是为了满足男性对女性身体性和美的需求而产生的带有性歧视的职业，集中体现了女性在精神和经济上对男权的依附性和屈从性，是男性极权社会化的产物，打着女性解放潮流的时髦竟是烙着浓郁男权思想的审美取向的流传。鲁迅由女性服饰的流行发源中揭示了时髦女性华丽的服饰下掩盖的真相：在婚恋情爱心理上女性与男性依然维系着不平等关系，女性随时都经受着被遗弃的危机，对时髦的追逐实质是对以男性为中心审美观的顺从，在一场场时髦潮流的追逐中，真正掌握指挥棒的是男人，而非女性自己。鲁迅在对女性服饰时髦潮流的追溯中，揭露了所谓的妇女解放是掩盖在麒麟皮下的马脚：那些以妇女解放的面孔出现在画报上的时髦女郎只是装在金笼里的鸟儿而已，精神和经济上从来没有脱离过对男权的依附。因此，从女性尖尖的高跟鞋上，鲁迅看到了与封建小脚同样的文化内涵：

　　　　慨自辫子肃清以后，缠足本已一同解放的了，老新党的母亲们，鉴于自己在皮鞋里塞棉花之麻烦，一时也确给她的女儿留了天足。然而我们中华民族是究竟有些"极端"的，不多久，老病复发，有些女士们已在别想花样，用一枝细黑柱子将脚跟支起，叫它离开地球。她到底非要她的脚变把戏不可。由过去以测将来，则四朝（假如仍旧有朝代的话）之后，全国女人的脚趾都和小腿成一直线，是可以有八九成把握的。①

　　在鲁迅看来，女性在经济上和思想上不能摆脱对男性的依赖，是一种"假面"的独立个性。在现代女性对时髦的非理性追逐中，服饰作为思想最普遍直接的外显形式，是男性加锢在女性身体上的奴性身份标志，是维持男权社会秩序的有效工具。

---

　　① 《鲁迅全集》第四卷，人民文学出版社 2005 年版，第 520 页。

后来不知怎的，女人就倒了霉：颈项上，手上，脚上，全都锁上了链条，扣上了圈儿，环儿——虽则过了几千年这些圈儿环儿大都已经变成了金的银的，镶上了珍珠宝钻，然而这些项圈、镯子、戒指等等，到现在还是女奴的象征。①

第三节　《阿金》——上海都市语境下民俗文化的再审视

作家对社会、历史、文化的认知，并非是一个固定不变的过程，随着人生境遇和生存环境的变化，他们对社会、历史、文化的审视会因为以上因素的改变，而不断深化和增加新的认知。鲁迅对中国民俗文化的审视和批判，以其独特的视角和深入的透析而著称，以往的学者围绕着鲁迅的乡土小说就此问题已经阐释太多。虽然他们所依据的理论和入手的角度各有不同，但相关民俗研究成果却大都集中于以绍兴为原发地的民俗事象中，而绍兴的民俗事象因为乡土的封闭性而凝固不动，由此，从这些研究成果看来鲁迅对民俗文化的描述和认识似乎也被封冻起来。在人类学家看来，民俗是一个流动的文化范畴，它溶解在民众的日常现实生活里，会随着文化、政治、经济等社会因素而不断衍化变动。在此意义上，以凝固的思维和固定的对象来审视鲁迅和他笔下的民俗文化是一种消极的研究行为。钱理群认为鲁迅是说不完的，在以《伤逝》《阿金》《在酒楼上》为文本分析鲁迅的乡土记忆和都市体验时，他抛弃了从文本入手的老套路，试着跳出文本的"时间"和"空间"，从作品的外部入手，以写作者鲁迅的"空间"

① 《鲁迅全集》第五卷，人民文学出版社 2005 年版，第 300 页。

与"时间"来阅读与考察《伤逝》《阿金》《在酒楼上》三部作品。他认为,鲁迅的一生辗转于中国的几个城市,其中绍兴、北京、上海三座城市的"地域文化空间"对鲁迅的文学创作显现深远影响。其不同时期的创作明显沾染着居留于这三座城市所打下的文化印记:以绍兴文化为模块的乡土小说创作,感伤而温馨充满怀旧的气息,曰"老屋的追忆";以北京文化为底色的文学创作,深沉、气闷而弥漫着历史的陈迹,曰"北京胡同的体验";以上海文化为背景的杂文创作,尖锐、杂乱中写着繁华里的落寞,曰"新都市文化的速写"。① 随着鲁迅移居城市的转换,各地民俗风情不自觉地涌入他的文学创作空间,装扮着其不同时期作品的"脸",文风也显现出不同城市的文化性格。由此可见,鲁迅一生对中国民俗文化的书写和反思从来就没有"停止"过:所观照的民俗对象在绍兴、北京、上海三个城市空间中移动,对民俗文化的剖析也在乡土旧民俗和都市新民俗的游移和参照中,显示出其独特的文化批判角度和审视深度。在上海期间的鲁迅已经不像在其北京期间创作大量与传统民俗有关的小说了,但不能说鲁迅在上海时期放弃了对民俗的观察。虽然鲁迅在上海时期更多的是倾向于杂文写作,但仍给我们留下了《故事新编》中的数篇小说,以及《阿金》等以杂文面目出现的小说。鉴于研究者对鲁迅身居上海时期民俗写作的忽视,这一节以《阿金》为文本,探讨上海时期在都市文化语境中鲁迅由中国民俗改革和发展所引发的深度思考和崭新认识。

一

《阿金》是一篇不足三千字的短篇小说,是对一位从乡下来上海,在外国人家里当娘姨,名为阿金的女人几个生活片断的速写。由于

---

① 参见钱理群《乡村记忆与都市体验:走进鲁迅世界的一个入口——〈大师名作坊(鲁迅卷),在酒楼上、伤逝、阿金〉导读(上)》,《海南师范学院学报》(社会科学版)2006年第1期。

《阿金》诞生于上海文界白色恐怖时期，加之用笔的戏谑之风和文体的杂文形式，《阿金》自写成以来引发了无数的"政治官司"。原本，鲁迅创作《阿金》是要寄给《漫画生活》杂志发表的，但该文没能在《漫画生活》上及时刊出，而是于一年多以后，1936 年 2 月 20 日才在上海《海燕》月刊第二期首次面世，编者在附记中指出："发表出来可以使读者鉴赏检查委员老爷底非凡的目力。"由此，我们不难推测《阿金》定然又被国民党检查委员会当成夹枪夹炮的"文化炮弹"扣留了。继而，鲁迅在《且介亭杂文》中将《阿金》收编，并在《附记》中写道：

> 《阿金》是写给《漫画生活》的；然而不但不准登载，听说还送到南京中央宣传会里去了。这真是不过一篇漫谈，毫无深意，怎么会惹出这样大问题来的呢，自己总是参不透。后来索回原稿……就又发现了许多红杠子，现在改为黑杠，仍留在本文的旁边。
>
> 看了杠子，有几处是可以悟出道理来的。例如"主子是外国人"，"炸弹"，"巷战"之类，自然也以不提为是。但是我总不懂为什么不能说我死了"未必能够弄到开起同乡会"的缘由，莫非官意是以为我死了会开同乡会的么？①

私下致信于密友杨霁云时他又说起此事：

> 尤奇的是今年我有两篇小文，一论脸谱并非象征，一记娘姨吵架，与国政世变，毫不相关，但皆不准登载。②

此外，许广平在《研究鲁迅文学遗产的几个问题》一文中亦提到

① 《鲁迅全集》第六卷，人民文学出版社 2005 年版，第 221 页。
② 《鲁迅全集》第十三卷，人民文学出版社 2005 年版，第 362—363 页。

《阿金》，说其文不过是"描写里弄女工生活的小文"。

从鲁迅及相关人士对《阿金》表里如一的评述来看，《阿金》的创作本意确非含有对"国政"的隐喻和抨击。然而，翻看《阿金》的研究史，大多数研究者无视鲁迅本人对《阿金》政治色彩的屏蔽和澄清，在对《阿金》的再阐释中一意孤行地为文本涂抹着各种政治油粉。1979 年，安徽人民出版社出版的《鲁迅年谱》，在 1934 年 12 月 21 日条下写道：

> 作《阿金》。通过对"他的主人也正是外国人"的娘姨阿金形象的塑造，概括地揭露了林语堂、邵洵美之流的买办文人的反动面目。①

不久，天津人民出版社出版的另一本《鲁迅年谱》，在 1934 年 12 月 21 日条下这样写道：

> 作杂文《阿金》。本文是写给《漫画生活》的一篇人物速写。描写作者对专门为外国人当娘姨的阿金，狐假虎威，以洋主子为靠山，在巷弄里引起种种"扰乱"。鲁迅在本文中所刻画的这个丑恶的女人形象，实际上是在影射并讽刺国民党反动派对外投降，对内大搞内战的可耻行径。②

笔者认为，上引几种关于《阿金》的政治意图揣测，与鲁迅的本意是毫不相关的。要探究一部作品真正的写作意图，就不能以看者的时代背景为依据来解读作品的内涵，以上的阐释者显然并未回避所处的时代背景。要想探究鲁迅创作《阿金》的真实之意，我想应该先回答两个问题：①鲁迅为什么选择阿金这样一位来自乡下，在大上海作

---

① 复旦大学等三校编写组：《鲁迅年谱》（下册），安徽人民出版社 1979 年版，第 661 页。
② 鲍昌、邱文治：《鲁迅年谱》（下册），天津人民出版社 1979 年版，第 425 页。

娘姨的女性作为文章主角；②一向主张女性解放的鲁迅，为什么会对城市文化熏陶下的"新女性"阿金如此讨厌？

二

《阿金》虽然是一篇杂文，但"阿金"这个人却并非真实地存在于鲁迅的生活中。李东木在《鲁迅怎样"看"到的"阿金"——兼谈鲁迅与〈支那人气质〉关系的一项考察》认为，"阿金"这个人物并非现实中的人物，她是鲁迅基于对中国文化的反思和批判所创造出来的文学形象。在论证的过程中，李东木以江保翻译的《支那人气质》为参照，将鲁迅笔下的阿金身份和性格与外国人家里的中国厨娘作比较，发现无论在身份上还是在性格特点上，阿金和中国厨娘都极为相似。"'厨子'在不听主人话，对主人'面从后背'以及召集闲汉在主人家'扎堆儿'这一点上，与《阿金》里的描写完全一致；而且在补缺的后任一如既往，与前任一样，丝毫没有改善这一点上，也与《阿金》里的处理方式完全一致。由此看来，说鲁迅在创作《阿金》时借用《支那人气质》所提供的斯密斯的这块'模板'来铺陈自己的作品，也并不是过于勉强的罢。"① 鲁迅一生对亚瑟·史密斯的《支那人的气质》非常看重，特别是在留居上海后的 1933—1936 年，他在自己的写作和通信中频繁地提及此书，甚至临终前半个月，他还对《支那人的气质》念念不忘，希望有人能够将其翻译为中文，以给国人提供自我反思的范本。《阿金》创作于 1934 年 12 月 21 日，与鲁迅频繁提及《支那人的气质》这本书的时间正好吻合。

1927 年，鲁迅偕许广平移居上海，当时的上海是典型的新兴现代国际大都市，它的文化品格和定位是现代化的都市文化，与绍兴、北

---

① 李东木：《鲁迅怎样"看"到的"阿金"——兼谈鲁迅与〈支那人气质〉关系的一项考察》，《鲁迅研究月刊》2007 年第 7 期，第 11—12 页。

京的文化品格迥然不同。绍兴地处偏僻，加之地方又小，现代化的观念和思潮难以抵达，更无从流传生根发芽；而北京作为中国皇朝的政治中心，具有浓厚的传统文化根基，虽现代思潮源源不断地输进来，但它的现代转型却始终步履蹒跚。20世纪30年代，上海地处通商口岸，商品和人员流通迅速，加之上海这座城市没有深厚的传统文化积累，随着其商业文化的快速发展，以商业文化为中心的新文化价值体系能够摆脱传统文化的羁绊而迅速崛起。在鲁迅55年的生命历程中，他人生中4/5的时间身居绍兴、北京两座城市，浸染于以中国传统文化为中心的吴越文化和胡同文化中，并由此形成基本的人生观和价值观。虽然，作为现代文化的倡导者，鲁迅从未停止对中国传统文化的批判，但不可否认，其自身的文化基因大多来自对传统文化的继承和发展。未到上海之前，鲁迅一直是文化现代化的激进倡导者，他一直希望中国社会在西方现代思潮的推动下向现代社会迅速转型，然而其所居住的绍兴、北京因为传统深厚，因袭太多，它们现代化的脚步总是跟不上鲁迅思维的发展。当鲁迅踏上上海的土地，面对都市文化对旧思想、旧传统的彻底颠覆，和由此滋生的新时尚、新风气，他却发现上海"极度现代化"的城市文明并非其此前所构建的理想"希腊小庙"，上海的城市文明在走出传统文化羁绊的同时，也失落了诸多优秀的文化因子，其文化在商业经济的冲击下也产生了新的异化机制，充斥着"恶俗"的气味。对于上海，鲁迅无法从文化上形成认同。上海鲁迅纪念馆副馆长王锡荣指出，上海在鲁迅心目中并不可爱，他"只是把上海作为暂时落脚的码头，而一时无处可去，上海倒也显出吸引力"。复旦大学哈九增教授则认为，鲁迅"定居后，他曾多次表达对当时上海的政治环境、经济生活和文化氛围的强烈不满和愤慨，却始终没有迁离上海的打算。鲁迅并不认为上海可爱，却又选择定居在此，是因为这座城市'别有生气'，能接触到不少进步的文化人士，还有大量进步的青年作家涌现出来。上海可说是从事文化批判和社会批判的最佳之处"①。

　　20 世纪二三十年代的上海城市文化是具有活力的文化，它的鲜活之处在于城市文化是以一种全新的姿态出现在古老中国大地上，久历传统思想的人们对此先是手足无措，继而是生吞活剥似的参与其中。城市中无所不涉的商业运转，打破了他们原有的观念，各种旧有的道德压力几乎都屈从于商业标准之下而得到了释放，传统文化和都市文明的激烈碰撞使人们表现出从未有过的变异，导致这城市中居民社会生活方式和思想理念发生变化。这种变异为以文学形式描写和批评民俗见长的鲁迅所观察到，并迫使他对中国现代社会作出新的思考。因此他创造了"阿金"这个文学形象，通过阿金自乡下来到上海后精神和人性的极度扭曲异化，表达自己传统的文化经验和理念经受现代都市文化冲击所产生的心理震撼。齐美尔深信，研究现代都市文化最有效的途径是研究"人们相互打量的方式，连同他们互相写信、共进午餐、相互同情或者敌视、为他人穿衣打扮这些事实。……研究这些互动，比研究社会的主要结构和制度，更能产生对社会的'更深刻更准确'的理解"②。一方面阿金是乡下妇女，其思想意识中定然有着传统文化的深厚影响，另一方面作为为外国人打工的上海娘姨，她又经受着都市文化的诱惑、同化。人物的双重文化背景为鲁迅对上海文化中传统与现代的激烈碰撞提供了以点概面、管中窥豹的平台，阿金在弄堂里所集聚的各色人物和她所引发的一系列巷战风波是上海俗世社会的缩影，鲁迅以阿金为媒，完成了对新旧文化交汇中上海社会的深刻透视。在《阿金》中，作为观者和思考者的鲁迅没有简单地谴责乡村的风俗，也没有简单地批判城市时尚，他将阿金这一形象呈现出来，意在考察、考虑乡土和城市这两种迥然不同风尚文化的碰

---

① 《鲁迅当年在上海最爱看电影》，《钱江晚报》2007 年 10 月 22 日。

② ［英］戴维·弗里斯比：《现代性的碎片》，卢辉临、周怡、李林艳译，商务印书馆2003 年版，第 73、74 页。

撞，以及对其间所产生的畸形人格的思考和应对。

对民族劣根性的批判和对健康人格的塑造一直是鲁迅文化批判和建设的核心目标。1927 年以前，鲁迅对中国文化的批判集中于封建文化所造就的中国人格的麻木、愚昧，他认为这种麻木、愚昧的精神状态阻碍了现代文化对中国民族性格的理性塑造。但鲁迅对这种麻木、愚昧的传统人格的批判并非一种决绝的深恶痛绝，而是"怒其不争、哀其不幸"。在鲁迅看来麻木、愚昧的性格固然可恨，乡土人物身上所展现出来的忠厚、善良又是其理想人格不可或缺的要素，有其可塑性，如孔乙己分茴香豆于孩子们、少年闰土的伶俐可爱、北京黄包车夫的高尚行径。这个时期，鲁迅对笔下人物国民劣根性的批判是饱含着愤怒、哀伤、同情、可怜等多维情感的文化审视和批判。抵达上海之后，鲁迅很快就发现自己和上海都市文化的严重不合拍，这个城市在经受了商业文化和现代文明洗礼后所散发出的文化气味，并非健康、积极向上的。上海这座城市以飞速的商业文化发展将传统文化远远地抛弃在其生存空间之外，而凭空在外来文化的引进中滋生出一种变异斑驳的文化形态。这种文化形态的形成多是商业文化刺激、诱惑出的物质欲望与人性之恶所纠结出的文化泡沫。在鲁迅看来，这种极端的物质化、欲望化的城市文化是以利益为媒介将"中国法"与"外国法"集于一身，本质上是中国传统文化与西方文化中最恶俗部分的恶性嫁接。

如果说，1927 年之前鲁迅对传统文化所形成的人格的批判还有所保留，那么，鲁迅对上海都市文化下造就的畸形国民性格则是深恶痛绝的。这从鲁迅居住上海后，文体和文风的改变可以看出。1927 年之前，鲁迅对国民性批判和塑造的探索主要集中于小说和散文中，其文体风格深沉、绵长，怀旧、感伤、绝望、愤怒等多种感情纠结于这个时期的文学创作中。1927 年之后，鲁迅的文学创作转为以杂文为主，笔锋客观、尖刻、戏谑、滑稽，是一位隔绝了情感投入的社会现象的观察者、描述者和审判者。这个时期的杂文几乎将上海都市文化所有的恶行、恶相都一一点到，"抄靶子""揩油""吃白相饭"和人与人之间的"推""爬"文化。

正是在对上海文化造就的人性之恶的极度厌恶中，阿金在上海的弄堂中现身了。此时，鲁迅在上海已经居住了七年多，对上海都市社会中恶俗的人情世故和奴性人格已了然于胸，将所掌控的恶性因子与所熟知的《支那人的气质》的文化模板两相结合，便诞生了《阿金》。

三

在鲁迅的乡土小说中也经常出现如阿金那样能说会道的泼辣女性，如杨二嫂、爱姑等，但鲁迅并未表现出对这些人物的厌烦之心，他甚至对爱姑的泼辣劲儿倒有些许的赞赏。为何这种泼辣的性格出现在十里洋场的阿金身上，鲁迅就表现出对这种女性的极度厌恶呢？追其缘由，就在于阿金是中国现代化进程中所带来的文化怪胎，她身上有着鲁迅深以为耻的所有劣根性：毫无公德地乱抛杂物、在"公共领域"聚众吵闹、翻脸无情、欺软怕硬、谄媚于洋人，再加上似乎是在这十里洋场才染上的厚颜无耻，连自己的身体也当作当众卖弄的本钱。

作为一个出身乡下的女性，阿金身上最让鲁迅震惊的是其女性观念的变化。在有关近代中国女性由传统步入现代的历史叙述中，最耳熟能详的模式是在现代思潮的感召下，知识女性挣脱封建家族的包办婚姻，勇敢走出家门，追求自由的恋爱权利，并由此获得美满的婚姻，许广平的一生就是这种叙述模板的现实写照。然而，在上海，女性解放却有着另一种版本的现实叙述，它比第一种版本出现得更早，有其独特性和针对性，它的叙述主体大多是下层劳动妇女而不是知识女性，其间起感召作用的是欲望而不是文化。1897 年的《申报》对此有如下描述：

乡间妇女至沪佣工，当其初至时，或在城内（即华界——笔者注）帮佣，尚不失本来面目。略过数月，或迁出城外（即租界——笔者注），则无不心思骤变矣。妆风雅，爱打扮，渐而时出吃茶，因而寻姘头，租房子，上台基，无所不为，回思昔日在乡之情，竟有判若两人者。①

到 1899 年，仅在上海租界做工之女工就达到两万人，在这种情形下，无论是工作场合还是日常交往，所谓男女授受不亲等两性关系方面的禁忌均无形地松动。普通女子出入茶楼、烟馆等一般消闲场所，在 19 世纪末的上海更非鲜见。进城妇女弃夫另找情人之事，亦较普遍，当时流行的所谓"台基"，就类似今天宾馆的"钟点房"，是专为了男女幽会的需要而设。即便当时的一般舆论仍视此为伤风败俗，但"每见上海社会中发现一伤风败俗之事，一段舆论则必曰：此幸在上海耳，若在内地，即使幸逃法网，亦不免为社会所不齿"。② 上海对这种欲望化男女关系的包容，并不是其文化现代性的表现，相反，是其文化堕落的表现，它鼓动的是一种建立在物质、欲望之上的异化关系，而非五四时期，知识女性所追求的灵肉一致的纯洁爱情。因此，《伤逝》中对子君勇敢的爱情宣言和行动，鲁迅是欣赏而且肯定的，对子君的悲惨遭遇结局的描述，则饱含着对传统社会毁灭美好事物、情感的痛斥和鞭挞。而对阿金"弗轧姘头，到上海来做啥呢"的言论和有多个姘头的行为，鲁迅则深表厌恶，以致在《阿金》的文章开头，作者就要摆明自己的态度，"近几时我最讨厌阿金"。在得知阿金被主家辞去之后，"我"不仅没有表现出一点同情，而且一口气连说了三个"讨厌"，"但是我还讨厌她，想到'阿金'这两个字就讨厌；在邻近闹嚷一下当然不会成这么深仇重怨，我的讨厌她是因为

---

① 《论男女无耻》，《申报》1879 年 9 月 21 日。
② 姚公鹤：《上海闲话》，上海古籍出版社 1989 年版，第 103—104 页。

不消几日，她就摇动了我三十年来的信念和主张"①。

对于阿金的讨厌，"我"在文中明确指出并非因为阿金的长相，"阿金的相貌是极其平凡的。所谓平凡，就是很普通，很难记住，不到一个月，我就说不出她究竟是怎么一副模样来了。但是我还讨厌她，想到'阿金'这两个字就讨厌"，显然，"我"对阿金的厌烦之心并非带有性别歧视的因素和个人性，而是来自衍生其性格和行为的文化形态，因为"我的讨厌她是因为不消几日，她就摇动了我三十年来的信念和主张"。她的性格和言行不仅颠覆了鲁迅对中国女性"受压迫、受奴役"的形象认识，而且使他对中国文化的现代化进程感到无比的绝望——这决然不是鲁迅作为五四文化启蒙者，引进现代文明所要打造的理想国民性格。在鲁迅的笔下，阿金实际上是上海都市文化的人格化表现，阿金的女性之身是鲁迅透过上海女性解放的变异对上海都市文化的典型特点的一个概括性的速描，表达出其身处上海的生存环境和文化空间，内心深处多年积淀的知识体系和生命体验对这种异化文化的对抗。

如果说，1927 年之前，在建构国民性的思路上鲁迅对西方现代文明还非常倚重的话，那么在留居上海之后，看到西方文明所滋生的种种异化和恶俗，鲁迅在国民性的建构和文化现代化的道路上不再一如既往地相信西方文明，而西方文明在中国的异化成为他晚年文化批判和反思的焦点。所以早在 1933 年，当林语堂为上海的女性解放造势吼道："让娘们干一把吧！"鲁迅立即写文反击曰："娘们也不行。"显然，在女性解放成为上海的时尚风潮时，鲁迅已然看到在西方商业文化支撑下的这种女性解放早已偏离了现代化的正常轨道，长此发展下去，必然会堵住中国向现代化迈进的轨道，一如阿金的言行堵住了"我"的路。

---

① 《鲁迅全集》第六卷，人民文学出版社 2005 年版，第 208 页。

第五章　神话：民族文化新生的伟力

第一节　鲁迅的神话观

鲁迅在日本留学的时候，常常和许寿裳谈论的三个相关问题是："（一）怎样才是理想的人性？（二）中国民族中最缺乏的是什么？（三）它的病根何在？"① 对这三个问题的回答成为鲁迅文学生涯孜孜以求的终极目标，他的小说和杂文常常在对中国文化、社会的反思和批判中，就第二个和第三个问题给予形象而具体的回答：中国民族最缺乏的是诚和爱；根性在于奴性。可是，怎样的人性才是理想的人性呢？鲁迅本人也一直被这个问题苦苦地纠缠着而不能答疑。

现实的苦闷和灰色的人性，使鲁迅难以在现实主义的笔法下寻找到来自未来理想世界的最终光芒。鲁迅是从来都不相信会有未来的黄金世界的，"阿尔志跋绥夫曾经借了他所做的小说，质问过梦想将来的黄金世界的理想家"，"你们将黄金世界预约给他们的子孙了，可是有什么给他们自己呢"②。1925 年给许广平的信中，他写道："我疑心

---

① 许寿裳：《亡友鲁迅印象记》，人民文学出版社 1977 年版，第 19 页。
② 《鲁迅全集》第一卷，人民文学出版社 2005 年版，第 167 页。

将来的黄金世界里，也会有将叛徒处死刑。"① 这种对人生和人性绝望的灰色情绪弥漫于鲁迅几乎所有的文学创作中，以致竹内好要说："不依赖任何东西，不把任何东西作为自己的支点，由此而必使一切成为自己的。在这一刹那，文学家鲁迅诞生了。"② 几十年之后，尾崎文昭又感叹："不依赖任何东西，不把任何东西作为自己的支点，不断反抗（革命、忍耐）空虚，这该多么艰难！如果鲁迅拥有相当于陀思妥耶夫斯基的神那样的存在，将使他怎样地获救呵！"③ 他们都感慨鲁迅文学中没有理想光芒的举步维艰，将鲁迅定在虚无主义者的十字架上。

然而，他们都错了，因为鲁迅还坚信，"可是魔鬼手上，终有漏光的处所，掩不住光明"④。只是，他不愿把这些美好、可爱、微弱的希望之光种植在现实的土地上，它们那么弱小而胆怯，怎经得起无边黑暗的欺压、凌迫。鲁迅把其终身所积攒出的关于理想人性的种子，独辟蹊径地种植在个人的神话世界中——《故事新编》，在这里他精心而隐秘地播下对美好婚恋对象的狂想，播下对理想文化人格的执着表达，播下对民族文化的殷切希望。面对《故事新编》泄漏出来的亮光，"虚无主义论"的坚信者竹内好犹豫了："坦率地说，我实在无法理解《故事新编》。我认为，恐怕它是毫不可取、毫无问题的蛇足。即使现在我对这一点仍有八分的确信。不过，在剩下的二分中仍留有某种疑惑。无论如何也不能否定。"其继任者伊藤虎丸指出："竹内留下'二分疑惑'，是因为他尤其在《非攻》和《理水》这两篇作品

① 《鲁迅全集》第十一卷，人民文学出版社 2005 年版，第 20 页。
② ［日］竹内好：《鲁迅》，李心峰译，浙江文艺出版社 1986 年版，第 110 页。
③ ［日］尾崎文昭：《试论鲁迅"多疑"的思维方式》，孙歌译，《鲁迅研究月刊》1993 年第 1 期，第 26 页。
④ 《鲁迅全集》第一卷，人民文学出版社 2005 年版，第 338 页。

中，感受到了'某种作品上的壮观图画'。我也承续这一预感。"① 要深切而稳妥地理解鲁迅生命中所积攒的理想之光，就必须先理解鲁迅独特的神话观，了解中国神话中蕴藏着怎样的神秘力量吸引鲁迅如此选择。

一

在中国传统文化系统中，神话一直是鲁迅关注的重点。在撰写《中国小说史略》的过程中，鲁迅收集了大量古代小说史的资料，其中《古小说钩沉》和《小说备校》就是与神话密切关联的资料储备。通过对中国神话资料整理和阅读，鲁迅形成了自己独特的神话观，并将神话融入其新文化建构的庞大体系中，成为其思考中国文化出路和理清国民性优弊的一个有效着陆点。鲁迅将神话看作中国文化和文学的流源地，"但在古代，不问小说或诗歌，其要素总离不开神话。印度，埃及，希腊都如此，中国亦然"②。并从人与自然的关系出发，对神话作出明确的定义：

> 昔者初民，见天地万物，变异不常，其诸现象，又出于人力所能以上，则自造众说以解释之：凡所解释，今谓之神话。③

在《中国小说的历史的变迁》中又作出了一个更为详细的阐释：

> 因为原始民族，穴居野处，见天地万物，变化不常——如风，雨，地震等——有非人力所可捉摸抵抗，很为惊怪，以为必有个主宰万物者在，因之拟名为神；并想象神的生活，动作，如

---

① ［日］伊藤虎丸：《鲁迅与日本人》，李冬木译，河北教育出版社2001年版，第156页。
② 《鲁迅全集》第九卷，人民文学出版社2005年版，第313页。
③ 同上书，第19页。

中国有盘古氏开天辟地之说，这便成功了"神话"。①

在鲁迅看来，神话是原始人类建立在想象基础上的文化创造物，它显示了人类对形而上生命存在的疑惑、探索和解答，在对"以为必有个主宰万物者在，因之拟名为神，并想象神的生活，动作"。在这些设想的漫长历史衍化和分解中，逐渐产生了中国的宗教信仰、文学，以及各种民俗等文化分类。在所有的文学类别中，民间传说和神话的渊源最深，对此，鲁迅在《中国小说史略》中作了详细而独见其思的论证：

> 迨神话演进，则为中枢者渐近于人性，凡所叙述，今谓之传说。传说之所道，或为神性之人，或为古英雄，其奇才异能神勇为凡人所不及，而由于天授，或有天相者，简狄吞燕卵而生商，刘媪得交龙而孕季，皆其例也。②

在很多神话研究者看来，神话和传说本来就是一体的，很难将两者分出个彼与此，鲁迅在比较中所举出的例子，在很多神话研究者看来亦可称为神话。茅盾作为鲁迅的同时代人，虽然在定义传说和神话时，他借鉴了鲁迅以神格和人格作为标尺以区分两者，但同时他也不得不承认将两者混称也有一定道理，"然因二者同是记载超乎人类能力的奇迹的，而又同被原始人认为实有其事的，故通常也把传说并入神话里，混称神话"③。在现今的民俗研究者看来，神话和传说的分类只是囿于文学体裁的概念，跳出概念的局限，神话和传说的差异几乎可以忽略，它们都是人类对超乎自身经验外生命存在的浪漫主义想象，只是想象主体处于不同的历史时段。把它们放在人类文化史的广

---

① 《鲁迅全集》第九卷，人民文学出版社 2005 年版，第 312 页。
② 同上书，第 20 页。
③ 茅盾：《神话研究》，百花文艺出版社 1981 年版，第 4 页。

大视域空间中，共同的叙述特点和叙述策略，使大多数民俗研究者将它们共同归入"民间故事"的文化类别中。

鲁迅对神话和传说的文化共同点还是颇为认可的，这一点，在《中国小说史略》他对神话和诗歌关系作出的评价分析中足可一见。虽然，鲁迅认为神话也是诗歌的起源，但两者的关系却并非如神话与传说的和睦承继发展关系：

> 惟神话虽生文章，而诗人则为神话之仇敌，盖当歌颂记叙之际，每不免有所粉饰，失其本来，是以神话虽托诗歌以光大，以存留，然亦因之而改易，而销歇也，如天地开辟之说，在中国所留遗者，已设想较高，而初民之本色不可见，即其例矣。①

诗歌虽源于神话，但与神话确有了本质的不同，因为蕴含于神话初创期的"初民之本色"在后世所创诗歌的过度粉饰中，已不可见。相较于诗歌，显然鲁迅认为神话和传说存在更多的共通性，因为它们都保留了"初民之本色"。这种"初民之本色"，文化上指向原始初民对形而上生命存在想象中所爆发的真实而庞大的创造力；哲学上则指向人类"精神内向度"的开启。"精神内向度"是鲁迅生命哲学的关键词，它是鲁迅确认人生意义的全部生命来源，在鲁迅看来，人生的全部意义就在于"精神内向度"的无限拓展。

二

在中国神话中挖掘发展民族文化的"精神内向度"之伟力的工作，早在鲁迅日本求学期间就已开始，关于神话与文化的思考远远早于他对神话与文学的学术见解。在日本，鲁迅接受并吸收了柳田国男派民俗学的理念，引发其从民俗文化学的角度对中国文化展开了颇具

---

① 《鲁迅全集》第九卷，人民文学出版社 2005 年版，第 19 页。

建设性的反思和批判。此间，他陆续发表的《人之历史》《文化偏至论》《破恶声论》等五篇论文，都是在其他国家文化发展史的参照下，以发展壮大民族、国民精神为中心，对中国文化建设提出了发人惊醒的见解。而在神话、宗教、民俗等被科学伪士们称之为"迷信"的文化中，发掘推动民族新文化发展的精神伟力，则是鲁迅重点攻战的课题。

1908 年 12 月，在《河南》杂志第 8 期上发表的《破恶声论》（未完稿），集中体现了鲁迅驳斥伪科学，肯定民间文化孕育着精神伟力的文化观点。文中认为要启发人民"内曜"（精神），就必须先驳倒"破迷信""崇侵略""尽义务"三种"恶声"。鲁迅对"破迷信"的驳斥，矛头指向那些略涉一点科学知识就以"新文明"传人自居的"伪士"们，是对近代盲目科学主义思潮的有力回击：

> 夫人在两间，若知识混沌，思虑简陋，斯无论己；倘其不安物质之生活，则自必有形上之需求。故吠陀之民，见夫凄风烈雨，黑云如盘，奔电时作，则以为因陀罗与敌斗，为之栗然生虔敬念。希伯来之民，大观天然，怀不思议，则神来之事与接神之术兴，后之宗教，即以萌蘖。虽中国志士谓之迷，而吾则谓此乃向上之民，欲离是有限相对之现世，以趣无限绝对之至上者也。人心必有所冯依，非信无以立，宗教之作，不可已矣。①

"伪士"们打着科学的幌子指责宗教、民俗、神话三者为迷信，必须加以破除，中国才会有兴盛发展之路。鲁迅以"正信"立论，指出"伪士"们所崇拜科学主义是物质范畴内的存在，而宗教、民俗、神话是精神领域的存在，"伪士"们以科学主义批判属于精神领域的宗教、民俗和神话，缺乏坚实的批判基础，不存在对话的可能性，直

---

① 《鲁迅全集》第八卷，人民文学出版社 2005 年版，第 29 页。

戳其立论的荒谬性，"正信不立，又乌从比校而知其迷妄也"①。

"正信"就是"乃向上之民，欲离是有限相对之现世，以趣无限绝对之至上者也"，也就是鲁迅后来在《中国小说史略》中所提到的"初民之本色"。民间通过对神话、宗教、民俗等文化形式的传继和发扬，在同一精神谱系中，保留和发展了原始初民健康、强劲、旺盛的内在生命力。在鲁迅看来，作为民俗、宗教之源的神话，蕴含中华民族初生之时的无尽生命伟力，这种生命伟力跳出了历史时空的束缚，在精神文化领域内代代相传、永无止境，而民俗、宗教、神话正是达成初民之"神思"与今人之心相通的重要途径。卡西尔指出："一旦我们考虑到文化生存的基本形式起源于神话意识，神话在这个整体中及对这个整体的重要意义就显而易见了。这些形式都不是始于独立的存在，也没有明确规定自己的原则，相反，在发轫之时，它们每一个都掩映于某种神话形式。几乎没有任何'客观精神'的领域不能被证明曾经有过这种与神话的融合、具体的统一，艺术和知识的成果——道德、法律、语言与技术的内容———切都表明同样的基本关系。"②"伪士"们不能明乎此，而妄议神话、宗教、民俗之是非，恰正有力地证实他们才是真正的"迷信者"，迷信于对西方科学的妄信，本质上"是一群远离生命本源而无再造文明之力的庸人"③。

在对"伪士"的驳斥中，鲁迅特以中国人对"神龙"的信仰为例，证明"伪士"们借口科学，以动物科学的定理论证"神龙为必无"，否认"神龙"信仰的做法，于中国文化的新生弊大于利。鲁迅认为中国文化的落后，根不在"神龙"的信仰，相反图腾信仰是世界

①　《鲁迅全集》第八卷，人民文学出版社 2005 年版，第 29 页。
②　[德]恩斯特·卡西尔：《神话思维》，黄龙保、周振选译，中国社会科学出版社 1992 年版，第 3 页。
③　廖忠诗：《回归经典：鲁迅与先秦文化的深层关系》，上海三联书店 2005 年版，第 69 页。

各民族的通性，各民族也正是从图腾信仰的文化创造中，形成了自身独特的文化之质。图腾信仰实正蕴含一个民族精神的原初生命能量，孕育民族文化发展之根性。即使像俄罗斯和英吉利这样在科学处于世界前列的东西方国家，也从不曾否认自己民族的图腾信仰，如英吉利对人立之兽的崇拜、俄罗斯之于鹰的崇拜。神龙乃中华民族之文化国徽，失之则中国无以立国：

> 夫龙之为物，本吾古民神思所创造，例以动物学，则既自白其愚矣，而华土同人，贩此又何为者？抑国民有是，非特无足愧恧已也，神思美富，益可自扬。古则有印度希腊，近之则东欧与北欧诸邦，神话古传以至神物重言之丰，他国莫与并，而民性亦瑰奇渊雅，甲天下焉，吾未见其为世诟病也。惟不能自造神话神物，而贩诸殊方，则念古民神思之穷，有足媿尒。嗟乎，龙为国徽，而加之谤，旧物将不存于世矣！顾俄罗斯枳首之鹰，英吉利人立之兽，独不蒙诟者，则以国势异也。①

同样的图腾信仰在西方发达国家可以堂而皇之地行之，不曾被人诟骂，在中国却被斥为迷信。鲁迅不客气地指出这是"拾外人之余唾"，因为这种说法原是外国一些浅薄之徒对中国的有意诋毁，"见中国式微，则虽一石一华，亦加轻薄"。在鲁迅看来，这种自身没有坚定的文化信仰和民族自尊心，一味崇洋跟风，帮助外人诋毁自家文化之根的行为真是愚上加愚。

三

"神话的生命力和永恒的'魅力'，通常强于某个特定时代的艺术或文学，这是因为，原始的神话比文明的艺术，更直接地体现了人性

---

① 《鲁迅全集》第八卷，人民文学出版社 2005 年版，第 32—33 页。

中接近'底层'或'本质'的东西。而较少受到传统文化的熏陶或当代文明教育的压抑，得以避免降低它表现人性的真切程度，及其内在的活性。"① 鲁迅认为，上古的神话思维通过民俗、传说、宗教的流传方式，至今都存在于中国人的精神生活中。现代人通过对这种神话思维的演绎和运用，不断创造着新的神话，并在对绍兴祭拜太阳神生日民俗源流中加以明示：

> 譬如"日"之神话，《山海经》中有之，但吾乡（绍兴）皆谓太阳之生日为三月十九日，此非小说，非童话，实亦神话，因众皆信之也，而起源则必甚迟。故自唐以迄现在之神话，恐亦尚可结集，但此非数人之力所能作，只能待之异日，现在姑且画六朝或唐（唐人所见古籍较今为多，故尚可采得旧说）为限可耳。②

由此可见，鲁迅非常重视对神话中民族文化原初生命力的挖掘和发现，并将对神话的认证和研究自觉地纳入民间文化的理论体系中，将其视为构建民族新文化，实现民族新生的一个重要精神推动力。鲁迅认为要建设新文化，必须在拿来主义的指导下，固守民族文化之根，激活孕育在中华民族文化肌体深处的活力。因此，回国后顺应时代的号召，倡导新文化运动，当他拿起笔准备对乡土世界中种种落后、愚昧的民俗和信仰大加讨伐时，总怀着"心有戚戚焉"的隐秘同情。所以，《祝福》中的"我"对于祥林嫂关于地狱话题的提问，才会显出捉襟见肘的窘迫；《故乡》中的"我"认为闰土信奉的神鬼信仰，与"我"对未来希望的祈望，在本质上都是对偶像的崇拜。然而，鲁迅毕竟也是饱学西方科学文化之士，站在中西文化的对流和冲

---

① 谢选骏：《神话与民族精神：几个文化圈的比较》，山东文艺出版社 1982 年版，第382 页。

② 《鲁迅全集》第十一卷，人民文学出版社 2005 年版，第 464 页。

撞中，他并非一味地肯定以神话为源流的民间文化，其间鲁迅也看到了变异后的民间风俗、民间精神对现代人精神的禁锢，有与现代社会格格不入的一面，过于超现实的思维踏不到世界现代化发展的时代鼓点上。

黑格尔曾告诫人们，孤立的结果无异于事物的僵尸，应当在一粒种子中看到未来的花果，从成熟的花果中看到当初的种子，萌芽，生长的全过程。[①] 一个民族的创世神话中播种着整个民族后世的文化基因和生命 DNA，神话系统常常成为民俗学家和人类学家解密某一文化群体公共文化品格的有效密码，他们通过对神话话语体系、叙事语态、结构形态的精细对比分析，来寻找隐藏在某个文化群落集体无意识中的价值认同。陈勤建通过对一则神话在中国和日本的不同版本比较得出，日本文化的民族性里没有"恶"的概念，非常具有说服力。中国古代的金鸡传说，说一个穷苦人到山里，看到一只山鸡，快要死了，很可怜，就把随身带的一点口粮给它喂一点，山鸡吃了活过来，很感激他，给他下了一个金蛋，然后飞走了。之后他有困难时，金鸡还是会飞来给他下金蛋。不过这个穷苦的人不贪婪，不到不得已的时候不会来找金鸡。可是后来被一个地主知道了，地主就去把金鸡抓来下蛋，金鸡拉了一泡屎，飞走了，地主去追，追到悬崖边上摔死了。这则神话传说表明了中国文化中鲜明的善恶是非观：好人有好报，坏人没有好下场。这个故事传到日本，其他的情节都差不多，只是金鸡变成了一个黄金做的鸡，谁拿到谁就发财了。其中最具典型性的一个版本是讲，一个和尚拿到了金鸡，他晚上借宿在一户人家里，半夜里拿出金鸡看，被主人看到了。主人夫妇合伙把和尚杀了，把尸体扔到了河里，自己得到了金鸡。令人惊讶的是，故事到此就结束了。[②] 文

---

① 参见叶舒宪《中国神话哲学》，中国社会科学出版社 1992 年版，第 109 页。
② 参见陈勤建《中日金鸡传说崇信德文化走向》，《中国比较文学》2000 年第 3 期。

化中缺乏对"恶"的认识很容易驱使一个民族产生对强权、利益的极端追逐，滋生军国主义政治倾向。由此，我们不难理解，为什么鲁迅在日本求学期间会激烈地抨击"破迷信""崇侵略""尽义务"三种"恶声"。"破迷信"固然是对中国国内文化现象的抨击；对"崇侵略""尽义务"的深恶痛绝，却是对日本国内盛行的狂热"军国主义"的反思，希望中国在新文化和新的民族性的建设中，以此为鉴，避免步日本的后尘。

那么，什么样的民族性和文化形态才是鲁迅理想中的民族性和新文化呢？

鲁迅认为，神话中潜隐着中国文化最初的根性和最朴素美好的中国民族性，可以通过对神话的文学再创造，将旧的民族之心打造成健康美好的现代之国民性，展现一个民族文化和性格的理性境界。詹姆士·O. 罗伯逊认为神话思维无处不在，现代人对神话思维的创造性运用完全可以为一个民族续写出更为伟大的国家神话。在此基础上，他给神话下了一个界定："没有经过任何逻辑分析和理性思考，我们就接受了许多意向、观点、行为模式、象征、英雄、故事、隐喻、类比和解释，简言之即神话——这一切是存在的，使我们和我们的世界符合逻辑，易于理解。"① 鲁迅以个人的生命体验和文化哲学为文学想象的原发点，通过对上古神话的创造性发挥，在现代文化寓言系统中创造了独属自己的神话——《故事新编》。在上古人对超越生命能量的巨大伟力想象中，鲁迅寄予了自己对民族文化发展和理想人性的美好展望。在此，鲁迅以其生命的创造活动为自己开辟出一个形而上的个人神话空间，在那里，个人与人类、古人与今人、现实与梦想、刹那与永恒彼此交融：

---

① ［美］詹姆士·O. 罗伯逊：《美国神话·美国现实》，贾秀东译，中国社会科学出版社1990年版，第442页。

在空间上，鲁迅返回了"个人"，返回了"个人"生存的小空间，但他成了"人类"，进入了整个人类的大空间；

在时间上，鲁迅抓住了"现在"，抓住了当前的一刹那，但他实现了"永恒"，进入了古往今来的时间隧道中。①

第二节 《补天》——图腾崇拜照射下的理想世界

《补天》是鲁迅根据女娲补天的神话传说创作的一篇神话小说，它创作于 1922 年冬天，原先题名为《不周山》，再版的时候，改名为《补天》。尽管《补天》自创生以来就引来了文化界对它褒贬不一的评论，但总的来说从政治的现实主义角度来对其评价的占多数，特别是新中国成立以来的鲁迅研究界，几乎一致倒向政治文化论。对创作《补天》的缘由，鲁迅曾经分别作过两次专门的解释。

一次是 1933 年，在谈到自己的小说创作经常受到现实的影响，以致改变了小说人物的塑造时，他指出：

> 我做的《不周山》，原意是在描写性的发动和创造，以至衰亡的，而中途去看报章，见了一位道学的批评家攻击情诗的文章，心里很不以为然，于是小说里就有一个小人物跑到女娲的两腿之间来，不但不必有，且将结构的宏大毁坏了。②

第二次是 1935 年，鲁迅为《故事新编》的结集出版写《序言》，

---

① 王富仁、赵卓：《突破盲点——世纪末社会思潮与鲁迅》，中国文联出版社 2001 年版，第 138 页。

② 《鲁迅全集》第四卷，人民文学出版社 2005 年版，第 527 页。

他对《补天》的创作动机给予了全面的记述：

第一篇《补天》——原先题作《不周山》——还是一九二二年的冬天写成的。那时的意见，是想从古代和现代都采取题材，来做短篇小说，《不周山》便是取了"女娲炼石补天"的神话，动手试作的第一篇。首先，是很认真的，虽然也不过取了弗罗特说，来解释创造——人和文学的——的缘起。不记得怎么一来，中途停了笔，去看日报了，不幸正看见了谁——现在忘记了名字——的对于汪静之君的《蕙的风》的批评，他说要含泪哀求，请青年不要再写这样的文字。这可怜的阴险使我感到滑稽，当再写小说时，就无论如何，止不住有一个古衣冠的小丈夫，在女娲的两腿之间出现了。这就是从认真陷入了油滑的开端。油滑是创作的大敌，我对于自己很不满。

我决计不再写这样的小说，当编印《呐喊》时，便将它附在卷末，算是一个开始，也就是一个收场。

这时我们的批评家成仿吾先生正在创造社门口的"灵魂的冒险"的旗子底下抡板斧。他以"庸俗"的罪名，几斧砍杀了《呐喊》，只推《不周山》为佳作，——自然也仍有不好的地方。坦白的说罢，这就是使我不但不能心服，而轻视了这位勇士的原因。我是不薄"庸俗"，也自甘"庸俗"的；对于历史小说，则以为博考文献，言必有据者，纵使有人讥为"教授小说"，其实是很难组织之作，至于只取一点因由，随意点染，铺成一篇，倒无需怎样的手腕；况且"如鱼饮水，冷暖自知"，用庸俗的话来说，就是"自家有病自家知"罢：《不周山》的后半是很草率的，决不能称为佳作。倘使读者相信了这冒险家的话，一定自误，而我也成了误人，于是当《呐喊》印行第二版时，即将这一篇删除；向这位"魂灵"回敬了当头一棒——我的集子里，只剩着"庸俗"在跋扈了。①

对《补天》创作动因的两次说明中，可以看出，最初，鲁迅创作《补天》是不想掺和太多的社会现实因素，他想借助神话想象来表达建立在个人生命体验和文化感知基础上的纯文化小说，"描写性的发动和创造"，"来解释创造——人和文学的——的缘起"。性，在中国文化中，一直都是一种私人化的生命体验。在对创作动机的说明中，一再点出"性"，可见《补天》很可能是建构在鲁迅对"性"个人化的认识和想象基础上的文化隐喻。只是，中国人本来面对"性"的话题就三缄其口，更何况面对鲁迅这样一位伟大的人物，对《补天》"性"文化内涵的审视，就成为多数研究者有意无意都要避开的"雷区"。

然而，当我为写本书一次又一次地穿梭在鲁迅的写作和私人生活中，看到他一次次发出对"爱"和"真诚"的人性的呼唤，为得不到理解和沟通而苦闷不已。我想，客观地看待鲁迅，尊重他的意见来阅读、理解和研究其文学创作，应该是对鲁迅本人及其文学创作深切敬意的最好表达。在这一节，希望通过对女娲民俗文化身份的追溯和民俗文化中的性文化隐喻的分析，将鲁迅封存在《补天》隐本之下的性理想和性苦闷展现出来。

一

1924年，成仿吾在《创造季刊》第2卷第2期发表了《〈呐喊〉的评论》，对收录于《呐喊》中包括《不周山》在内的十五篇小说，发表了明显带有"门户之见"的评论。成仿吾是创造社的主要代表人，一群年轻人朝气蓬勃主张"为艺术而艺术"，非常强调文学是作家的自我表现，极力反对文艺的社会功用，认为艺术是对自我的极度

---

① 《鲁迅全集》第二卷，人民文学出版社2005年版，第353—354页。

表现，不应该掺杂现实的目的。这与鲁迅所一直秉承、倡导的"为人生"的现实主义针锋相对。《呐喊》是鲁迅现实主义文学创作的典型代表，因此，成仿吾对其大加讨伐，认为"前期中的《孔乙己》、《药》、《明天》等作，都是劳而无功的作品，与一般的庸俗之徒无异……"① 成仿吾对《呐喊》的批判和否定是主观而武断的，尽管如此，他对《不周山》的一段评价还是颇有可取之处，亦道出了一点鲁迅创作这篇小说的心理动机：

> 《不周山》又是全集中极可注意的一篇作品。作者由这一篇可谓表示了他不甘居留守着写实的门户。他要进入纯文艺的宫廷。这种有意识的转变，是我为作者最欣喜的一件事，这篇虽然也还有不能令人满意的地方，总是全集中第一篇杰作。②

成仿吾以敏锐的艺术嗅觉发现了《不周山》在艺术创作上与《呐喊》所收的其他 14 篇小说具有明显的不同，"他不甘居留守着写实的门户。他要进入纯文艺的宫廷"。显然，成仿吾认为《不周山》是一部以表现自我为中心的浪漫主义作品。对于《不周山》的缺点，鲁迅也一再检讨，受到汪静之案牵连，忍不住又对现实发言，"不但不必有，且将结构的宏大毁坏了"，"这就是从认真陷入了油滑的开端。油滑是创作的大敌，我对于自己很不满"。鲁迅最善于利用杂文对现实发言，正是对"油滑"笔调的娴熟运用，才构成了其杂文幽默中见锋芒的特点。鲁迅抱怨在女娲两腿之间加了一个"小丈夫"和"油滑"笔调的运用，破坏了他创造《不周山》的最初打算和构想。可见，他一开始构思《不周山》时就不想对社会现实涉及太多，只想通过对"女娲补天"这一神话题材的再创造，营构具有浓厚个人意识的文化

---

① 成仿吾：《〈呐喊〉的评论》，《创造季刊》1924 年第 2 卷第 2 期。
② 同上。

隐喻神话，表达个人对超脱现实之上美好人性和理想生活的祈望。而这种对美好人性和理想生活的想象，一如他一再指出的，源于"性的发动和创造"。

女娲是中国神话中人头蛇身的女神。她创造了人类，并采石补天，堵住了从天上不断泻下来的洪水，挽救了大地上的生灵和人类，因此，在各地的民间信仰中，她被推为生殖女神和水神。东汉王充较早记录向女娲祈晴的习俗，他在《论衡·顺鼓篇》中曾引西汉董仲舒之议，说"雨不霁，祭女娲"。中国南方，水灾频仍，所以在南方的民间信仰中，他们更容易将女娲当作一名管理洪水和暴雨的水神崇拜。江苏等地盛行一种以纸剪妇人形状名作"扫天娘"或"扫晴娘"等来祈晴的风俗。在连阴雨天，妇女们为了祈求雨停，就把剪成的一个妇女拖一把扫帚的纸像，用线拴在小棍上，挂在屋檐下，同时还要念咒语（这一活动都是由妇女们进行的）："天娘娘，地娘娘，雨天雨地人急慌，一把扫帚送给您，先扫疯婆子，后扫贼姑娘。"① "疯婆子"指风，"贼姑娘"指淫雨，要将咒语连念三遍，传说是为了请女娲救老百姓。水又塑造了江南女性的柔美和明慧，江南的神话传说中，经常将美丽、多情的水神看作男性理想的女性配偶。人与水神之恋在《楚辞》中表现得尤为哀婉动人。《湘君》《湘夫人》中，湘水女神深情地在秋波浩渺的洞庭湖畔等候情人：

> 帝子降兮北渚，
> 目渺渺兮愁予。
> 袅袅兮秋风，
> 洞庭波兮木叶下。②

---

① 高有鹏：《民间庙会》，海燕出版社1997年版，第49页。
② 《湘夫人》。

《山鬼》中那位美丽浪漫苦思苦等人间公子的山鬼，是早期巫山
女神的形象：

　　　　怨公子兮怅忘归，

　　　　君思我兮不得闲。

　　　　山中人兮芳杜若，

　　　　饮石泉兮荫松柏，

　　　　君思我兮然疑作。①

　　宋玉的《高唐赋》和《神女赋》分别写楚怀王、楚襄王与巫山
神女的恋爱故事，曹植《洛神赋》中，则幻想自己与浪漫多情的宓妃
相遇、相恋，最终因人神殊隔而分离。在这些文人所创造的神话故事
当中，男性婚恋理想的寄托者都是女性水神。随着这些神话故事传入
民间，对"女性水神"的向往和爱恋，已经演化为男性群体公共的
"婚恋情结"，"女性水神"不论以何种身份出现，她们身上都具备男
人性理想的所有优点，成为男人心目中理想女性的化身。后来民间流
传甚广的白水素女和白蛇娘娘都是"女性水神"的优美变身，她们因
为善良、勤劳、贤惠、美丽而在一代又一代男人的情思梦幻中缠绵悱
恻，绵延不绝。

　　鲁迅本人对身为水妖的白蛇娘娘感情就很深，那种掩饰不住的喜
欢，在他所写的《论"雷峰塔"的倒掉》中倾泻无遗。听到雷峰塔
倒掉了，鲁迅的欣喜之情由文字中毫不客气地展露出来：

　　　　现在，他居然倒掉了，则普天之下的人民，其欣喜为何如？

　　　　这是有事实可证的。试到吴越的山间海滨，探听民意去。凡
　　　　有田夫野老，蚕妇村氓，除了几个脑髓里有点贵恙的之外，可有

――――――――――

　　①　《山鬼》。

谁不为白娘娘抱不平，不怪法海太多事的？①

尤可推敲的是，鲁迅对法海的愤怒指责：

　　和尚本应该只管自己念经。白蛇自迷许仙，许仙自娶妖怪，和别人有什么相干呢？他偏要放下经卷，横来招是搬非，大约是怀着嫉妒罢，——那简直是一定的。②

他对法海的指责并非站在一个文化批判者的角度，指向法海所代表的封建恶势力，对美好婚姻的摧残，而是将自己、法海、许仙同置在男人的位置上，从性战争心理角度来揣测和尚出身的法海对美满婚姻的破坏："大约是怀着嫉妒罢，——那简直是一定的。"也许，鲁迅是出于文化政策而改变角度，因为从和尚思凡来立论，更能深刻地揭露法海人性之虚伪、品质之恶劣，但鲁迅对同性之间这种嫉妒心的准确把握，至少说明，他内心于男性对"女性水神"的公共"婚恋情结"是非常理解和认同的。

直至写《不周山》的1922年，鲁迅与朱安已经经历了至少六年无爱无性的婚姻生活。鲁迅是一个富于创造力的天才作家，他对感情、欲望的需求自然要比普通人更为强烈、细密。面对无爱的婚姻，和不能生爱的朱安，虽然在现实生活中，他抱定了"陪着做一辈子的牺牲了事"，但面对自己挚爱的笔，他还是忍不住喊出"这'猛志固常在'和'悠然见南山'的是一个人，倘有取舍，即非全人，再加抑扬，更离真实。譬如男士，也战斗，也休息，也饮食，自然也性交"③，要倾吐自己的不满和压抑的婚恋理想。在以"性的发动和创造"为缘由写下的《补天》中，女娲显然是鲁迅对精神理想以至欲望情愫的超现实寄托对象。

---

① 《鲁迅全集》第一卷，人民文学出版社2005年版，第180页。
② 同上。
③ 《鲁迅全集》第六卷，人民文学出版社2005年版，第436页。

二

在创作《补天》的时候，鲁迅是将女娲作为能够在精神上和自己达成沟通的理想女性来塑造的。女娲是一条"女蛇"，是上古神话中创世、救世的一位人头蛇身女神。鲁迅与蛇有着不解之缘。按照中国的生肖推算，1881 年是蛇年，生于此年的鲁迅属相为蛇。民间生肖信仰的传统认为，一个人的属相是什么，他的性格气质就会带有这一属相的秉性。在文化地脉上，浙江绍兴自古以蛇为祖先，奉蛇为图腾，春秋时期，仍以蛇为族徽，《吴越春秋·阖闾内传》说："越在巳地，其位蛇也。"汉人许慎在《说文解字·虫部》中亦说："南蛮，蛇种。"鲁迅生于绍兴，长于绍兴，蛇文化成为其文化构成中无法割舍的重要部分。虽然，在幼年时代，小鲁迅对蛇退避三舍，害怕美女蛇来吃自己的肉，"而且极想得到一盒老和尚那样的飞蜈蚣"，但故事的结束处，鲁迅却笔锋一转："但直到现在，总还是没有得到，但也没有遇见过赤练蛇和美女蛇。叫我名字的陌生声音自然是常有的，然而都不是美女蛇。"[①]"然而"一词的运用，巧妙地道出了成年后鲁迅对美女蛇的态度，是极希望在众多叫他名字的人中有一条美女蛇的，"然而都不是美女蛇"，失望的情绪溢于言表。

少年时代，就是要看看九头的蛇，鲁迅才对《山海经》无限地神往。成年后，远走他乡，故乡的情怀和对独特文化品格的自觉追求，鲁迅与蛇越走越近，蛇成为他文化自喻的一个重要意象，成为其独特品性和文化人格的重要标示。和朱安的婚姻生活，使鲁迅越来越强烈地感受到理想的伴侣应该在同类人中寻找，俗语云："人以群分，物以类聚。"于是，在承载着个人理想的神话创作中，鲁迅找到了女娲，在这位具有旺盛生命、巨大创造精神的女神身上寄托自己的精神之恋。

---

① 《鲁迅全集》第二卷，人民文学出版社 2005 年版，第 288 页。

　　鲁迅总喜欢把枭和蛇并举，引为自己的朋友："我有时也想就此驱除旁人，到那时还不唾弃我的，即使是枭蛇鬼怪，也是我的朋友，这才真是我的朋友。"① 与许广平热恋时期的通信中，鲁迅对她的爱称之一就是"枭蛇鬼怪"。"我对于名声，地位，什么都不要，只要枭蛇鬼怪就够了，对于这样的，我就叫作'朋友'。"② 在自制的笔记本封面上，鲁迅不单画过猫头鹰，还喜欢画由蛇与鹰组合而成的图案。③ 鲁迅为什么总喜欢将枭与蛇成双并处呢？这是鲁迅对上古神话图腾的创造性运用，为自己隐秘的性理想设置的文化隐喻。

　　在中华民族传统文化中，猫头鹰是不祥之物，是预兆死亡、昭示凶事的恶鸟，故，称之为枭、流离，民间又称它为逐魂鸟，认为猫头鹰飞到谁家就会有家人死亡。鲁迅作为封建旧文化的反叛者，借此意义，把自己比作预兆旧文化衰亡的猫头鹰，呼唤"只要一叫而人们大抵震悚的怪鸱的真的恶声在那里"④，猫头鹰是他最喜欢的自我精神品质标志，成为鲁迅公认的"颠扑不破的浑名"。猫头鹰在楚文化中是凤的化身，在楚国的刺绣纹样中，凤的形态特别独特，"凤首如枭，凤腹近圆，正面而曲腿，双翼并举，两个翼端都内勾如凤首。由于形态怪异到了神秘的程度，有人名之曰'三头凤'，有人名之曰'猫头鹰'，也有人无以名之，只好称之为怪鸟。其实，它还是凤，而且可能是图腾痕迹尤为鲜明的凤"⑤。在中国上古的图腾崇拜中，凤和蛇分别是对父系文化和母系文化的象征。《山海经》中，已有鹰（凤）蛇（龙）同时出现：

---

① 《鲁迅全集》第一卷，人民文学出版社 2005 年版，第 300 页。
② 《鲁迅全集》第十一卷，人民文学出版社 2005 年版，第 279 页。
③ 参见上海鲁迅纪念馆编《鲁迅与书籍装帧》，上海人民出版社 1981 年版，第 88 页。
④ 《鲁迅全集》第七卷，人民文学出版社 2005 年版，第 56 页。
⑤ 张正明：《楚文化史》，上海人民出版社 1991 年版，第 181 页。

黄鸟于巫山，司此玄蛇。①

　　凤皇、鸾鸟、皆戴蛇践蛇，膺有青蛇。②

　　这些神话预示了从母系社会向父系社会过渡的过程中两性之间的战争，佛教文化中西域大鹏鸟专吃龙的故事就是由此衍生而出的。鲁迅是深爱《山海经》的，少年时代《山海经》的神话世界曾使他无限向往，成年后又对神话进行了深入的研究，他对《山海经》中的两性文化隐喻是明了于心的。猫头鹰和蛇并举是鲁迅对《山海经》图腾信仰的化用，只是在鲁迅的精神世界中，鹰与蛇不再以交战的形象出现，而是和睦相处。它们预示着鲁迅对举案齐眉、平等相亲的两性和谐生活的向往。

　　鲁迅的《野草》中有一首拟古打油诗《我的失恋》，诗中"爱人"的四样赠品皆是精美的爱情信物：百蝶巾、双燕图、金表索、玫瑰花，而"我"的回赠却有悖常理：猫头鹰、冰糖葫芦、发汗药、赤练蛇。二者对比强烈，构成讽刺效果。一般人认为鲁迅是刻意选这四种物品搞一场恶作剧，讽刺当时无病呻吟的恋爱诗创作。但，从鹰蛇图腾文化看，鲁迅回赠的这四种情物，应是他独特情恋观的表达。回赠者希望通过这种独特的回赠方式与所爱者达成"两两相知"的精神应和，可是每次的结果都是"从此翻脸不理我"。经过四次的努力，"我"终于发现所爱的人和"我"属于两个不同精神世界的人，难以构成对话，于是就"由她去罢"。这一推论，与鲁迅的老友、学生孙伏园的指证相吻合：鲁迅私下亲口告诉他，自己是实在喜欢这四样东西的，猫头鹰和赤练蛇都是喜爱的动物，糖葫芦是爱吃的，而发汗药是病痛时不可缺的。③ 一如民间情侣互赠信物，要送一对鸳鸯、凤凰

---

① 《大荒南经》。
② 《海内西经》。
③ 参见姜德明《活的鲁迅》，上海文艺出版社1986年版，第163—167页。

或双鱼，借这些民间情爱图腾来传达自己的情意绵绵一样，鲁迅所送出的猫头鹰和赤练蛇是其独特情爱心理的传达。

鲁迅寄托在蛇身上的隐秘性爱心理，早就被周作人洞察得一清二楚。周作人是精神上最能够与鲁迅达成默契、生活上却给他带来最大痛苦的人，所以他对鲁迅的讽刺和伤害，常常直戳心脏，准确而不留余地。对于周作人1934年发表的两首自寿诗，鲁迅私下和曹聚仁与杨齐云先后两次谈了自己的看法：

> 周作人自寿诗，诚有讽世之意，然此种微辞，已为今之青年所不憭，群公相合，则多近于肉麻，于是火上浇油，遽成众矢之的，而不作此等攻击文字，此外近日亦无可言。①
>
> 至于周作人之诗，其实是还藏些对于现状的不平的，但太隐晦，已为一般读者所不憭，加以吹擂太过，附和不完，致使大家觉得讨厌了。②

许多研究者认为，鲁迅是碍于手足，为了维护周作人才说其诗"诚有讽世之意"，"还藏些对于现状的不平的"。陈胜长则认为，鲁迅并非为了给周作人"遮丑"才如是说，周作人之诗确有讽世之意，且讽刺指向鲁迅。③ 陈胜长对自寿诗的分析很见功底，他认为："中年意趣窗前草，外道生涯洞里蛇。"暗含对鲁迅与许广平婚恋的讽刺，但他引"周敦颐不除窗前草"的典故加以解释却有点牵强，既然这一联是对鲁迅中年婚外恋的暗讽，我想，"窗前草"应有两意：一指许广平；二指鲁迅的《野草》集。今人胡尹强通过对《野草》中众多

① 《鲁迅全集》第十三卷，人民文学出版社2005年版，第87页。
② 同上书，第93页。
③ 参见孙郁、黄乔生主编《周氏兄弟——回望周作人》，河南大学出版社2004年版，第281页。

隐晦意象的解析，已认定《野草》事实上是鲁迅写给许广平的爱情诗集。[①] 鲁迅在《野草·题辞》中声明："生命的泥委弃在地面上，不生乔木，只生野草，这是我的罪过……我自爱我的野草，但我憎恶这以野草作装饰的地面。"[②] 李天明认为"野草"是鲁迅对这段婚外恋的喻指，胡尹强表示认同并指出"乔木"则是对婚姻之恋的喻指。鲁迅以"野草"隐喻婚外情，并以繁多的隐喻做掩护向许广平表达爱恋，这可以在读者面前瞒天过海，却瞒不过在知识结构和文化修养上与他如出一辙的周作人。既然周作人用"中年意趣窗前草"来暗讽鲁迅的中年"失节"，说明他早已对鲁迅"野草"的隐喻内涵心知肚明。故以此来反讽鲁迅声称的"我自爱我的野草"，并以"草"贬低许广平，暗讽她非光明正大的身份，这与他一贯以"宠妾"呼之的作风相吻合，也深深戳痛了鲁迅的心。

　　"外道生涯洞里蛇"也是对鲁迅婚外恋的暗讽。五四新文化运动以来，鲁迅一直都是妇女解放和婚姻平等口号的拥护者和宣传者，而他这样的社会激进人物，却在家中有妻的情况下，与别的女性发生爱恋，并且同居，在大多数人看来，这当然是言行矛盾的不正当思想和行为。"'外道'本佛家语，指不受佛化，别行邪法者。推而广之，世俗把一切不正当的思想行为都可称为'邪魔外道'。"[③] 陈胜长认为"洞里蛇"是指鲁迅，我认为是指许广平。周作人的自寿诗是两首七律诗，前后两句表达的意义应该是对应的。前半句"中年意趣"是指鲁迅，"窗前草"是指许广平；下半句"外道生涯"是指鲁迅，"洞里蛇"自是指许广平。在此，周作人把许广平比作"蛇"自然是对鲁

---

　　① 参见胡尹强《鲁迅：为爱情作证——破解〈野草〉世纪之谜》，东方出版社 2004 年版，第 320 页。

　　② 《鲁迅全集》第二卷，人民文学出版社 2005 年版，第 163 页。

　　③ 孙郁、黄乔生主编：《周氏兄弟——回望周作人》，河南大学出版社 2004 年版，第 293 页。

迅婚恋图腾文化的活用，只是这条"蛇"到了周作人的笔下成了一条见不得阳光的"洞里蛇"，其笔调之辣，用意之狠，由此可见。不知，鲁迅当年看到这首字字明白其意、字字戳痛其心的自寿诗，是为有周作人这样的"知己"欣慰呢还是无奈呢？

三

文学的女性话语姿态，是五四时代文化人想象和表达个人文化理念的一个不约而同的共谋，是以理想的女性形象表达憧憬中的完美文化理想形态。沈从文将"希腊文学小庙"的构想寄托在翠翠等湘西女性美好形象的塑造中，林语堂则借山间汲水少女的健康形象来表达心目中的文明之神：

> 她的两脚似小鹿一般飞跑；她的足趾还是独立强健的。
>
> 她可与凉风为友，而不至于伤寒；她爱那和暖的日光，而不至于中暑。
>
> 她在狂雨中飞奔，而不至于当天病死肺膜炎。
>
> 而且她还可以说自然人的话；不竟天"嘻嘿"的叫。
>
> 我爱那婢女的容颜：
>
> 她有黛黑灵动的眼珠；赭赤的脸蛋。
>
> 她有挺直的高凸的胸膛，无愧的与野外山水花木的曲线相辉映。
>
> 她有哈哈震耳的笑声，与远地潺潺的河水及林间的鸟语相和应。①

韦克斯说："性欲把大量起源于别处的矛盾集中到自己身上来：阶级的、性别的、种族的、地位的、一代人与另一代人之间的冲突，

---

① 林语堂：《萨天师语录》（一），《中央副刊》1927 年 6 月 13 日第 80 号。

道德上的可接收性和医疗上的解释等方面的矛盾，在性欲这里有了一个交叉点。"鲁迅是一个在写作中不断超越的作家，他在对个人生命体验的书写中不断超越个人的极限，达到对整个人类文化的生命关怀和寓言。以"性"的发动为缘由创造出来的《补天》，在对性梦幻对象的描述中隐藏着一个更为宏大的主题，即对文化新生和文化创造力的渴望和想象。

小说开头，女娲恍恍地从睡梦中醒来，"只是很懊恼，觉得有什么不足，又觉得有什么太多了。煽动的和风，暖曩的将伊的气力吹得弥漫在宇宙里"①。弗洛伊德认为梦是一个充满含义的心理行为，它的动力始终是一种渴望满足的性欲望。女娲从睡梦中醒来并不愉快反而很懊恼，这是性的欲望没有满足的结果，而"太多"是压抑于无意识中的性能量太多。显然，这里鲁迅将自身压抑的生命欲望转移到女娲身上，这种欲望不能仅仅理解为性欲望，其更多指向一代新文化人对文化创造的焦虑，一如屈原、曹植等对现实政治的幽怨转移到女性水神对爱情感伤而哀婉的等待中。"说人文知识分子的批判精神是由于爱欲的压抑这种弗洛伊德式的观点多少是令人怀疑的。因为这种解释无异于把人等同于纯生物个体。但是如果我们不是将批判和爱欲之间的关系解释为因果关系，也不难发现，知识分子对爱欲的表达也是极富特色的。我们几乎可以将这种表达当成分辨一个人是不是知识分子的标准。知识分子们的爱情是相互的，爱情中包含有超出两人感情的意义。因此，他们的爱情浪漫、壮烈、持久，充满创造性。他们对爱情的投入就像对理想的投入一样，在激情中包含着苦痛，难以实现理想的苦痛。"② 在这些作为性理想化身的女性水神身上，寄托着文化人对理想的渴望和现实的哀怨，因此这些女神们都心怀幽怨而执着等

① 《鲁迅全集》第二卷，人民文学出版社 2005 年版，第 357 页。
② 李勇：《本真的自由——林语堂评传》，南京师范大学出版社 2005 年版，第 30 页。

待，梦想爱情而又失落于爱情中，这种在渴望和绝望中执着挣扎而不愿放手的处境，正预示了男性文人在现实中无力突破的生存困境。

然而，女娲不愿表达哀怨。与屈原、曹植不同，鲁迅在女娲身上发现了突破现实文化困境的强大生命伟力，在独具活力的色彩拼接中，女娲健硕的身体和充满生机的环境融为一体，预示着一个新生命纪元的诞生。鲁迅对创造力和生命力的执着追求，使女娲跳出了传统文人对窈窕淑女的封闭性想象，以一个健康而充满力量的形象出现。女娲没有哀婉地等待什么人来拯救自己的无聊和懊恼，而是通过不断地自觉创造，拯救了自己也显示了自身的生命价值。在鲁迅的笔下，女娲的身体是健康而充满生命力量的肉红色，身处的环境是新鲜而生机勃勃的粉红色和绿色：

伊揉一揉自己的眼睛。

粉红的天空中，曲曲折折的漂着许多条石绿色的浮云，星便在那后面忽明忽灭的［睐］眼。天边的血红的云彩里有一个光芒四射的太阳，如流动的金球包在荒古的熔岩中；那一边，却是一个生铁一般的冷而且白的月亮。然而伊并不理会谁是下去，和谁是上来。

地上都嫩绿了，便是不很换叶的松柏也显得格外的娇嫩。桃红和青白色的斗大的杂花，在眼前还分明，到远处可就成为斑斓的烟霭了。

"唉唉，我从来没有这样的无聊过！"伊想着，猛然间站立起来了，擎上那非常圆满而精力充沛的臂膊，向天打一个欠伸，天空便突然失了色，化为神异的肉红，暂时再也辨不出伊所在的处所。

伊在这肉红色的天地间走到海边，全身的曲线都消融在淡玫瑰似的光海里，直到身中央才浓成一段纯白。①

鲁迅是一个对色彩十分敏感的作家，他经常通过色彩的修饰来巧妙地表达超越文字意义的深层文化内涵。粉红色在中国的民俗心理中一般用以修饰新生的生命，人们习惯用"粉色"来形容婴儿的皮肤。因此，粉红色的运用常常给人带来美丽、新生、娇嫩的心理暗示。绿色和粉红色是最原始而富生机的颜色，常常让人联想到充满力量的生命。根据色彩专家的统计分析，粉红色给人们带来的心理和象征意义比率是：娇嫩占46%，幼小占27%，童年占34%，天真占27%；绿色的心理和象征意义比率是：春天占64%，希望占52%，新鲜占34%，青春占28%。② 女娲的身体是粉红色、圆满而精力充沛的，女娲的世界是粉红色和绿色充溢着的春天，这些都在向读者预示着女娲及其所代表的世界是一个新生、纯洁、繁盛而充满希望的所在。狄尔泰认为，人类可以通过对符号的阐释，认识自己，从而认识历史。理解历史是理解自己的前提，因此，理解必须在历史的关联中完成。③ 鲁迅将自己心目中的女神和这些富有特定文化意味的颜色符号交融在一起，在这些富有生命活力的色彩夹杂中，将女娲内心中澎湃昂扬的生命热力形象表达出来。

《补天》创造于1922年，鲁迅正忙于五四新文化对传统旧文化的酣战中，而白话和文言则是此次新旧文化对战的焦点。文本中的女娲采用的言语是白话，而脸上长着白胡子向女娲求救的小人、身上包着铁片的小东西及指责女娲裸体伤风败俗的小丈夫，他们是旧文化的形象代表，都以文言为表达方式。这种言语方式的设置潜在指明，在鲁迅的文化隐喻体系中，女娲是中国文化的人格化，女娲身上所洋溢的

---

① 《鲁迅全集》第二卷，人民文学出版社2005年版，第357—358页。

② 参见［德］爱娃·海勒《色彩的文化》，吴彤译，中央编译出版社2004年版，第89页。

③ 转引自朱玲《文学符号的审美文化阐释》，安徽大学出版社2002年版，第16页。

无穷创造力和生命力正是中国文化所蕴含着的原始创生力，是创造新文化的能量和动力。

第三节　《理水》：乡土资源中理想人格的建构

鲁迅精神范式的解读离不开为其不断输送营养的越文化。鲁迅从小就生活在越文化的场域中，在他的思想意识中，始终存在一个越文化的"场"，他的文学写作和性格品性都无不烙刻着越文化的印记。

一

自青年时代起，鲁迅就有意识地弘扬越文化的优秀传统，这种毫不掩饰的地域文化张扬表达了他对家乡优秀文化精神的认同和自信。1898 年，鲁迅东渡扶桑，看到日本国家富强，怀着对越人优秀传统的激越之情，邀集绍兴府留学生写信给绍兴同乡，表示要以越地先贤为榜样，奋发图强："我绍兴郡古有越王勾践，王阳明，黄黎洲煌煌人物之历史。我等宜益砥砺，以无先附前世之光荣。"① 辛亥革命和绍兴光复后，鲁迅在家乡以古越先贤"卧薪尝胆，枕戈待旦"的精神，号召革命者和军人团结一致，共同对敌。1912 年 1 月 3 日，鲁迅在为绍兴创刊的《越铎日报》撰写的《〈越铎〉出世辞》中说："于越故称无敌于天下，海岳精液，善生俊异，后先络绎，展其殊才；其民复存大禹卓苦勤劳之风，同勾践坚确慷慨之志，力作治生，绰然足以自理。"同年 2 月 1 日，他又发表《尔越人勿忘先人之训》一文，针对东南半壁，方脱虏系，就"内讧频起"的现实，告诫越人"毋忘先人

---

① 阳江市鲁迅研究会编：《鲁迅与民俗文化》，中国窗口出版社 2006 年版，第 129 页。

之训"，并与"越社"同人一起提倡越文化精神。去北京教育部工作后，鲁迅住在绍兴会馆，瞻仰了会馆里纪念越中先贤的堂、院，并向友人索取《越中先贤祠目》等资料，他坚持对嵇康集进行了校勘，前前后后持续了20多年。可以说，对越文化的整理和宣传贯穿于鲁迅一生的文学写作和学术研究中。这种对越文化精神的自觉追随和实践，使越文化契入鲁迅精神品格和文化生涯的血肉骨髓，成为其精神和生命不可分割的一部分。鲁迅逝世后，有人在挽联中写道："在事实上阐扬真理，的确是讽世贬俗的大文豪；从文学上领导革命，不愧为卧薪尝胆的老同乡。"① 由此可见，越文化中优秀的精神传统一直是鲁迅构建理想文化品格不可或缺的资源库。

越地文化历史上所有的圣人先贤中，最受鲁迅推崇的当推大禹。大禹是越文化的标志性人物，"大禹治水"的神话传说是对越文化卓然独立而富于反抗精神的寓言性表达，展现了远古越人与自然水灾奋勇斗争，战胜自然、改造自然的伟大生命意志。越人将整个族群的奋斗史融入"大禹治水"的神话中并世代流传，大禹在祖祖辈辈的越人心目中成为越文化的精神领袖。秦始皇统一全国后，鉴于越人"锐兵任死"的特质，为了安抚民心，他于210年，亲"上会稽，祭大禹望于南海，立石颂秦德"，借越人对大禹的文化崇拜顺利收编民心。对大禹文化足迹的追溯和研究，构成鲁迅生命中重要的文化旅程，是一种文化自觉行为，在对大禹文化追溯的同时挖掘优秀文化品格的积极因子，不断完善对现代知识分子理想精神品格的建构。他曾多次游历大禹文化古迹，收集有关大禹的古籍资料，对相关文化遗迹展开考证，完成与文化英雄一次又一次的对话和精神交流。

1910年春，鲁迅在绍兴府中学堂任职，就与师生们一起前往禹陵，缅怀先祖大禹，并在禹庙的百步禁阶上集体留了影。1911年3月

---

① 阳江市鲁迅研究会编：《鲁迅与民俗文化》，中国窗口出版社2006年版，第134页。

18 日，与三弟去会稽山采野生植物，又去了禹祠，并写下《会稽山采植物记》和《镇塘殿观潮记》，后来还和周建人去禹陵拓碑，以资研究。1912 年以后，鲁迅去教育部工作，到了北京，仍不忘绍兴的禹迹：1913 年 6 月因事回绍兴，就同三弟周作人和同事伍仲文一起去游了兰亭、禹陵；1917 年，在北京写了《会稽禹庙窆石考》，对大禹的遗迹进行了细致的考证；1918 年 10 月，把禹庙窆石拓本在北京留黎（琉璃）厂古谊帖店交换出去，扩大了绍兴禹迹的影响。去京后，在繁忙的工作之余，鲁迅编辑出版了《会稽郡故书杂集》，使包括大禹遗迹在内的绍兴先贤传略和遗迹，重新面世，"用遗邦人，庶几供其景行，不忘于故"。其间详实地收录了大禹在绍的地理记载，如"昔禹会群臣，因以名之"的会稽，"梦玄夷仓水使者，却倚覆釜之上"的会稽山；禹"发石匮，得金间玉字，以知山河体势"的宛委山；"禹娶涂山氏"的涂山，禹杀防风氏，"刑者不及，乃筑高塘临之"的刑塘，"禹穿凿"的禹井、禹穴；"禹葬茂山，有聚土平坛，人工所作"的千人坛；"（秦）始皇崩，邑人刻木为像祀之，配食夏禹"的涂山禹庙等。受鲁迅的影响，许广平也对绍兴禹陵等古迹产生了浓厚的兴趣和急切的向往。1934 年 4 月 13 日，鲁迅在给母亲的信中写道："害马（指许广平）多年想看南镇及禹陵，今年亦因香市时适值天冷且雨，竟不能去……"① 可惜鲁迅的有生之年，都未完成携妻重游禹迹的心愿。

　　1935 年底，鲁迅创作了小说《理水》，这一次不再是对大禹事迹的收集和客观复述，他在现代与古代的时空交错中，将自己、大禹、理想在神话的时空中交错，大禹承担着其一生以越人先贤为精神导师对自我文化品格的完美塑造，为鲁迅青年时代提出的"超人"思想提交了最终答案。

---

① 《鲁迅全集》第十三卷，人民文学出版社 2005 年版，第 77 页。

文化是人安身立命之本，特别是对鲁迅这样一个在绝望和怀疑之间奋力反抗了一生的文化先知者来说，在人生的晚年，他更渴望寻求一种价值认同的文化立场，来承纳他"独战多数"的落寞和孤独。1934年以来，现代知识分子应该在社会中承担怎样的职能，怎样才是现代知识分子理想的人性品格，成为鲁迅在不断思索、探讨的问题。他先后写了《非攻》《理水》《出关》《采薇》《生死》，对中国儒家、道家、墨家的文化传统展开反思和重构。在对老子、伯夷、叔齐、庄子等人的滑稽塑造中，否定了儒家和道家作为现代知识分子理想人格追求的可能性，在鲁迅看来，中国知识分子的两大畸形群体：官僚和隐士多是这两派的产物。在《非攻》和《理水》中，鲁迅塑造出"独战多数"的两个文化英雄——墨子和大禹，并在反面人物和正面人物言行的鲜明反差中指出，近代知识分子的人格理想应该建立在专业技能和社会良心的统一上。在鲁迅的文化理念中，大禹和墨子是作为同一精神谱系中的人物来塑造的。关于墨学的渊源众说纷纭，比较一致的观点是：墨学源于禹。《庄子·天下》篇云："墨子称道曰：'昔禹之湮洪水，决江河而通四夷九州也。名山三百，支川三千，小者无数。禹亲自操橐耜而九杂天下之川；腓无胈，胫无毛，沐甚雨，栉疾风，置万国。禹大圣也，而形劳天下也如此。'使后世之墨者，多以裘褐为衣，以跂蹻为服，日夜不休，以自苦为极，曰：'不能如此，非禹之道也，不足为墨。'"鲁迅熟读《庄子》又推崇大禹文化，自然是赞成这一说法的。《非攻》《理水》是鲁迅在越文化的精神传统中为现代孤独的文化先驱寻找到的一个安身立命之点，在隔时空的精神对流中，禹墨文化实现了现代化的生命复苏，鲁迅亦把握住了民族文化命运转机的方向和机会。

二

　　从外貌特征和人格气质来看，《理水》中的大禹与鲁迅极为相像。《理水》中大禹及其随从出场很晚，对他们的外貌描写仅寥寥几笔，但却都在突出一个外形特征——"乞丐"。

> 局外面也起了一阵喧嚷。一群乞丐似的大汉，面目黧黑，衣服破旧，竟冲破了断绝交通的界线，闯到局里来了。①

> 奔来的也临近了，头一个虽然面貌黑瘦，但从神情上，也就认识他正是禹。②

> 他举手向两旁一指。白须发的，花须发的，小白脸的，胖而流着油汗的，胖而不流油汗的官员们，跟着他的指头看过去，只见一排黑瘦的乞丐似的东西，不动，不言，不笑，像铁铸的一样。③

> 前面并没有仪仗，不过一大批乞丐似的随员。临末是一个粗手粗脚的大汉，黑脸黄须，腿弯微曲，双手捧着一片乌黑的尖顶的大石头——舜爷所赐的"玄圭"。④

《理水》在叙述上将大禹治水的全过程都"虚写化"了，在外形上将其刻画为一个乞丐，使他的形象和衣着鲜亮、肥得流油的官僚形成鲜明的对比，一方面反射出那些隐含未写出的丰富内容：大禹在实地调查勘测和治水过程中的兢兢业业和吃苦耐劳；另一方面，乞丐的外貌特征正是现实中鲁迅自我形象的写照。当许广平回忆第一次见到鲁迅的情形时，她以"乞丐的头儿"称之：

> 褪色的暗绿夹袍，褪色的黑马褂，差不多打成一片。手弯上、衣身上的许多补钉，则炫着异样的新鲜色彩，好似特制的花纹。皮鞋的四周也满是补钉。人又鹘落，常从讲坛跳上跳下。因

---

① 《鲁迅全集》第二卷，人民文学出版社 2005 年版，第 394 页。
② 同上书，第 395 页。
③ 同上书，第 398 页。
④ 同上书，第 399 页。

此两膝盖的大补钉，也掩盖不住了。一句话说完：一团的黑。那补钉呢，就是黑夜的星星，特别熠耀人眼。小姐们哗笑了！"怪物！有似出丧时那乞丐的头儿。"①

后来，与鲁迅渐渐熟悉，许广平问他：装成"乞丐的头儿"这副模样，是不是保护色？鲁迅默认了。散文诗《野草》中，他常常把抒情主体写成一个乞丐或者仿佛一个乞丐。《求乞者》的主人公是乞丐；《过客》中，女孩一望见过客，印象就是："阿阿，是一个乞丐"；《狗的驳诘》中的诗人，"衣履破碎，像乞食者"。无论在现实生活中还是在文学世界中，"乞丐"是鲁迅对自我形象的一个独特定位，在鲁迅的文化词典中"乞丐""疯子""狂人"都属同一精神谱系的文化形象，要以反传统的形象颠覆传统对知识分子的定义。

墨家子弟多来自社会下层，生活清苦，衣着简朴是墨者重要的行为规范，对此先秦典籍都有详细的记录；《墨子·辞过》曰："俭节则昌，淫佚则亡。"《孟子·尽心上》记载："短褐之衣，藜藿之羹，朝得之，则夕弗得。""摩顶放踵利天下，为之。"《庄子·天下》记载："以裘褐为衣，以跂跻为服，日夜不休，以自苦为极。"鲁迅在现实生活中不拘小节、衣着简朴，是虔诚的禹墨之学的信徒。过于装饰外表的人物，特别是留学生，在鲁迅的笔下常常是"不学无术""醉生梦死"的代名词：

> 东京也无非是这样。上野的樱花烂熳的时节，望去确也象绯红的轻云，但花下也缺不了成群结队的"清国留学生"的速成班，头顶上盘着大辫子，顶得学生制帽的顶上高高耸起，形成一座富士山。也有解散辫子，盘得平的，除下帽来，油光可鉴，宛如小姑娘的发髻一般，还要将脖子扭几扭。实在标致极了。

---

① 海婴编：《许广平文集》卷二，江苏文艺出版社1998年版，第10—11页。

......

但到傍晚，有一间的地板便常不免要咚咚咚地响得震天，兼以满房烟尘斗乱；问问精通时事的人，答道："那是在学跳舞。"①

现在的留学生是多多，多多了，但我总疑心他们大部分是在外国租了房子，关起门来炖牛肉吃的……我看见回国的学者，头两年穿洋服，后来穿皮袄，昂头而走的，总疑心他是在外国亲手炖过几年牛肉的人物，而且即使有了什么事，连"佛脚"也未必肯抱的。②

在此，墨家的简朴思想已化为鲁迅塑造人物，透视人物精神世界的独特视角，繁华的衣饰遮掩不住灵魂的浮华空洞，而乞丐样的外表下却是苍穹有力的生命原力的涌动，简陋的衣饰中反衬出精神的丰裕。"面目黧黑""面貌黑瘦""粗手粗脚的大汉，黑脸黄须，腿弯微曲""像铁铸的一样"这种雕刻性语言的运用，将人物内心世界坚强的意志、生命力的充盈和行事果断的优秀品质不动声色地倾泻出来，不怒而自威。一如文中所言，"但从神情上，也就认识他正是禹"。在此，通过对乞丐独特外形的塑造和刻意描写，鲁迅完成了与大禹形象的合体，同时也在对大禹"精神王者"风范的镂刻中完成了自我人格想象的一次完美飞跃。大禹形象源于鲁迅对现实的感应却又超越了现实的局限，带着鲁迅的影子走入神话，转身为一个光芒四射的文化英雄。

三

在鲁迅看来，近代知识分子的人格理想应该建立在专业技能和社会良心的统一上，而知识的匮乏和道德的堕落却是当下知识分子群体

---

① 《鲁迅全集》第二卷，人民文学出版社 2005 年版，第 313 页。
② 《鲁迅全集》第三卷，人民文学出版社 2005 年版，第 199—200 页。

的流行病。特别是在许多高级知识分子身上，鲁迅只看到"学者"的标签，却看不到与之相称的知识。对此，鲁迅调侃道："即使看不到'学'，却能看到'学者'，明白那是怎样的人物，于'世故'及创作，会有用处也。"① 这些知识匮乏的知识分子，在社会上的作用，可分为三种：帮忙、帮闲、扯淡。"帮忙"是针对有知识的御用文人，他们在主子行凶作恶的时候，出谋划策，甘愿充当帮凶，帮助遮掩和涂抹实事，使"血案中而没有血迹，也没有血腥气的"②。"帮闲"是针对有才情的御用文人，他们的功能是粉饰太平，"那些会念书会下棋会画画的人，陪主人念念书，下下棋，画几笔画"③。他们有时也要"帮忙"，只是手段较为拙劣、下作，是和任何知识毫无干系的捣乱与打岔，使"无论如何严肃的说法也要减少力量的"④。1935 年，鲁迅写了《从帮忙到扯淡》，叙述了知识分子从帮忙—帮闲—扯淡的演化过程："必须有帮闲之志，又有帮闲之才，这才是真正的帮闲。如果有其志而无其才，乱点古书，重抄笑话，吹拍名士，拉扯趣闻，而居然不顾脸皮，大摆架子，反自以为得意，——自然也还有人以为有趣，——但按其实，却不过'扯淡'而已。帮闲的盛世是帮忙，到末代就只剩了这扯淡。"⑤ 扯淡是知识分子的最下等，他们既没有知识也没有才情，所剩下的只有扯淡了。

《理水》是鲁迅晚年对知识分子劣根性展开的一次大清理，扯淡、帮闲、帮忙的文人们纷纷在这场治水患的小剧场中登场，他们在舞台上自我陶醉的拙劣演技，使匆匆而来、匆匆而去的大禹显得更为真诚而脚踏实地。在油滑的语言和滑稽行为的包围下，少言寡语的大禹更

---

① 《鲁迅全集》第十三卷，人民文学出版社 2005 年版，第 23 页。
② 《鲁迅全集》第五卷，人民文学出版社 2005 年版，第 289 页。
③ 《鲁迅全集》第七卷，人民文学出版社 2005 年版，第 404 页。
④ 《鲁迅全集》第五卷，人民文学出版社 2005 年版，第 290 页。
⑤ 《鲁迅全集》第六卷，人民文学出版社 2005 年版，第 357 页。

显其难以压制的光彩，他是鲁迅精心设计的一个具有专业知识素养又愿意为民请命的中国脊梁。

《理水》中，文化山上的学者们是一群没有帮闲之才的扯淡一族。"飞车向奇肱国疾飞而去，天空中不再留下微声，学者们也静悄悄，这是大家在吃饭。独有山周围的水波，撞着石头，不住的澎湃的在发响。午觉醒来，精神百倍，于是学说也就压倒了涛声了。"① 这些学者在吃饱睡足了之后，研究的竟是与救灾毫无关系的"禹是一条虫"的论证和所谓愚人是生不出聪明人来的"遗传学"，且鸟头先生引以为傲的研究成果，却被乡下人的一句："您叫鸟头先生，莫非真的是一个鸟儿的头，并不是人吗?"② 问得耳朵都气紫了。

水利局的大员们是一群只懂得粉饰太平的帮闲一族。他们下来视察，除了吃喝玩乐，就是听文化山的学者们胡扯一顿，带着下民精选细做的吃食回京了。在这些考察的水利大员看来，生活在水深火热中的"舜爷的子民们"明明活在一派"农家乐"中，甚是让人向往。他们最善做的就是，用所有的才情将水患中的灾民生活"诗意化"：

> 酒过三巡，大员们就讲了一些水乡沿途的风景，芦花似雪，泥水如金，黄鳝膏腴，青苔滑溜……微醺之后，才取出大家采集了来的民食来，都装着细巧的木匣子，盖上写着文字，有的是伏羲八卦体，有的是仓颉鬼哭体，大家就先来赏鉴这些字，争论得几乎打架之后，才决定以写着"国泰民安"的一块为第一，因为不但文字质朴难识，有上古淳厚之风，而且立言也很得体，可以宣付史馆的。

> 评定了中国特有的艺术之后，文化问题总算告一段落，于是来考察盒子的内容了：大家一致称赞着饼样的精巧。然而大约酒

---

① 《鲁迅全集》第二卷，人民文学出版社 2005 年版，第 386 页。
② 同上书，第 388 页。

也喝得太多了，便议论纷纷：有的咬一口松皮饼，极口叹赏它的清香，说自己明天就要挂冠归隐，去享这样的清福；咬了柏叶糕的，却道质粗味苦，伤了他的舌头，要这样与下民共患难，可见为君难，为臣亦不易。有几个又扑上去，想抢下他们咬过的糕饼来，说不久就要开展览会募捐，这些都得去陈列，咬得太多是很不雅观的。①

这些知识分子出身的学者和官僚们既没有专业的技能能够解决具体的社会问题，也没有为民请命的社会良心。而这两者却在大禹及其同伙的身上得到了淋漓尽致的表达和完美无瑕的结合。当考察大员们熙熙攘攘地向往"农家乐"的生活时，大禹出场了。面对这些大员无关痛痒且与实情谬以千里的报告，禹一面心里愤怒地骂着"放他妈的屁！"，一面果断地发言："我经过查考，知道先前的方法：'湮'，确是错误了。以后应该用'导'！"简洁干练地表达观点，解决问题。大禹改"湮"为"导"是建立在严谨踏实的调查测量和专业技能知识基础上的科学论断，最后治水获得了巨大的成功也有力地证明了这一点，专业技能只是知识分子之为知识分子的本分，它必须和社会良心结合才会使知识分子真正成为中国的脊梁。那些水利大员们并非是由于专业知识的匮乏，才说出那些荒谬无稽之言，他们和大禹相比缺乏的是一颗为民请命的赤诚之心和苦干硬干的决心。与其他水利大员当视察为观光旅游不同，大禹抱着一颗为民请命的心，脚踏实地为人民干实事，解危难：

舜才说道：

"你也讲几句好话我听呀。"

"哼，我有什么说呢？"禹简截的回答道。"我就是想，每

---

① 《鲁迅全集》第二卷，人民文学出版社 2005 年版，第 394 页。

天孳孳！"

"什么叫作'孳孳'？"皋陶问。

"洪水滔天，"禹说，"浩浩怀山襄陵，下民都浸在水里。我走旱路坐车，走水路坐船，走泥路坐橇，走山路坐轿。到一座山，砍一通树，和益俩给大家有饭吃，有肉吃。放田水入川，放川水入海，和稷俩给大家有难得的东西吃。东西不够，就调有余，补不足。搬家。大家这才静下来了，各地方成了个样子。"

……

"我讨过老婆，四天就走，"禹回答说。"生了阿启，也不当他儿子看。所以能够治了水，分作五圈，简直有五千里，计十二州，直到海边，立了五个头领，都很好。只是有苗可不行，你得留心点！"

"我的天下，真是全仗的你的功劳弄好的！"舜爷也称赞道。①

四

谭湘在《鲁迅研究月刊》1987 年第 7 期发表了《〈理水〉结尾探疑》，提出小说结尾处对大禹变质的描写是"非光明的尾巴"，并由此认为鲁迅打碎了"自己亲制的偶像"。谭湘在论文中的论述和观点都是颇有启发意义的，特别是他对皋陶这个人物的重视和看法，独具慧眼，扭转了研究者把批判的眼光一味聚焦在对文化山上的学者和水利大员们身上。只是，他将第四部分孤立于整个文本叙述之外，在结论上就不会走太深。我认为，《理水》四个部分是鲁迅有意为之的叙述谋略，四部分顺序的排列、内容的安排、人物的选择并非鲁迅简单对

① 《鲁迅全集》第二卷，人民文学出版社 2005 年版，第 399—400 页。

现实的发言，其间蕴含鲁迅对"中国脊梁"生存形态的历史阐释。《理水》内容叙述是这样安排的：第一部分：文化山上人的扯淡言行；第二部分水利大员"旅游＋度假式"的考察；第三部分水利大员的"诗意化"汇报和大禹的踏实、果断言行；第四部分治水成功后大禹传说中的生活。《理水》虽然取材于"大禹治水"的神话，大禹作为真正的主角，治水作为故事的主干都被鲁迅刻意"虚写化"了，充当故事主角的却是与治水成功无关的各色卑劣文人，何也？

1934 年，鲁迅在《中国人失掉自信力了吗》中对"中国脊梁"的历史生存形态，作出了简洁的描述：

> 我们从古以来，就有埋头苦干的人，有拼命硬干的人，有为民请命的人，有舍身求法的人……虽是等于为帝王将相作家谱的所谓"正史"，也往往掩不住他们的光耀，这就是中国的脊梁。
>
> 这一类的人们，就是现在也何尝少呢？他们有确信，不自欺；他们在前仆后继的战斗，不过一面总在被摧残，被抹杀，消灭于黑暗中，不能为大家所知道罢了。说中国人失掉了自信力，用以指一部分人则可，倘若加于全体，那简直是诬蔑。①

看野史是鲁迅一生的嗜好，他认为历史的真相不在粉饰过的正史，而在不入"正人君子"法眼的野史，鲁迅一生对大禹踪迹的追溯也都是从家乡民间流传的野史和传说中获取。《狂人日记》中鲁迅以"吃人"概括中国历史而成为五四时代一根最为深刻的"芦苇"。狂人是怎么发现历史"吃人"真相的呢？

> 我翻开历史一查，这历史没有年代，歪歪斜斜的每页上都写着"仁义道德"几个字。我横竖睡不着，仔细看了半夜，才从字

---

① 《鲁迅全集》第六卷，人民文学出版社 2005 年版，第 122 页。

缝里看出字来，满本都写着两个字是"吃人"！①

历史里写的是"仁义道德"，而"字缝"里藏着"吃人"，这是鲁迅对真相与历史关系的形象表达。鲁迅对《理水》四部分的安排是其早期"扒着字缝看历史"历史观在文本叙述中的运用。大禹治水的真相是什么？大禹到底是怎样一个人物？文化山上的鸟头先生说，大禹是一条虫；研究家谱的学者，由禹的父亲鲧是个愚人，推出禹也是愚人；在水利局的大员看来，禹治水是为了贪图名利；传说中，成功后的大禹生活变浮华了。在此，第四部分的解读在整个文本的意义显现中显得尤为重要。

鲁迅说写《故事新编》的手法是：只取一点因由，随意点染。《理水》前三部分非常明显地表现了这一叙述手法，但第四部分的写法却大异其趣，所有的材料和情境几乎都是依照正史记载，亦步亦趋地在叙述。这一点，谭湘已看出，但他以顺向思维揣摩鲁迅，且又独立地看第四部分，自然得出的结论就有待商讨。

第四部分禹治水成功后回京的生活，叙述资料的来源主要有两个：《史记》和《论语》。两者都是儒家经典，是中国封建正史的代表和源起，在他们的文本叙述中大禹成了符合封建礼教秩序的合格君王。在此，鲁迅所批判的第三种文人出场：帮忙者。帮忙者是屈服于"指挥刀"文人中最难对付的一类御用文人，他们不仅占有知识而且颇具谋略，他们能够凭借对话语权的掌握和智慧的头脑，于无形间杀人，将"吃人"的封建历史真相改写成满纸"仁义道德"的便是这种人。

这样，《理水》四部分的结构就呈现为：扯淡者对大禹治水的叙述，帮闲者对大禹治水的叙述，大禹自己对治水的叙述，帮忙者对大

---

① 《鲁迅全集》第一卷，人民文学出版社 2005 年版，第 447 页。

禹治水的叙述。对"大禹治水"故事叙述掌握话语权的是：帮忙者、帮闲者、扯淡者，而大禹自己的叙述只能在这三者话语叙述的夹缝中掩藏着。鲁迅"扒着字缝看历史"的历史观在帮忙者、帮闲者、扯淡者和大禹四种话语叙述的关系中一目了然，为大禹样"中国脊梁"的历史生存形态完成了简洁而深刻的再现："他们在前仆后继的战斗，不过一面总在被摧残，被抹杀，消灭于黑暗中。"在鲁迅的叙述设计中，帮忙者、帮闲者、扯淡者三者的叙述和大禹的叙述在文本结构中处于对立的姿态中：三者都在利用自己的话语权，在文化的各个领域对大禹的生存真相展开摧残、抹杀，使其消灭于黑暗中。据此再来看第四部分关于大禹变质的"非光明尾巴"：独立来看，它在话语上构成了对大禹精神的消解；就整个文本的结构来看，这种消解的话语却又更坚定地反证了大禹的伟大，因为这种消解的力量来自大禹的敌对面。

因此，《理水》仍是一部充满理想色彩的成人童话，鲁迅在"否定之否定"的叙述策略中更加确认了"中国脊梁"式的人物虽被隐没于正史中，可是对于中国历史来说，他们是确确实实存在过的。鲁迅"扒着字缝看历史"的叙述为我们收集了中华史中那些边边角角被掩饰的光明，预示了民族未来新生的可能性。

结语　鲁迅与民俗文化研究的现代启示

　　20 世纪初，有感于外族的欺凌、家国的衰败，以鲁迅为代表的现代知识分子抱着"文化兴国"的理念，从西方引进民俗学理论，希冀在现代理论的关照下挖掘民族传统文化精髓，激活古老中国的现代生命力，促使祖国摆脱压迫，走向繁荣富强之路。1917 年，在北京大学的牵头和倡导下，民俗文化的收集和研究成为 20 世纪初中国学术界的一大热点。时隔百年，21 世纪初，中国已经摆脱民族压迫，走在繁荣富强的现代化之路上，"文化立国"、增强民族文化软实力已成为整个中国乃至全世界的共识。"软实力"（soft power）由哈佛教授约瑟夫·奈伊于 20 世纪 80 年代末提出，指通过精神和道德诉求，影响、诱惑和说服别人相信和同意某些行为准则、价值观念和制度安排；与"软实力"相对而生的是"硬实力"，指通过经济或军事大棒等物质力量威逼利诱别人去干不想干的事。① 奈伊认为，软实力包括政治、文化、生活方式等多方面的内容，但长期的历史实践证明，首先起作用的是一个国家或民族的传统文化。传统文化具有超强的扩张性和传导性，超越时空，对人们的生活方式和行为准则产生无形的影响。希尔斯认为在现代国家的建设和发展中，民族传统文化发挥着举足轻重的作用，"如果剥夺掉他们所具有的传统，他们便没有物质资源，也

---

　　① 参见 ［美］约瑟夫·奈伊《美国定能领导世界吗》，何小东、盖玉云译，军事译文出版社 1992 年版，第 25 页。

没有知识才能、道德力量和眼光来提供在世界中建设家园所需要的东西……传统是不可缺的"①。

　　文化软实力成为现代世界衡量综合国力的一个重要指标，在增强国家竞争力中发挥着越来越大的潜在威力，非物质文化遗产保护和文化产业在中国的兴起，正是中国政府对世界文化软实力竞争潮流的回应。2005年，政府正式颁布《关于加强我国非物质文化遗产保护工作的意见》，全国范围内掀起了"国家级"非物质文化遗产项目的申报和评审热潮，民俗学研究亦借此热潮，脱离了多年的冷板凳成为各级政府和大学追捧的宠儿。20、21两个世纪初，中国文化分别面临着两次转向：由传统转向现代，由精神转向实业。20世纪初，中国文化由传统转向现代，是鲁迅一代知识分子在时代课题的引导下对传统民俗文化的学理性思考和审视，它是一场具有共同的文化目标和行动纲领的学术自觉行为，带有从上至下的启蒙性质。21世纪初，第二次文化转向是在中国本身并不具备完善、成熟的社会机制条件下，知识分子被全球经济化浪潮挟裹入知识经济化时代的自发行为，它具有强烈的市场化和商业化，带有消费时代的浮躁性和盲目性。因此，在当下非物质文化遗产保护背景下，重新梳理鲁迅与民俗文化这一课题具有重大的指导意义。

一

　　鲁迅是20世纪初中国现代民俗学兴起的重要倡导人和实践者之一，他对民俗文化的研究和提倡源于知识分子的社会责任和精神坚守，是以独立意识为主导的文化自觉行为。通过对鲁迅与民俗文化课题的研究，探讨鲁迅一代文化人如何在批判中继承、在否定中提升民

---

　　① ［美］爱德华·希尔斯：《论传统》，傅铿、吕乐译，上海人民出版社2009年版，第285页。

间传统文化，能够带给身处"非遗"保护热潮和探索民俗文化产业出路的学者几点启示。

1. 当下的"非遗"保护热潮和民俗文化产业是中国政府"文化立国"政策的落实，其背后有国家专项的财政拨款和地方财政支持，不再是单纯的学术运动。当一种文化行为被转化为政府公共行为进而推广为一个国家的集体行为时，必将会召唤更多的知识分子走出单纯的学术空间容身于权力与金钱、知识与良知、诱惑与坚守的文化空间中。怎样在学术、时政、市场的博弈中，做到既坚守知识分子的文化节操，又能将所掌握的知识转化为经济力量有效地服务于社会的现代化，安享自身价值实现所收获的社会回报，是当下知识分子参与"非遗"保护社会实践所要面对的首要问题。

当代知识分子只有继承鲁迅一代文化人的社会责任感，坚守知识分子的良心，将"非遗"保护和民俗文化产业作为一种事业而非仅为赚钱的职业对待，才能跳出非物质文化遗产保护的狂潮，冷静而客观地看待民俗文化的优点和弊端；才能够断开与社会其他集团的利益链，对片面追求经济利益、追求奇异、以无知为有趣、丑化民族文化的行为，提出严厉批评，及时制止；才能作为参政者参与政府的决策中时，摆正态度，对违反历史事实、为增加政绩而进行的"伪民俗"制造，理直气壮地说"不"。

2. 在当下非物质文化遗产热潮的冲击下，学术界存在"捧杀"传统民俗文化的倾向，许多针对非物质文化遗产和文化产业的现实发言，只提倡保护不批判，只主张继承不区分，不仅给当下的民俗产业发展带来了重复建设的巨大资源浪费，也给民俗文化和民俗学科带来了不可弥补的创伤。

鲁迅说"不要把孩子和脏水一起泼掉"，他对民族传统文化的基本态度是肯定的，但同时认为应该剔除传统文化的某些劣根性，以适应新时代的文化需求。新时代背景下，非物质文化遗产保护和发展民族文化产业的目的不仅仅是要保存、保护好祖先留给我们的珍贵文化遗产，更重要的是要激活民族文化，使其在新时代中迸发出现代活力。因此，面对民族传统文化，我们要落实好四个字："认同"和"适应"。所谓"认同"，是对民族文化的基本价值观和文化传统的精髓，要采取认可的基本态度；所谓"适应"，则是面对变化的时代和形势，知识分子要低下身子深入民众，寻找民族传统文化精髓参入现代生活的有效途径和沟通点，改造、升级民族传统文化，创造符合时代特征和大众文化需求、健康向上的文化产品。

二

伴随着经济全球化而来的是文化全球化，作为经济大国的美国在实施经济霸权的同时从来未放弃文化霸权的推行。在铺天盖地的美国商品倾销中，蚕食其他国家的传统文化，推广以英语为载体、以美国价值观为标准的文化，一直是其文化入侵战略的重要手段。美国商务部前高级官员大卫·罗斯科普曾经直言不讳地说："如果世界趋向一种共同的语言，它应该是英语；如果世界趋向共同的电信、安全和质量标准，它们应该是美国的标准；如果世界正在由电视、广播和音乐联系在一起，节目应该是美国的；如果共同的价值观正在形成，他们应该是符合美国人意愿的价值观。"① 在文化全球化背景下，美国文化霸权的推行已经严重威胁到中国文化的安全：在美国消费文化的无所不在和强大攻势下，中国人的生活方式和价值观念越来越疏离传统而认同美国；汉语作为传统文化继承续记和交流传播的载体，表达方式日益"西化"，传统思维日益被割裂。

传统文化是一个民族的根和魂，是维系民族存在的根本，是维系民族团结和凝聚的纽带，其力量深深熔铸在民族的生命力、创造力和

---

① 黄琳、许瑛：《美国软力量的削弱》，《瞭望东方周刊》2004 年 5 月 17 日。

凝聚力之中。没有传统文化，就没有民族根性，就意味着一个民族的消亡。一如新加坡前总理李光耀所言："在告别过去的时候，我们有一种深刻的不安，失去传统会使我们一无所有。"①

20世纪初，中国面临着亡国灭种的危机，以鲁迅为代表的现代知识分子毅然展开文化救国行动扭转了中国文化衰落的方向，开启了传统文化走向现代化的大门。无可否认，现代知识分子的文化策略有激进、幼稚的一面，当代中国文化的某些问题就是他们过激行为的后遗症，但从中国文化发展的整体态势来看，现代知识分子的文化策略还是功大于过的。当代知识分子在应对中国文化的安全问题上，应该积极地吸收前辈的经验，吸取他们的教训，理智地解决美国文化霸权推行下中国文化面临的种种危机。

第一，采取正确的文化建设政策，维护中国文化生态的平衡。

对于怎样建设中国新文化，1908年，鲁迅在《文化偏至论》一文中明确表达了自己建设中国新文化的理念，"外之既不后于世界之思潮，内之仍弗失固有之血脉，取今复古，别立新宗"②。和鲁迅一样，大多数现代知识分子虽然在推动中国文化现代改革的策略中存在偏激之言，但在具体的文化建设实践中，他们从来就没有舍本逐末，中国传统文化一直是他们构建新文化的主体。

要维系文化生态的平衡，既不能以本土文化压制他国文化，更不能一味地追随强势文化，同化、消融本土文化，而是要以中国传统文化为中心，促进各国文化与中国传统文化的和谐共处、多元发展。在当下中国新文化体系的构建中，文化工作者要摆正本土文化和异族文化在中国现代文化建设中的主次关系，采取以中国传统文化为主体，积极吸收他国文化的优秀因子，建设一种既凸现民族特性又不失先进

---

① ［法］里德·扎卡里亚：《文化决定命运——李光耀访谈录》，上海三联书店1997年版，第210页。

② 《鲁迅全集》第一卷，人民文学出版社2005年版，第57页。

性、包容性的现代文化体系，维系中国文化生态的平衡。

第二，努力推进汉语的国际传播，促进中国传统文化尽快走向世界。

"二战"结束之后，美国担心"汉文化圈"的形成会影响甚至动摇其在东亚乃至亚洲的地位，在推行英语霸权战略的同时支持日、韩等国实施"去汉字"政策，挤压汉文化的生存空间，大大削弱了汉文化在世界的影响力。

面对这种情况，我们应该模仿鲁迅在世界范围内积极推广中国文化，将中国文化主动推出国门的做法，采取主动地文化传播策略，抓住有利时机，配合中国和平崛起战略，努力推进汉文化的国际传播，在争取世界其他国家文化认同的基础上，巩固、扩大汉文化圈。

第三，建设有中国特色的社会主义文化体系，保护、继承传统文化的优异成分。

民族的才是世界的，当下各国文化在逐渐走向全球化，一个民族要想在世界文化之林占一席之地，就必须保有文化的民族性。20世纪初，近代知识分子在与世界文化接轨的探索中认识到，要伫立于世界文化之林是需要资格的。一个民族要想被世界接纳，就必须具有自己的文化行囊，一味模仿西方，否定自我只会让中华民族沦为文化乞丐，又有何资格与世界文化接轨！

传统文化有精华也有糟粕，这就需要我们当下的文化工作者对之加以区分。精华者将其发扬光大，使其融合于现代文化语境中，成为建设有中国特色社会主义文化体系的重要组成部分；糟粕者严格控制其发展，将其生存控制在学术研究的范围内，作为文化标本供学者研究、参考，给后来文化建设者以警示、借鉴。

三

2003 年 10 月 17 日，联合国教科文组织出台《保护非物质文化遗产公约》（*Convention for the Safeguarding of the Intangible Cultural Heritage*），对非物质文化遗产作出以下界定：

（a）口头传统和表述，包括作为非物质文化遗产媒介的语言；

（b）表演艺术；

（c）社会风俗、礼仪、节庆；

（d）有关自然界和宇宙的知识和实践；

（e）传统的手工艺技能。

从《公约》所作的界定中，我们看出"非物质文化遗产保护"的内容实质就是"民俗文化保护"。当下，中国"非物质文化遗产保护"运动的对象指向传统民俗文化，而保护运动的专家们也大多是高校的民俗学者。由非物质文化遗产保护而引发的民俗热成就了鲁迅文化产业的大发展。近年来，鲁迅文化产业的兴起大都归功于非物质文化遗产保护运动的兴起。当地政府的积极加入，使鲁迅及其文学世界融进当地民俗文化旅游的发展规划之中。鲁迅文化中的民俗因素被凸现出来，其文化传播和接受开始走上了平民化的道路，以鲁迅文化和绍兴民俗为主题的绍兴文化旅游是当下鲁迅文化传播平民化的典型代表。在以民俗文化为依托的旅游行为中，鲁迅文化的精英面孔被淡化，而成为一种大众文化消费品被民众在消遣、娱乐中传播、接受与认同。除绍兴之外，中国还有北京、上海、广州和厦门四个较大规模的鲁迅故居，可是，这几处故居的游客收入加起来，尚不到绍兴故里的一半。据报载，2003 年"十一"黄金周和"鲁艺节"期间，绍兴旅游市场最大的卖点是——鲁迅故里和柯岩鲁镇，鲁迅故里游客 12

万人，景区门票收入突破 100 万元；柯岩鲁镇游客 25 万人，门票收入可想而知。无可否认，绍兴鲁迅文化旅游的兴旺，很大一部分应该归功于旅游规划者对鲁迅作品中绍兴民俗文化的创造性发挥和运用。

以地方民俗文化为卖点的鲁迅文化产业的兴盛与学术界鲁迅研究的困顿和危机形成鲜明的对比。

鲁迅研究被称为"鲁迅学"，"鲁迅学"是迄今为止现当代文学研究中体系最完备、从事研究的人最多、取得成果最丰富、影响最大的一门"显学"。截至 2010 年 2 月 5 日，以"鲁迅"为关键词搜索，在中国学术期刊网中能够获取含"鲁迅"的文章 20722 篇，这个数据还未包括大量没有加入期刊网的论文与专著。但是，这种论文发表的繁荣并不能够说明当下鲁迅研究取得巨大成就。张梦阳认为："八十余年的鲁迅研究论著，95% 是套话、假话、废话、重复的空言，顶多有 5% 谈出些真见"；"后来经过再三统计、衡量才发现，我所说的真见之文仅占 5%，并非少说了，而是扩大了，其实 1% 就不错，即一百篇文章有一篇道出真见就已谢天谢地了"。[①] 张梦阳所言道出了一个事实：脱离实际的过度阐释和低水平的重复阐释已构成当下鲁迅研究的瓶颈。鲁迅研究经过近百年的发展，已经成为一个比较成熟的学科。大量学者蜂拥而进鲁迅这座"矿藏"，而今各个角落都被"挖掘一空"，很难找到一块没有被"挖掘"的"旮旯"。因为"无处阐释"，所以研究者不得不在原来"阐释"的基础上进行低水平的重复阐释，造成"过度阐释"的泡沫繁荣现象。[②] "过度阐释"现象一定程度上反映了鲁学研究所面临的"危机"，新时代下，鲁迅研究面临亟待寻找新的"学术生长点"和在"无处阐释"中突围的困境。

①　转引自陈漱渝《挑战经典——新时期关于鲁迅的论争》，四川文艺出版社 2002 年版，第 446 页。
②　参见古大勇《"过度阐释"与"偏离鲁迅"——对新时期"鲁迅研究"的反思（二）》，《甘肃社会科学》2008 年第 4 期，第 36 页。

如何解决当下鲁迅研究中所面临的这两大困境，"非遗"保护和文化产业现代背景下，鲁迅文化到文化产业的成功转型，为鲁学研究寻找新的"学术生长点"，实现突围，提供了有意义的启示：鲁迅研究不能封闭于过去时态中，要突破单纯的学术空间，深入当下文化空间内，这是激活鲁迅研究的重要出路。

其一，研究者要具有现代文化经济的头脑，使鲁迅及其所代表的文化力量走出纯研究状态，融入当下经济和社会生活中，促进鲁迅文化产业的繁荣，实现文化和经济的双赢。

造成鲁迅研究"无处阐释"和"重复阐释"困境的重要原因是，文本的有限性所带来的研究空间的狭小和资源的短缺。鲁迅学研究的对象就是与鲁迅相关的文化现象，鲁迅作为中国的"民族魂"，新中国成立以来，中国社会对鲁迅文化的传播和接受就从来没有停止过，因此鲁学研究的对象从来就不是一个封闭的过去式概念，它是动态的、开放式的研究对象，随着时代的变化而不断丰满、修改自身的界域。当下鲁迅研究所面临的困境，就在于多数研究者视野狭小，困于斗室，认为鲁迅研究就是文本研究，孤注于鲁迅文学文本的研究和阐释，而忽视了当代社会语境中，鲁迅文化传播和接受的实现途径及由此展现出的时代特征。

当下的世界是一个消费至上、经济为主的时代，鲁迅文化的传播和接受也无不涂染上消费时代的色彩。面对这种时代文化背景，鲁迅研究者要发扬光大鲁迅文化，激活鲁迅精神，必须寻求与大众沟通的新通道。鲁迅作为中国最有影响的现代文学作家，在以他为牵头所带动的一系列文化产业中，越地民俗文化和鲁迅文化已经交融为一体。目前绍兴以鲁迅笔下的民俗形象来注册商标的产品多达一百三十余种，仅"咸亨"就有四类十二种，"孔乙己"有八类十一种，直接吃"鲁迅饭"的公司和商店有二十多家，一条并不宽敞的鲁迅路上，满街都是与他作品有关的店名和品名。某种意义上，鲁迅已经成为当代越地民俗文化的一部分。面对这种情况，鲁迅研究者必须开阔视野，走出书斋，跳出鲁迅及鲁迅文学研究的抽象性，走出象牙塔，在新的文化背景和时代特点下，寻求鲁迅研究精英路线的现代平民化传播。鲁迅是民族作家，他不应该和大众脱离，特别是近年来民俗文化旅游热的兴盛，带动了一系列文化产业的发展和崛起，作为鲁迅研究者，不应该只将眼光局限于鲁迅与鲁迅文学的传统研究范围内，鲁迅当下的文化接受和文化传播应该纳入鲁迅研究的当下课题中。

其二，研究者在社会经济狂潮中，要保持独立、清醒的头脑，保护文化名人的声誉，不能一切为了经济利益而允许、默认损害和轻视文化名人的商业行为。

鲁迅生前是一个积极参与社会改革，敢于同社会恶势力斗争的勇士，"现实性""实用性"一直是鲁迅为文、为学的宗旨。鲁迅研究者走进现代经济生活、参入鲁迅文化产业链的研究是对鲁迅"实用性"精神宗旨的承传，有利于鲁迅研究走出"斗室"式的封闭研究，为历史鲁迅和社会现实提供了一个连接场域，增加了鲁迅文化与鲁迅接受的新维度研究空间，为鲁迅文化的当下意义生成和传播开拓新的阐释域境。

但是，这并不意味着我们可以在经济利益的驱使下，对鲁迅文化进行随意甚至恶意的阐释。曾几何时，随着《百家讲坛》的红火，文学经典借助大众传媒的力量飞入了寻常百姓家，参与《百家讲坛》的知识分子名利双收，一时间，知识分子对学术通俗化趋之若鹜。不可否认，学术通俗化通过摘下精英文化和文化经典"神秘的面纱"，有利于文化在民众中的传播，为精英文化和文化经典在现代生活中的普及打下坚实的群众基础。但我们看到一些知识分子为了获取名利，片面寻求"异声"，追求"通俗化"甚至"恶俗化"，这种行为无疑对所涉作家、作品形成了一种侵权和损害。

在 2003 年新浪网的文化名人调查中，鲁迅荣居榜首。虽然近年来，一直有人大喊"打倒鲁迅"，但鲁迅的人格精神和所传导的文化理念仍受到中国民众的普遍认可，鲁迅仍是当代中国的一张文化金名片，任何玷污、诋毁鲁迅文化的行为，必然会导致中国文化和民族精神的元气之伤。因此，当代鲁迅研究者在如何发掘鲁迅这位文化巨人的商用资产问题上，需要格外的慎重；同时，对社会上、文化界以破坏鲁迅形象换取经济利益的"杀鸡取卵"行径，展开严厉的批判和打击。

参考文献

专著类：

《鲁迅全集》（1—18 卷），人民文学出版社 2005 年版。

谢选骏：《神话与民族精神》，山东文艺出版社 1986 年版。

赵园：《明清之际士大夫研究》，北京大学出版社 1999 年版。

夏之放：《当代中西审美文化研究》，山东教育出版社 2005 年版。

谭桂林：《长篇小说与文化母题》，湖南师范大学出版社 2002 年版。

廖诗忠：《回归经典——鲁迅与先秦文化的深层关系》，上海三联
　　书店 2005 年版。

钱理群：《丰富的痛苦》，北京大学出版社 1999 年版。

林同华：《美学心理学》，浙江人民出版社 1987 年版。

林同华：《审美文化学》，东方出版社 1992 年版。

王小舒：《中国审美文化史——元明清卷》，山东画报出版社
　　2000 年版。

葛涛主编：《鲁迅的五大未解之谜》，东方出版社 2003 年版。

周海婴：《鲁迅与我七十年》，文汇出版社 2006 年版。

何锡章：《鲁迅读书记》，长江文艺出版社 2004 年版。

田刚：《鲁迅与中国士人传统》，中国社会科学出版社 2005 年版。

杨乃乔：《东西方比较诗学——悖立与整合》，文化艺术出版社
　　1998 年版。

林志浩：《鲁迅传》，北京出版社 1981 年版。

周积寅编：《中国画论辑要》，江苏美术出版社 2005 年版。

罗关德：《乡土记忆的审美视域——20 世纪文化乡土小说八家》，
　　天津社会科学院出版社 2005 年版。

何辉斌：《西方悲剧的中国式批判》，中国社会科学出版社 2007 年版。

许苏民：《明清启蒙学术流变》，辽宁教育出版社 1995 年版。

王晓明：《潜流与漩涡——论二十世纪中国小说家的创作心理障
　　碍》，中国社会科学出版社 1991 年版。

祝勇：《重读大师》（外国卷），人民文学出版社 1999 年版。

黄仁宇：《万历十五年》，人民文学出版社 1981 年版。

陈平原：《从文人之文到学者之文》，生活·读书·新知三联书店
　　2004 年版。

冯俊主编：《世界名人人大演讲录》，中国人民大学出版社 2004
　　年版。

陈平原：《陈平原自选集》，广西师范大学出版社 1997 年版。

中国社会科学院外国文学研究所文艺理论室：《跨文化的文学理
　　论研究》，百花文艺出版社 2006 年版。

陈平原：《千古文人侠客梦》，新世界出版社 2002 年版。

龚鹏程：《中国文人阶层史论》，兰州大学出版社 2004 年版。

汤用彤：《理学·佛学·玄学》，北京大学出版社 1991 年版。

纪维周编：《鲁迅研究书录》，书目文献出版社 1987 年版。

凤凰卫视编：《世纪大讲堂》，辽宁人民出版社 2007 年版。

夏晓虹：《晚清文人妇人观》，作家出版社 1998 年版。

高颜颐：《闺塾师——明末清初江南的才女文化》，江苏人民出版
　　社 2005 年版。

章念驰编：《章太炎生平与学术》，生活·读书·新知三联书店
　　1988 年版。

王元化：《清园论学集》，上海古籍出版社1994年版。

朱维铮：《求索真文明：晚清学术史论》，上海古籍出版社1996年版。

陈平原编：《追忆章太炎先生》，中国广播电视出版社1997年版。

陈方竞：《鲁迅与浙东文化》，吉林大学出版社1999年版。

陈漱渝：《鲁迅实史新探》，湖南人民出版社1980年版。

周振甫：《鲁迅诗歌注》，浙江人民出版社1980年版。

乐戴云编：《国外鲁迅研究论集》（1960—1980），北京大学出版社1981年版。

王乾坤：《鲁迅的生命哲学》，人民文学出版社1999年版。

孙郁编：《被侮辱的鲁迅》，群言出版社1994年版。

李泽厚：《中国古代思想史论》，人民出版社1985年版。

《鲁迅辑录古籍丛编》（4卷本），人民文学出版社1999年版。

《鲁迅辑校古籍手稿》（第5函），上海古籍出版社1986年版。

汤用彤：《汤用彤学术论文集》，中华书局1983年版。

梁启超：《清代学术概论》，上海古籍出版社1998年版。

观鱼：《回忆录寻访族和社会环境35年间的演变》，人民文学出版社1959年版。

周作人：《鲁迅的故家》，人民文学出版社1981年版。

王德威：《想象中国的方法——历史·小说·叙事》，生活·读书·新知三联书店1998年版。

吴俊：《暗夜的过客——一个你不知道的鲁迅》，东方出版社2006年版。

李零：《丧家犬——我读孔子〈论语〉》，山西人民出版社2007年版。

汪晖：《反抗绝望——鲁迅及其文学世界》，河北教育出版社2000年版。

余英时：《士与中国文化》，上海人民出版社 1987 年版。

余英时：《中国思想传统的现代诠释》，江苏人民出版社 1995
年版。

李城希：《鲁迅与中国传统文化——接收、偏离、回归》，云南人
民出版社 2006 年版。

钟敬文：《民俗文化学梗概与兴起》，中华书局 1996 年版。

林语堂：《吾国吾民》，华龄出版社 1995 年版。

戴锦华：《镜与世俗神话》，中国人民大学出版社 2004 年版。

张紫晨：《中国民俗与民俗学》，浙江人民出版社 1985 年版。

何炳松：《浙东学派溯源》，中华书局 1989 年版。

张涛：《经学与汉代社会》，河北人民出版社 2001 年版。

王文宝：《中国民俗研究史》，黑龙江人民出版社 2003 年版。

龚鹏程：《近代思潮与人物》，中华书局 2007 年版。

王永平：《孙吴政治与文化史论》，上海古籍出版社 2005 年版。

张承宗：《六朝民俗》，南京出版社 2002 年版。

郜元宝：《鲁迅六讲》，北京大学出版社 2007 年版。

汪玢玲：《汪玢玲民俗文化论集》，吉林人民出版社 2000 年版。

汪玢玲：《狐鬼风情》，黑龙江人民出版社 2003 年版。

耿云志：《胡适研究论稿》，四川人民出版社 1985 年版。

朱正编：《鲁迅书话》，湖南教育出版社 2007 年版。

傅光明编：《论战中的鲁迅》，京华出版社 2006 年版。

赵毅衡：《当说者被说的时候——比较叙述学导论》，中国人民大
学出版社 1998 年版。

祖国颂：《叙事学的中国之路——全国首届叙事学学术研讨会论
文集》，中国社会科学出版社 2006 年版。

杨国：《符号与象征——中国少数民族服饰文化》，北京出版社
2000 年版。

范家进：《现代乡土小说三家论》，上海三联书店2002年版。

高鸿：《跨文化的中国叙事——以赛珍珠、林语堂、汤亭亭为中心的讨论》，上海三联书店2005年版。

丁建新、廖益清：《批评视野中的语言研究》，中山大学出版社2006年版。

陈平原：《中国小说叙事模式的转变》，北京大学出版社2003年版。

陈平原：《二十世纪中国小说理论资料》（第一卷），北京大学出版社1997年版。

萧放：《中国民俗史》（明清卷），人民出版社2008年版。

刘禾：《跨语际实践——文学，民族文化与被译介的现代性（中国，1900—1937)》，宋伟杰译，生活·读书·新知三联书店2002年版。

绍兴文理院人文学院、浙江省鲁迅研究会编：《越文化视野中的鲁迅》，百花洲文艺出版社2004年版。

广东阳江市鲁迅研究会主编：《鲁迅与民俗文化》，香港中国窗口出版社2006年版。

中国民俗学会、北京民俗博物馆编：《传统节日与文化空间——"东岳论坛"国际学术研讨会专辑》，学苑出版社2007年版。

徐建顺、辛克主编：《命名——中国姓名文化的奥妙》，中国书店出版社1999年版。

马昌仪：《中国灵魂信仰》，上海文艺出版社1998年版。

姜彬主编：《吴越民间信仰民俗》，上海文艺出版社1992年版。

李亦园：《二十世纪中国民俗学经典·民俗理论卷》，社会科学文献出版社2002年版。

黄盛华、周启云：《鬼文化》，中国经济出版社1995年版。

李雪梅：《中国近代藏书文化》，现代出版社1999年版。

利希泌、张淑华编：《中国古代藏书与近代图书馆史料》（春秋至五四前后），中华书局1982年版。

李荣添：《历史的理性：黑格尔历史哲学导论》，台湾学生书局1993年版。

鲍昌编：《鲁迅年谱》，天津人民出版社1979年版。

周与沉：《身体：思想与修行》，中国社会科学出版社2005年版。

高洪兴：《缠足史》，上海文艺出版社2007年版。

李勇：《本真的自由——林语堂评传》，南京师范大学出版社2005年版。

郑云山、陈德禾：《秋瑾评传》，河南教育出版社1986年版。

王富仁、赵卓：《突破盲点——世纪末社会思潮与鲁迅》，中国文联出版社2001年版。

胡尹强：《野草：为爱情作证——破解〈野草〉世纪之谜》，生活·读书·新知三联书店2004年版。

乔峰：《略讲关于鲁迅的事情》，人民文学出版社1954年版。

王德威：《被压抑的现代性：晚清小说新论》，北京大学出版社2005年版。

［美］周蕾：《妇女与中国现代性——西方与东方之间的阅读政治》，蔡青松译，上海三联书店2008年版。

［法］孟德斯鸠：《论法的精神》，严复译，商务印书馆1909年版。

［英］拉曼·塞尔登编：《文学批评理论——从柏拉图到现在》，北京大学出版社2000年版。

［英］马克·柯里：《后现代叙事理论》，宁一中译，北京大学出版社2003年版。

［德］海德格尔：《荷尔德林诗的新神话》，孟明译，华夏出版社2000年版。

［日］竹内好：《近代的超克》，李东木译，上海三联书店 2005 年版。

［日］丸尾常喜：《"人"与"鬼"的纠葛——鲁迅小说论析》，秦弓译，人民文学出版社 2006 年版。

［美］阿兰·邓迪斯：《民俗解析》，户晓辉译，广西师范大学出版社 2005 年版。

［法］米盖尔·杜夫海纳：《美学与哲学》，孙非译，中国社会科学出版社 1985 年版。

［美］鲁思·本尼迪克特：《文化模式》，张燕、傅铿译，浙江人民出版社 1987 年版。

［美］弗朗西斯·福山：《大分裂——人类本性与社会秩序的重建》，刘榜离、王胜利译，中国社会科学出版社 2002 年版。

［西］阿莱雅·何塞·G. 西松：《领导者的道德资本——为什么美德如此重要》，于文轩、丁敏译，中央编译出版社 2005 年版。

［美］弗朗西斯·福山：《信任——社会道德与繁荣的创造》，彭志华译，海南出版社 2001 年版。

［瑞典］卡尔·古斯塔夫·荣格：《荣格性格哲学》，李德荣译，九州出版社 2003 年版。

［德］威廉·弗里德里希·黑格尔：《黑格尔政治著作选》，薛华译，商务印书馆 1981 年版。

［德］威廉·弗里德里希·黑格尔：《精神现象学》（上、下卷），贺麟、王玖兴译，商务印书馆 1997 年版。

［美］罗伯特·E. 勒纳等：《西方文明史》，王觉非译，中国青年出版社 2003 年版。

［美］韦勒克·奥·沃伦：《文学原理》，刘象愚等译，生活·读书·新知三联书店 1984 年版。

［法］让－克鲁德·考夫曼：《女人的身体男人的眼光——裸乳社会学》，谢强、马月译，社会科学文献出版社 2001 年版。

［法］加斯东·巴什拉：《梦想的诗学》，刘自强译，生活·读书·新知三联书店 1996 年版。

［日］西田几多郎：《善的研究》，何倩译，商务印书馆 1983 年版。

［法］丹纳：《艺术哲学》，傅雷译，天津社会科学院出版社 2004 年版。

［美］普里·莫兹克：《梅洛－庞蒂》，关群德译，中华书局 2003 年版。

［德］尼采：《权力意志》，贺骥译，中央编译出版社 2000 年版。

［日］伊藤虎丸：《鲁迅与日本人》，李冬木译，河北教育出版社 2001 年版。

［德］恩斯特·卡西尔：《神话思维》，黄龙保、周振选译，中国社会科学出版社 1992 年版。

［美］詹姆士·O. 罗伯逊：《美国神话·美国现实》，贾秀东译，中国社会科学出版社 1990 年版。

［德］爱娃·海勒：《色彩的文化》，吴彤译，中央编译出版社 2004 年版。

［美］约瑟夫·奈伊：《美国定能领导世界吗》，何小东等译，军事译文出版社 1992 年版。

［美］爱德华·希尔斯：《论传统》，傅铿、吕乐译，香港时报出版公司 1984 年版。

［英］大卫·帕金翰：《童年之死》，张建中译，华夏出版社 2005 年版。

论文类：

学位论文：

靳新来：《人与兽的纠葛——鲁迅笔下的动物意象》，博士学位论文，复旦大学，2004 年。

李蓉:《中国现代文学的身体阐释》,博士学位论文,华中师范大学,2006年。

李奇志:《论清末民初思想和文学中的"英雌"话语》,博士学位论文,华中师范大学,2006年。

魏家文:《民族国家意识与现代乡土小说》,博士学位论文,武汉大学,2005年。

王建科:《元明家庭家族叙事文学研究》,博士学位论文,陕西师范大学,2003年。

袁红涛:《论新文学中宗族叙事的演进》,博士学位论文,复旦大学,2005年。

韩冷:《现代性内涵的冲突——海派小说性爱叙事》,博士学位论文,东北师范大学,2006年。

常峻:《周作人文学思想及其创作的民俗文化视野》,博士学位论文,华东师范大学,2004年。

田广文:《"群"与"己"的嬗变》,博士学位论文,山东大学,2005年。

赵前明:《魏晋风度接收史及其现代性研究》,硕士学位论文,西北大学,2007年。

邸允峰:《文艺民俗学视野下的元杂剧鬼魂戏研究》,硕士学位论文,上海师范大学,2008年。

周凌峰:《民俗文化背景中的周作人文学思想与创作》,硕士学位论文,湖南师范大学,2008年。

孙克诚:《百草园中的通衢——鲁迅作品中的动物意象解说分析》,硕士学位论文,青岛大学,2006年。

陈少辉:《论中国现代乡土小说的发生》,硕士学位论文,湖南师范大学,2007年。

张成:《鲁迅〈呐喊〉中"辫子"意象的文化解读》,硕士学位论文，东北师范大学，2006 年。

申洁：《汉族民俗生活中的色彩文化研究》，硕士学位论文，辽宁
　　大学，2006 年。

林洙铉：《论鲁迅的民俗意识及其体现》，硕士学位论文，天津师
　　范大学，2000 年。

陈艳：《中国家谱的知识建构》，硕士学位论文，上海交通大学，
　　2007 年。

郑国：《民国前期迷信问题研究（1912—1928）》，硕士学位论
　　文，山东师范大学，2003 年。

期刊论文：

古大勇：《“过度阐释”与“偏离鲁迅”——对新时期“鲁迅研
　　究”的反思（二）》，《甘肃社会科学》2008 年第 4 期。

刘项：《反抗·屈服·死亡——鲁迅笔下女性形象的异途同归》，
　　《北方论丛》1999 年第 2 期。

吴长华：《从女人到女鬼——鲁迅笔下的女性形象剖析》，《鲁迅
　　研究月刊》1997 年第 1 期。

冯奇：《现代性的沉重脚步——启蒙与反启蒙运动在中国》，《鲁
　　迅研究月刊》1998 年第 9 期。

冯奇：《服从与献身——鲁迅对中国女性身份的批判性考察》，
　　《鲁迅研究月刊》1997 年第 10 期。

徐妍：《退居书斋的学人思路：90 年代“学者”鲁迅被重构的逻
　　辑和悖论》，《鲁迅研究月刊》2008 年第 6 期。

朱正：《王明谈鲁迅》，《鲁迅研究月刊》2008 年第 5 期。

杨兴梅：《小脚美丑与男权女权》，《读书》1999 年第 10 期。

王江松：《不同类型知识分子的经济分化和市场位置》，《求索》
　　2009 年第 3 期。

刘义军、欧宗耀：《直面民族文学经典的消费扩张》，《求索》
　　2009 年第 2 期。

范丽娜：《中西文化中死亡隐喻表征的研究》，《西昌学院学报》
　　（社会科学版）2007 年第 3 期。

侯晓媛：《中国文化性爱隐喻的认知语言学诠释》，《重庆科技学
　　院学报》（社会科学版）2007 年第 2 期。

倪浓水：《西山和东海："精卫填海"里德南北文化隐喻》，《社
　　会科学论坛》2008 年第 2 期。

胡传吉：《吾之大患，为吾有身——〈红楼梦〉的疾、癖、痴》，
　　《红楼梦学刊》2006 年第 4 辑。

王桂妹：《民族性自审与性别隐喻》，《文学评论》2007 年第 5 期。

葛星：《隐喻性思维中汉民族"莲"文化探析》，《泰山学院学
　　报》2007 年第 4 期。

丁颖：《意义的阐扬与坚执的书写——鲁迅白话小说的意象探
　　寻》，《绍兴文理学院学报》2007 年第 5 期。

杨敏：《人类精神的隐喻和摹写——古代诗歌中"游子"意象的文
　　化阐释》，《合肥学院学报》（社会科学版）2008 年第 2 期。

罗惠缙：《民族性视野下的中国早期乡土文学之现代性求取》，
　　《贵州民族研究》2007 年第 5 期。

刘卫东：《家族叙事与现代启蒙神话——论现代家族小说主题的
　　衍变》，《齐鲁学刊》2008 年第 1 期。

许伟利：《从"水"的隐喻看中西文化的差异》，《云南民族大学
　　学报》（社会科学版）2006 年第 4 期。

雷春仪：《从文化视角研究中英爱情与婚姻隐喻的差异》，《中国
　　民航飞行学院学报》2007 年第 4 期。

范爱贤：《"象言"与"道"韵——儒道两家诗性语言学思想及
　　其现代意义》，《管子学刊》2007 年第 3 期。

桑哲：《〈诗经〉中的性文化》，《济宁学院学报》2008 年第 1 期。

吴中胜：《文学如水——中国古代文论以水喻文批评》，《理论月刊》2004 年第 7 期。

施军：《论鲁迅小说象征化创作》，《淮阴师范学院学报》（哲学社会科学版）2008 年第 1 期。

李桂奎：《论中国古代小说人物形体描写的"物喻"特征》，《中州学刊》2004 年第 1 期。

刁生虎：《水：中国古代的根隐喻》，《中州学刊》2006 年第 5 期。

苗伟：《中国女性发展与中国文化本体》，《天府新论》2008 年第 2 期。

赵荷香：《中国古代文学中的月亮原型及其影响》，《东岳论丛》2007 年第 6 期。

邓传俊：《鲁迅和夏目漱石的个人主义》，《山东社会科学》2007 年第 8 期。

薛瑞泽：《试论汉代女性刑罚》，《东岳论丛》2007 年第 2 期。

王平：《明清小说婚俗描写的特征及功能——以〈金瓶梅〉〈醒世姻缘传〉〈红楼梦〉为中心》，《东岳论丛》2007 年第 3 期。

国家玮：《反思与质疑：关于"竹内鲁迅"的三个命题》，《东岳论丛》2008 年第 3 期。

万资姿：《符号异化：现代人类文化创造焦虑之潜在根源》，《湖南社会科学》2008 年第 2 期。

柳素平：《晚明江南名妓与名士的婚恋情结》，《郑州航空工业管理学院学报》（社会科学版）2008 年第 4 期。

陈宝良：《明代妇女的情感表达及其性情生活》，《福建论坛》（人文社会科学版）2007 年第 10 期。

陈洪东：《孔子民俗观的人文原则与历史方法管窥》，《康定民族师范高等专科学校学报》2008 年第 3 期。

胡雷：《从云与水的意象看儒家"君子"的人格理想》，《学术探讨》2000 年第 5 期。

李云峰：《水的哲学思想——中国古代自然哲学之精华》，《江汉论坛》2001 年第 3 期。

程霞：《先秦美学重水之意象分析——基于儒家和道家的比较》，《经济研究导刊》2008 年第 7 期。

［日］尾崎文昭：《试论鲁迅"多疑"的思维方式》，孙歌译，《鲁迅研究月刊》1993 年第 1 期。

曹金：《颜色隐喻的中西对比及文化探源》，《大学英语》（学术版）2005 年。

杨筝：《〈补天〉与鲁迅的神话重建》，《洛阳大学学报》2004 年第 1 期。

李增华：《〈山海经〉神话思维的衍变和特征》，《边疆经济与文化》2008 年第 3 期。

葛红兵：《苏童新作〈碧奴〉评论小辑》，《上海大学学报》（社会科学版）2007 年第 5 期。

彭文婷：《神话不再，隐喻依然——论隐喻在神话及现代语言中的普遍性》，《内蒙古农业大学学报》（社会科学版）2007 年第 6 期。

黄万华：《乡愁是一种美学》，《广东社会科学》2007 年第 4 期。

黄万华：《母体归依、生命传承中的故土意象》，《中国海洋大学学报》（社会科学版）2007 年第 1 期。

程凯：《"招魂""鬼气"与复仇——论鲁迅的鬼神世界》，《鲁迅研究月刊》2004 年第 6 期。

胡雅丽：《楚人宗教信仰刍议（续）》，《江汉考古》2001 年第 4 期。

郭晓鸿：《从〈论语〉鬼故事专号看现代中国的文化冲突》，《太原师范学院学报》（社会科学版）2004 年第 4 期。

顾惜佳：《从神格看吴越文化的地域特征及其成因》，《杭州师范学院学报》1994 年第 2 期。

徐建春：《大禹、会稽与夏文化》，《杭州师范学院学报》2000 年第 2 期。

林荣松：《鬼神信仰与五四小说》，《闽江学院学报》2002 年第 1 期。

陈爱强：《国民痼疾与祖先崇拜——鲁迅小说一个文化学的阐释》，《鲁迅研究月刊》1997 年第 11 期。

蔡靖泉：《汉代的婚丧习俗与楚文化》，《江汉考古》1999 年第 3 期。

董楚平：《汉代的吴越文化》，《杭州师范学院学报》（人文社会科学版）2001 年第 1 期。

叶世祥：《鲁迅小说研究的四种范式》，《鲁迅研究月刊》1998 年第 11 期。

任广田：《鲁迅与远古中国文化精神》，《鲁迅研究月刊》1998 年第 9 期。

毛晓平：《鲁迅与中国人的鬼神信仰》，《鲁迅研究月刊》1998 年第 7 期。

李明军：《文化蒙蔽：鲁迅小说中女性形象的精神桎梏》，《鲁迅研究月刊》2004 年第 7 期。

陈浩：《思想对话的形象——从绍兴民间文化节度鲁迅的思想风格》，《鲁迅研究月刊》2004 年第 10 期。

陈平原：《"爱书成癖"乃书生本色》，《鲁迅研究月刊》2008 年第 11 期。

陈华文：《论吴越丧葬文化的区域性特征》，《广西民族学院学报》（哲学社会科学版）2005 年第 3 期。

张万仪：《鲁迅与吴越文化》，《西南民族大院学报》（哲学社会
　　科学版）2002 年第 8 期。

荆学民：《信仰·宗教·哲学·终极关怀》，《南开学报》1999 年
　　第 2 期。

李延龄：《论五四时期无神论与灵学鬼神思想斗争的时代意义》，
　　《长白学刊》2004 年第 4 期。

薛文礼：《鬼神的礼俗精神与文化传承》，《雁北师范学院学报》
　　2003 年第 1 期。

穆艳霞：《浙东民间文化与鲁迅的精神世界——兼谈五四新文化
　　倡导中鲁迅对民间宗教的双重体验》，《雁北师范学院学报》
　　2007 年第 1 期。

田兆元：《关注非物质文化遗产保护背景下的民俗文化与民俗学
　　学科的命运》，《河南社会科学》2009 年第 3 期。

彭丽华：《莱辛与两性和谐的新女性主义》，《求索》2009 年第
　　3 期。

施爱东：《学术运动对于常规科学的负面影响——兼谈民俗学家
　　在非遗产保护运动中的学术担当》，《河南社会科学》2009
　　年第 3 期。

苑利：《非物质文化遗产的产业化开发与商业化经营》，《河南社
　　会科学》2009 年第 4 期。

李冬木：《鲁迅怎样"看"到的"阿金"——兼论鲁迅与〈支那
　　人气质〉关系的一项考察》，《鲁迅研究月刊》2007 年第
　　7 期。

刘强：《"纺织娘"：男不耕背景下传统社会经济之凭藉——清代
　　贵州与江南地区的比较研究》，《中国地方志》2006 年第
　　8 期。

李伯重：《"男耕女织"与"妇女半边天"角色的形成——明清
　　江南农家妇女劳动问题探讨之一》，《中国经济史研究》1996
　　年第 3 期。

李伯重：《"男耕女织"与"妇女半边天"角色的形成——明清
　　江南农家妇女劳动问题探讨之二》，《中国经济史研究》1997
　　年第 3 期。

张涛：《被肯定的否定——从〈清史稿烈女传〉中的妇女自杀现
　　象看清代妇女境遇》，《清史研究》2001 年第 3 期。

宋立中：《婚嫁论财与婚娶离轨——以清代江南为中心》，《社会
　　科学战线》2003 年第 6 期。

陈剩勇：《理学"贞节观"、寡妇再嫁与民间社会——明代南方地
　　区寡妇再嫁现象之考察》，《史林》2001 年第 2 期。

刘正刚：《明清鲁浙粤女性自杀探讨》，《中共宁波市委党校学
　　报》2001 年第 5 期。

王卫平：《清代江南地区社会问题研究：以逼醮、抢醮为例》，
　　《史林》2003 年第 3 期。

王跃生：《清代中期妇女再婚的个案分析》，《中国社会经济史研
　　究》1999 年第 1 期。

王跃生：《十八世纪后期中国男性晚婚及不婚群体的考察》，《中
　　国经济史研究》2001 年第 2 期。

王跃生：《18 世纪中国婚姻论财中的买卖性质及其对婚姻的作
　　用》，《中国经济史研究》2001 第 1 期。

后　记

本书要出版了，欣喜万分，回望博士生涯，岁月倏忽，不觉已经毕业六年之久。翻看书稿，博士三年那段湿润的青春，那些云水过往，又被温柔地唤起。一年的选题，一年的资料收集和理论积累，半年的写作和修改，其间苦味中泛着些甜。苦，在于资料初积时的茫然无从，在于理论初读时的艰涩难懂，在于济南夏日的炎热难耐；甜，在于对资料中趣闻逸事的会心一笑，在于理论运用于资料的灵光一闪，在于写作过程中身心的酣畅淋漓。2009 年济南的暑期，那时家里的大厅种着一株滴水观音，落落而亭立，翠嫩的叶子时有晶莹的水珠儿在叶尖上坠着，过堂风一吹，轻轻地颤。我就在边上支了桌子，开始本书的写作。2010 年的初春，而立之年，本书写成，开始坚信一些东西，生命也因此能够立住。

回望初踏学术研究之门的三年，非常感谢我的研究对象——鲁迅先生。花费了两年半的时间阅读、研究先生，我不光收获了学位，也收获了人生。以他为缘，我看到了一个风趣、风雅而不失风骨的那个民国时代，接触到了一群不失硬朗，而又好玩、有趣的"民国那些人"，打消了我初入学术大门的怯畏之心，使研究的日子少了些抓耳挠腮的困顿，引导着我在学术上、生活中坦然地走下去。毕业后，许多身在异乡的暗夜，依然习惯点一盏小灯，阅读关于他们的文字，看他们怎样生活，怎样求学、教书、治学，怎样为人处世。"他们守护、在意、体现的精神、传统、风骨"，常常让我感到温暖，我也试图将这种温暖传递给我的学生们。这，经常让我感到生活充实、生命有意义。记得，在博雅大讲堂上温儒敏先生说，我们教文学的最终目的是让学生有一颗柔软的心，会感动。对此，我深以为然。至今，毕业六年，生命在漂泊，心却是定的，能够安然领略人生不同的风景。

2010 年博士毕业后，我收拾好行囊飞去昆明，来到昆明学院，开始了此后六年的工作和生活。这是一座神奇的城，四季如春，街道不算敞阔却树木长青、繁花常开；城市小而拥挤，人们却性情温婉，永远都不急不躁。这也是一座悠闲的城，走在昆明的街道上，临街的店面参差错落，装饰得别有风情，临近中午时分，店主们才开门迎客，然后慵懒地干着自己的事，让每个到店者都享受无拘无束逛街的自由。我想我是喜欢这座城的，因为它总是温吞吞、慢悠悠地毫不在意你的样子，却以一种不经意的宽容给来这里的每一个人最大空间的自由和舒适。

喜欢这座城更重要的原因是这里有一群可爱的人儿，干练爽朗的高芳、安静娴雅的何文华、温顺体贴的张雅红、淡然大气的任婷婷、实干童真的许振政、热心可敬的苏诏明老师和儒雅可亲的老院长桂彦南先生……他们出现在我的生命中，以最本色、最质朴的行事温暖着我。当然，我更要感谢詹七一院长和刘媚女士，正因为他们的帮助，我的书才得以顺利出版。詹七一院长是一位学养深厚、愿意大力扶持后人的学者，年龄上他虽长我们这些博士许多，但我们却敬他为学长，因为他有朝气，有激情，特别是说话时眼睛里透露的真挚和干净，会让人忽视他的年龄。我来昆明学院后的学术成长都得到了詹老师的大力扶持，从评副教授时，对推荐表的逐字审阅、修改，到申请此书出版时的大力推荐，无不显示着他悉心培养新人、提携后人的良苦用心和开阔胸襟。刘媚女士是我的闺蜜好友，一名东北大妞儿，因为有妞儿的陪伴，初来昆明的日子才不显得单调、孤单。非常感谢她帮我打印书稿，报送出版申请。

　　同时，感谢我的博士导师郑春院长，三年里对我的精心培养，感谢他百忙之中为我写序，支持学生的学术之路；感谢我的硕士导师吕周聚先生，他谆谆教导，带我走进学术大门，感谢老师亲自联系出版社支持我的书出版；感谢王秀成老师和申江教授热心为我写推荐书，也感谢孙郁先生和张学军老师为本书的修改提出的宝贵意见。

　　最后，要感谢母亲这么多年来对我的悉心教养；感谢我的丈夫苏科，一路有你，相扶相伴；感谢我的女儿展展宝儿，是她带给我幸运和力量。

闫　宁

2016 年 8 月 20 日

于昆明花香四季